I0632189

L'ARGÉNIS

DE

BARCLAY,

TRADUCTION NOUVELLE

Par Mr. l'Abbé JOSSE, Chanoine
de Chartres.

TOME TROISIÈME.

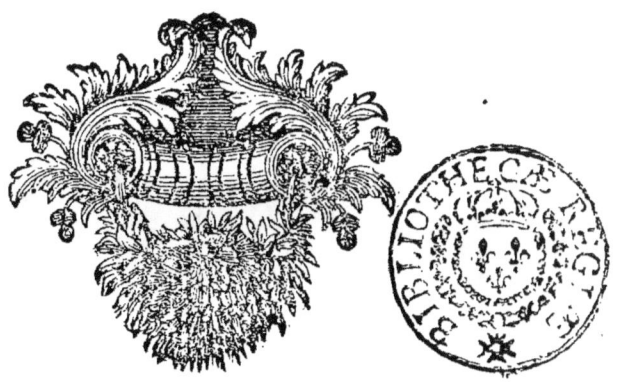

A CHARTRES,

Chez NICOLAS BESNARD, Imprimeur-
Libraire, ruë des Trois Maillets,
au Soleil d'Or.

M. DCC. XXXII.
Avec Aprobation & Privilege du Roi.

SOMMAIRE.

DU

CINQUIE'ME LIVRE.

ARSIDAS continuë *son voïage,* & *rencontre une flotte confiderable. Gobrias qui la commandoit, le reçoit dans son bord. Ils font amitié ensemble,* & *se confient mutuellement le sujet de leur voïage. Histoire d'Astioriste. Il s'éleve une tempête qui sepere Poliarque* & *Gobrias. Poliarque est jeté sur les côtes de Mauritanie. Il arrive à la Cour d'Hianisbé. Inquiétudes de la Reine au sujet du mariage d'Arcombrote avec Argénis,* & *de la guerre declarée par Radirobane. Elle écrit à Arcombrote. La reception qu'elle fait à Poliarque. Elle implore son secours contre Radirobane. Entretien particulier de Poliarque avec la Reine sur les droits des Souverains. Arrivée du Roi de Sardaigne en Mauritanie; il trouve une partie des Soldats Maures plongés dans le vin* & *le sommeil,* & *se rend maître du rivage. Gelanore l'empêche de penétrer plus avant. Punition des soldats Maures* & *Gaulois qui avoient pris la fuite. Premier combat. Radirobane engagé parmi les ennemis, rentre avec eux dans la ville de*

SOMMAIRE.

L'ARGÉNIS

DE

BARCLAY

❄❖❄❖❄❖❄❖❄❖❄❖❄

LIVRE CINQUIE'ME.

RSIDAS embarqué & vo-
guant à pleines voiles, laiſſa
bien-tôt derriere lui le La-
tium. Il avoit traverſé la
mer d'Etrurie ſi remplie d'écüeils, & ſe
trouvoit déja ſur les côtes de Ligurie,
quand il aperçut un grand nombre de
vaiſſeaux, mais ſi éloignés qu'il ſembloit plûtôt que ce fût pluſieurs rochers
ou nuages raſſemblés. Un peu plus à
portée, le Pilote dit que c'étoit une
armée navale, ou des vaiſſeaux cor-

faires qui venoient piller fur cette côte?
que le plus fûr étoit de prendre terre,
& de defcendre dans le premier endroit,
fût-il inconnu ; mais les montagnes où
ils ne decouvroient aucun chemin, &
dont les vaiffeaux ne pouvoient aborder à caufe de la grande quantité de
rochers qui étoient à fleur d'eau , ne
leur en laiffoient pas la liberté. Tandis
qu'ils balançoient fur le parti à prendre dans une occafion qui ne préfentoit que dangers, ils fe trouverent tout
à coup envelopés. Arfidas étoit dans la
réfolution de fe défendre, mais les matelots plus craintifs, repréfenterent la
fatale deftinée de ceux qui fe trouvent fur mer : que fouvent une vaine réfiftance les expofoit à une mort
certaine : qu'en baiffant les voiles, ils
couroient moins de rifques : que fi
ceux qui venoient à leur rencontre ,
étoient des foldats legitimement armés , ils n'avoient rien à craindre en fe
rendant : que fi c'étoient des corfaires , il falloit au moins les rendre
traitables par le butin qu'on leur aban-
donneroit. Les matelots qui virent Arfidas obftiné à fe défendre , & que le
tems preffoit, abaifferent de leur propre mouvement les antennes , & le-

vant les avirons , ils firent connoître
qu'ils fe livroient à la merci de ceux
qui étoient prêts de les joindre. Des
galeres aïant accroché le vaiffeau , on
voulut fçavoir ce qu'il contenoit , &
d'où il venoit. Les matelots répondirent fans déguifement qu'ils venoient
de la grande Grece , & qu'ils alloient à
Marfeille conduire un étranger qui
étoit convenu de prix avec eux. Ils
montrerent en même tems Arfidas ,
qui , étant interrogé , répondit avec
plus de détours , ne fachant à qui il parloit. Ses réponfes embaraffées firent
naître quelques foupçons , on s'affûra de lui , fans cependant lui faire
de mauvais traitemens , & on le fit
paffer fur un autre vaiffeau ; ceux qui
l'y conduifirent , s'excuferent même fur
la neceffité indifpenfable de le préfenter à celui qui les commandoit. Le capitaine le falua d'abord , & l'affûra en
langue Grecque qu'il ne devoit rien
aprehender. Vous fçavez , lui dit - il ,
l'ordre de la guerre ; nous fommes obligés de faire atention à tout , & non
feulement d'examiner nos ennemis ,
mais d'interroger même nos alliez ,
comme les perfonnes inconnuës. Si j'euffe été à portée de defcendre dans vo-

tre vaisseau, j'aurois satisfait à mon devoir , sans retarder votre voïage. Arsidas reprit une nouvelle confiance , &
sensible aux honnêtetés du capitaine , il
lui avoüa tout ce qu'il avoit la liberté
de dire ; qu'il étoit Sicilien , & qu'il
se proposoit d'aller dans la Gaule voir
un ami ; il croïoit qu'après cet aveu ,
on ne le retiendroit pas davantage ,
mais le capitaine , sur le mot de Sicilien , parut réver, il lui demanda quelles relations il avoit dans la Gaule.
Trouvez bon , lui dit il , que je vous re-
tienne ce soir dans mon bord , vous y
coucherez , on y aura pour vous tous
les égards qui vous sont dûs. Je sers
un grand Roi qui n'est pas éloigné , il
doit paroître incessamment avec une
armée considerable, je vous présente-
rai demain à lui , puisque vous venez
de Sicile , il sera bien aise de vous entretenir , vous pourez lui aprendre
des particularités qui l'interessent. Regardez comme une faveur de la Fortune l'occasion qu'elle vous présente
de voir un Prince si accompli. Arsidas
craignant , s'il n'acceptoit ces offres
genereuses, de devenir suspect, & d'ê-
tre examiné de plus près , répondit
comme une personne contente de son

fort, que le capitaine avoit tout pouvoir fur lui, qu'un prifonnier, quand
il étoit innocent, ne cherchoit à éviter
la préfence de perfonne.

Dans la fuite de leur entretien, ils
affecterent un air plus libre & plus ouvert, le capitaine, pour ne point intimider Arfidas, & Arfidas pour ne point
paroître trop fenfible à fa nouvelle captivité. Ils fe faifoient diférentes queftions, & ces premieres honnêtetés dont
la bienféance avoit d'abord été le motif, devinrent bien-tôt le fondement
d'une amitié fincere. Le plaifir qu'ils
eurent à fe voir & à s'entretenir, eut
l'effet ordinaire de ce raport parfait
que met la nature entre les ames bien
nées ; la premiere occafion fuffit fouvent pour les unir. Arfidas quoi qu'arrêté dans un voïage qui demandoit une
promte diligence, excufoit volontiers
qu'on prît avec lui des mefures, qu'il
n'auroit pû fe difpenfer de prendre
lui - même en pareille rencontre, fongeant fur tout qu'une prifon fi douce
ne devoit durer que l'efpace d'une nuit.
Le capitaine de fon côté traitoit avec
toute forte de menagemens, une perfonne qui ne lui étoit point fufpecte,
& dont il vouloit être l'ami, lors mê-

me qu'il s'en fepareroit. Etant affis
tous deux à la poupe, aprés s'être en-
tretenus indiféremment de la mer, des
vents, & des diférentes efpeces de galere ; Gobrias (c'étoit le nom du capitaine) s'informa des affaires de Sicile.
Arfidas lui raconta en peu de mots les
malheurs aufquels ce Roïaume avoit
été expofé, la revolte, & la mort de
Licogene ; il lui parla auffi de Meleandre, mais il eut l'atention de ne rien
toucher de Poliarque : ce nom une fois
échapé l'eût peut-être engagé dans un
plus grand détail avec une perfonne
qui ne lui étoit pas affez connuë. Gobrias étoit atentif, & aprenoit avec
plaifir que ces guerres euffent été heureufement terminées ; quand Arfidas
demanda à fon tour le nom du Roi à
qui on devoit le préfenter, en quel
païs il commandoit, & de quel côté alloit cette armée navale ? Gobrias qui
s'étoit déja propofé de lui rendre compte même des moindres circonftances,
après avoir revé quelque tems, lui dit.
Quoique nous foïons peu en commerce avec les étrangers, nous fçavions
une partie des maux qui ont affligé la
Sicile ; mais comme rien ne s'altere
plus aifément fur mer que la verité, la

renommée avoit fait paſſer juſqu'à nous
bien des bruits incertains , & d'autres
tout - à - fait contraires à ce que vous
venez de me dire. Peut-être auſſi qu'en
aprenant les troubles & les malheurs
de notre nation, vous n'aurez pas été
fidélement informé de toutes les circonſtances , par la malice ou par l'i-
gnorance de ceux qui ont voulu en
parler, & ſi je ne craignois de vous ennuïer par un trop long récit , je ne
vous aprendrois pas ſeulement ce que
vous voulez ſçavoir , mais reprenant
les choſes de plus loin , je vous ferois
une deſcription exacte des premieres
années du Roi que j'ai l'honneur de
ſervir , qui mériteroient qu'on en fit
une hiſtoire particuliere. Ce diſcours
augmenta la curioſité d'Arſidas, qui pria
le capitaine de lui faire part de ce qu'il
en ſçavoit. Vous allez aprendre, reprit Gobrias, des choſes dignes d'être
tranſmiſes à la poſterité par quelqu'un
de vos Grecs ; en effet pluſieurs de ſes
actions , dont nous avons été les témoins , l'emporteroient ſur celles que
l'on vente le plus : mais malheureuſement
nous n'avons dans notre païs que les
vers des Druïdes pour conſerver ce qui
s'y paſſe de plus remarquable , encore

ces faits éclatans ne font-ils pas em-
preints fur le bois ou fur la cire , mais
feulement dans la memoire de la jeuneffe ; & ce que nous aprenons des
vertus de ceux qui nous ont precedé ,
n'eſt que par la voix des perfonnes qui
les chantent. Sans me plaindre davantage de nos coutumes , je vais puifque
vous l'exigez , commencer mon recit.

HISTOIRE D'ASTIORISTE.

Nous avions un Prince nommé Britomande, dont la memoire nous fera
toûjours chere ; il n'avoit rien de mediocre dans toutes les belles qualités
qu'on peut fouhaiter dans un Roi , foit
pour la paix , foit pour la guerre. Arfidas l'interrompit , vous me parlez,
dit-il , du Roi avant que de me donner aucune idée du païs où il regnoit,
quoique par votre difcours il foit aifé
de juger que vous étes Gaulois. Il eſt
vrai , dit Gobrias ; vous fçaurez que
nous occupons la partie la plus confiderable de la Gaule , que la mer bai-
gne entre les Alpes & les Pirennées,
nous étendant encore dans les terres
par où paffent le Rhône & la Saone,
deux fleuves très-connus : ce païs eſt

fertile & recommandable par la bravoure de ceux qui y prennent naissance. Arsidas ne put cacher sa surprise,
il entendoit parler du Rhône & de la
Saone, ces mêmes fleuves qu'Argénis
lui avoit indiqués, pour trouver sûrement Poliarque. Peut-être, dit Gobrias,
qui s'en étoit aperçû, vous parlé-je
de choses que vous sçavez déja, il est
inutile d'entrer dans un si grand détail ;
mais dites-moi, je vous prie, que pen-
se-t-on dans la Sicile des affaires de notre Cour ? Nous en sommes peu ins-
truits, reprit Arsidas, nous sçavons
seulement qu'il y a plusieurs Rois dans
la Gaule ; pour d'autres circonstances,
nous ne pourions les aprendre que par
un bruit qui se dissipe à l'instant, &
qui, comme un vent leger, ou comme
un nuage auquel peu de personnes font
atention, disparoît presque dans sa naissance. Autrefois nous avions des marchands qui côtoïoient differens ports,
nous sçavions par leur moïen ce qui se
passoit dans les Cours étrangeres ; mais
depuis les derniers troubles, ils se sont
retirés. D'ailleurs nous nous conformons
à la maniere de vivre des Grecs,
& nous sommes fort indifferens sur ce
qui se passe chez les peuple du Septen-

trion. Lorsque le bruit se répand qu'a-
vec une armée considerable, vous vous
disposez à sortir de votre païs, la
crainte nous oblige pour lors à nous
informer plus particulierement de vos
démarches. Continuez donc, je vous
prie, & ne cachez rien à une personne
qui est naturellement curieuse, & qui
ne sçait rien de ce qui vous concerne.
Il avoit pris ce tour, non qu'il ignorât
absolument ce qui se passoit dans la
Gaule, mais afin que Gobrias n'inter-
rompît plus le fil de son discours, en
lui demandant souvent s'il sçavoit, ou
s'il ignoroit des particularités qu'il auroit voulu lui aprendre. Comme Gobrias avoit d'abord parlé du Rhône &
de la Saone, Arsidas prenoit un nouvel
interêt à ce recit.

Britomande, poursuivit Gobrias,
qui avoit succedé à son pere, eut un
fils qu'on apelloit du même nom, &
qui à l'âge de vingt-cinq ans, fut
ataqué de diférentes maladies. Les douleurs aiguës, & presque continuelles
qu'il ressentoit, en accablant le corps,
donnerent quelque ateinte à son esprit. Il épousa, nonobstant ses infir-
mités, Timandre une de ses parentes,
Dame si accomplie qu'on auroit de la

peine à déterminer quelle eſt la vertu qu'elle poſſede à un degré plus émi-nent. Elle eſt ſage & modeſte, elle re-vere les Dieux, & la prudence qu'elle fait paroître dans toutes les occaſions, eſt fort au-deſſus de ſon ſexe. La mort de Britomande pere de celui qui regne aujourd'hui, fut pour nous la fin de notre bonheur. Tout commen-ça à changer de face, nous ne recon-noiſſions plus dans le nouveau Roi que le nom & la pieté du pere. Entre les grands du Roïaume, Commindorix y paſſoit pour un des plus puiſſans; une illuſtre naiſſance, & les grandes richeſ-ſes qu'il poſſedoit, le metoient au-deſ-ſus du ſort des particuliers: il étoit tel en un mot que vous venez de dépein-dre Licogene. Ce Seigneur contraint ſous le vieux Britomande, par le reſ-pect qu'imprimoit un ſi grand Roi, ſçut ſe prévaloir, ſous le regne du fils de la bonne opinion qu'on avoit de ſa prudence & de ſa valeur, & ſe mena-gea une ſi grande autorité & un pou-voir ſi abſolu, que c'étoit lui, pour ainſi dire, qui regnoit ſous le nom du jeune Britomande. Timandre en voïoit les conſequences dangereuſes, & ne ceſ-ſoit d'encourager le Roi à ſuivre l'exem-

ple de ſes ancêtres : mais il avoit l'eſprit trop foible , cette foibleſſe alloit
même juſqu'à informer Commindorix
des conſeils que Timandre lui donnoit.
Pour nous, privés de cette douce tran-
quilité qui étoit diſparuë avec l'ombre
du vieux Britomande , nous nous aſſem-
blions ſouvent auprès du mauſolée de
ce Heros ; la pieté étoit le motif apa-
rent de cette démarche , mais nous y
allions en effet , pour aprendre de l'o-
racle (c'eſt un uſage du païs) ſi le deſtin & les Dieux ne nous feroient point
connoître la chûte prochaine de Commindorix. Nous nous faiſions un devoir de le haïr , ſurtout depuis qu'aveu-
glé par l'ambition de regner , ce ſujet
s'étoit porté aux dernieres extrêmités.
On le regardoit comme l'auteur de la
mort du fils de Timandre , qu'on prétendoit avoir été étouffé par le moïen d'u-
ne nourice qu'il avoit gagnée. On ne
ſçait pas pourquoi la Reine elle-même
n'a pas reſſenti les effets de ſa fureur ,
ſi ce n'eſt que ſe défiant de lui , elle a
pris de juſtes meſures pour ſe garantir
du poiſon , & des autres embûches qu'il
auroit pu lui dreſſer ; ou que cet homme imperieux n'a pas crû devoir prendre
dre ombrage d'une femme : pour moi

je crois que les Dieux seuls ont conservé Timandre. Ils aveuglent souvent les tirans, qui voulant chercher leurs sûretés dans une cruauté vaine & superstitieuse , ignorent, ou ne redoutent point les dangers trop réels qui doivent les faire échoüer.

Timandre se voïant enceinte pour la seconde fois , & craignant pour son fruit, peut-être destiné à la mort dans le moment qu'il devoit voir le jour, s'assûra de bonne heure d'une sage-femme, & de deux Dames de sa Cour, ma femme en étoit une. La Reine souhaitoit d'elles , que si elle accouchoit d'un fils, on suposât un autre enfant, & que secretement on enlevât celui dont elle seroit accouchée. Ces Dames prévinrent sur ce secret important une femme de la campagne nommé Sicambre, & l'engagerent à nourir l'enfant qu'on devoit lui remetre. La Reine étant sur le point d'accoucher, ma femme amena la nourice avec son mari à qui on n'avoit pû se dispenser d'en parler. Après qu'ils eurent promis l'un & l'autre, en ajoûtant même le serment, un secret inviolable , on ne laissa entrer dans la chambre de la Reine , que les personnes qui avoient part au secret. Les Dieux

lui furent favorables , Timandre accoucha heureufement d'un fils , & l'a-
dreffe des femmes fit trouver une fille
dans le berceau Roïal. Quels devoient
être alors les fentimens de la Reine ?
Elle fentoit les premieres douleurs , &
atendoit avec impatience cet inftant que
les meres païent fi cher. Ce qu'elle craignoit au milieu des maux les plus ai-
gus (c'eft d'elle -même que je fçai cette circonftance) étoit que l'enfant , en
criant , ou que les femmes , dans leur
premiere fraïeur , ne découvriffent un
miftere qu'elle avoit tant d'interêt de
tenir caché. Quoique la douleur qu'elle
reffentoit jointe aux diférentes inquiétudes , dont elle étoit agitée , lui cau-
faffent une fiévre violente , elle eut affez de forces & de préfence d'efprit ,
pour prévenir ainfi Sicambre , qui devoit, parmi ces mouvemens confus , emporter l'enfant. Je vous conjure par tous
les Dieux , de m'être toûjours fidéle ,
& lorfque je cherche à tromper la vigi-
lance de mes ennemis, & que je me fe-
pare de cet enfant dans la neceffité de
reconnoître pour mon fils, celui que
vous voudrez me repréfenter , que je
ne fois pas moi-même abufée. Envain
Madame , reprit Sicambre , voudroit-

on vous en impofer, les Dieux n'en laiffent pas la liberté, le Prince a des marques trop fingulieres. Elle fit voir auffi-
tôt un peu au-deffus du col de l'enfant,
un épi de couleur de pourpre, il avoit
auffi la même marque fur la jambe.
Ce qui avoit donné occafion à ces deux
fignes fi favorables pour les circonftances, eft que la Reine fe promenant
dans la campagne, durant fa groffeffe,
fut faifie de fraïeur, au bruit d'un tourbillon extraordinaire qui s'éleva tout à
coup dans un champ voifin où l'on cou-
poit les blés. Après que Timandre eut
embraffé un gage fi cher, fuïez, dit-
elle, mon cher enfant, le danger où
vous étes expofé dans le palais de votre pere, fuïez, mon cher Aftiorifte,
je vous nomme comme votre bifaïeul.
Permetent les Dieux que vous puiffiez
être bien-tôt en état de nous venger de
ceux, dont la cruauté empêche que vous
ne foïez paifiblement élevé entre les
bras d'une mere. Elle l'embraffa une
feconde fois, & ne put retenir fes larmes. Sicambre le reprit, l'envelopa de
fes langes, fortit par une porte fecrete,
& s'éloigna du palais. On expofa dans
le berceau une fille qui paffa pour celle
du Roi. On fit venir Britomande pour

la reconnoître ; le Roi entra accompagné de Commindorix, & embraſſa avec une tendreſſe de pere cet enfant ſupoſé. Après l'avoir recommandé aux nourices, & avoir conſolé la Reine, il ſortit de l'apartement pour aller au temple remercier les Dieux de la nouvelle grace qu'il venoit d'en recevoir.

Sicambre à qui la Reine confioit la deſtinée de ſon fils, étoit une femme de mediocre condition, ce ſecret dans une maiſon plus connuë eût couru trop de riſque, & un enfant ſi délicat dans une maiſon plus pauvre, eût peut-être manqué du neceſſaire. Elle avoit amené avec elle ſon mari nommé Ceroviſte, qui étoit auſſi du ſecret. En ſortant du palais elle lui remit ce précieux depôt, & lui dit de le porter promtement dans leur maiſon. La pitié, l'idée d'une récompenſe proportionnée au ſervice, parloient en faveur de l'enfant. Ceroviſte, pour ôter tout ſoupçon, laiſſa ſa femme & ſe rendit le premier à la maiſon. Il avoit ſur le bord du Rhône quelques pieces de terre qu'il faiſoit valoir, l'endroit étoit commodement ſitué, ſe trouvant éloigné de la ville ; c'étoit là, où avec un domeſtique neceſſaire, il vivoit dans une ſimplicité ruſfuſtique. Il feignit, en arrivant, d'avoir trouvé cet enfant à l'entrée de la forêt, & ſa femme étant arrivée peu de tems après, il lui dit en préſence de ſes domeſtiques qui étoient revenus du travail, que comme il n'y avoit que peu de jours qu'elle avoit ſevré ſon fils, elle pouvoit nourir cet enfant. Sicambre affectant un air de ſurpriſe, s'informoit à qui il apartenoit, comment on avoit pû ſe reſoudre à abandonner un ſi bel enfant, & qui ne paroiſſoit avoir aucun défaut dans tout ſon corps? Le mari ne répondit autre choſe, ſi non qu'en revenant à la maiſon, il avoit aperçû cet enfant aſſez proche de la forêt, dans un lieu qui n'étoit frequenté que des bergers & des chaſſeurs: qu'on l'y avoit aparemment expoſé par cruauté, ou par neceſſité. Comme l'enfant jetoit quelque cris, Sicambre le prit ſur ſes genoux, & l'apaiſa, en lui préſentant la mammelle.

C'eſt ainſi que fut d'abord élevé un enfant du ſang Roïal, d'une maniere qui ne répondoit point à ſa naiſſance, mais qui ſe trouvoit conforme aux conjonctures préſentes. A peine commença-t-il à parler, qu'il donna des preuves de ce qu'il étoit. Il avoit les ma-

nieres du monde les plus aimables,
avec une grace & une beauté qui n'é-
toient pas communes ; Cerovifte fur tout.
& Sicambre qui connoiffoient fon origine , & qui lui étoient fincerement atachés , admiroient jufqu'aux moindres
chofes. Ils l'apelloient Aftiorifte , nom
que la Reine lui avoit donné , & que
plufieurs Princes avoient porté avant lui :
mais on ne pouvoit en fûreté informer
fouvent la Reine des nouvelles de l'enfant. Sicambre ne venoit au plus qu'u-
ne fois le mois chez ma femme , encore prenoit-elle des mefures ; fes démarches reïterées à la Cour euffent été
fufpectes. Les Dames qui étoient du fecret , l'inftruifoient fur la maniere dont
elle devoit fe conduire dans une occafion où tout étoit à menager.

Aftiorifte avoit environ fept ans ; la
Reine impatiente d'embraffer ce cher
fils, s'adreffa à moi ; j'avois l'honneur
de la fervir en qualité d'Intendant de fa
maifon. Votre atachement, me dit-elle,
Gobrias, m'eft connu, & j'aurois tort
de douter de votre difcretion. Il y a déja long-tems que j'ai confié à votre femme un fecret de la derniere confequence , elle a fçû fi bien le garder , que
pour la récompenfer de fa fidélité , je

vais vous faire part d'une chose , qui
pour le bien de l'Etat, & pour ma propre sûreté , ne peut être trop secrete :
mais ne sçauriez-vous pas déja ce que
je me propose de vous aprendre ? Votre femme ne vous en a-t-elle rien
touché ? Penetré, comme je le devois ,
de l'honneur que la Reine vouloit me
faire de m'admetre dans sa confidence,
je lui témoignai par les termes les plus
respectueux l'obligation que je lui avois,
& l'assûrai de la discretion de ma femme , qui veritablement ne m'en avoit
point parlé. Timandre m'informa de
tout. Je fus d'abord saisi d'étonnement,
mais mon esprit s'étant remis dans la
suite du discours , je ne pouvois que
loüer la pieté de la Reine, & une invention si utile pour faire échoüer les
desseins d'un tiran prêt à usurper la couronne. Vous sçavez à présent, ajoûta-
t-elle, où est caché ce que j'ai de plus
précieux. Comblée d'honneurs & de richesses, je n'ai pû encore joüir de l'a-
vantage des meres d'une moindre condition. Conservons ce présent des Dieux
qui se declarent pour nous , qu'il crois-
se & que sans avoir l'indiscretion du
pere, il ait les vertus de ses aïeux ; il
sera l'apui de ma vieillesse & la ruine

de Commindorix. Tout m'en donne
l'espérance , sa phisionomie annonce
quelque chose de grand , je l'ai envisa-
gé quelquefois , quand sa nourice l'a-
menoit dans le temple , mais quelle
triste situation ! une mere n'a la liberté
que de voir en passant un fils unique ,
& ne peut lui parler. Allez, je vous prie ,
dans la maison qui lui sert aujourd'hui
d'asile , vous trouverez aisément un prétexte pour vous y rendre , je vous destine un plaisir qui devroit , ce semble ,
m'être reservé. Vous me raporterez fidélement tout ce que vous aurez remarqué de son caractere , vous pren-
drez aussi avec Sicambre les mesures
necessaires , pour me menager au moins
l'occasion de pouvoir l'embrasser une
fois , sans que cette entrevuë fasse naître le moindre soupçon.

La Reine ne m'eut pas plûtôt confié
ce secret , que je la remerciai dans des
termes pleins de reconnoissance d'avoir
bien voulu m'honorer de ses ordres pour
une affaire aussi délicate. Je haïssois naturellement Commindorix; le plaisir de cette secrete conspiration me fit mepriser
tous les risques qui pouvoient s'y rencontrer. Je partis le lendemain matin ,
& j'arrivai à la métairie. J'entrai dans

une baſſe cour , où aïant aperçû pluſieurs enfans qui joüoient enſemble ,
je m'aprochai pour voir ſi je diſtingue-
rois d'abord celui qui étoit la cauſe de
mon voïage. Il eſt vrai que , ſans le ſecours de perſonne , je le reconnus , la
nature ſeule me découvrit celui qui devoit ſon origine à tant d'illuſtres Heros.
Les autres enfans , par une timidité
groſſiere , s'éloignerent promtement ;
pour lui , ſans marquer la moindre ſurpriſe , de voir un homme vêtu d'une
maniere diférente de ceux qu'il avoit
coutume de voir , il demeura dans la
même place. Il portoit un arc conve-
nable à ſon âge & à ſes forces. Si-tôt
qu'il m'eut aperçû , il en poſa une ex-
trêmité à terre , & s'apuïant ſur l'autre , il ſembloit m'atendre d'un air aſſûré. Ses cheveux qui étoient d'un fort
beau blond, quoique negligés , & épars
ſur ſon front par le mouvement qu'il
s'étoit donné , en joüant avec ſes camarades , ne diminuoient rien de ſa beauté.
Ses yeux avoient quelque choſe de doux
& de fier en même tems. Son teint étoit
animé , & raſſembloit toutes les couleurs
qu'on donne aux jeunes amours. Sa préſence fit ſur moi une ſi vive impreſſion ,
que je m'adreſſai aux Dieux en ce mo-

ment, & les priai de conferver par une
fuite de bontés ce qu'ils nous avoient
eux-mêmes donné. Je n'ofois lui parler
comme j'aurois fait à un autre enfant,
je defcendis de cheval, & charmé d'ê-
tre avec lui, je lui fis plufieurs queftions;
comment il fe portoit, ce que faifoient
fon pere & fa mere. Il me répondit
que fon pere étoit allé travailler aux
champs, que fa mere étoit à la maifon, & qu'il iroit l'avertir, fi je voulois; vous me ferez plaifir, lui dis-je,
aimable enfant, & fi cela ne vous fait
pas de peine, je vous accompagnerai.
Il me conduifit, & comme je m'infor-
mois quels animaux il tiroit avec fon
arc, mon pere, me répondit-il inge-
nuement, ne veut pas encore que j'aille à la chaffe au loup, il me remet toûjours dans un an. Je vous ferai obligé
de me dire combien il faut de jours pour
une année : car je m'aperçois que par-
ee que je fuis enfant, & que j'ignore ce
que c'eft, on ne me tient pas ce qu'on
m'a promis. C'eft envain, lui dis-je en
fouriant, que vous me faites cette demande, croïez-vous pouvoir retenir
dans votre memoire tant de jours ; pardonnez-moi, dit-il, qu'on me donne
autant de petites pierres, qu'il y a de

jours , je les cacherai bien , j'en ôterai
une chaque jour, quand il n'y en aura
plus ce fera la fin de l'année. Je m'en-
tretenois volontiers avec ce jeune enfant , j'admirois les premiers traits de
fon imagination , & je marchois lentement pour avoir plus long tems le plaifir d'une converfation fi amufante ;
mais je ne fçai qui avertit Sicambre
qu'il y avoit quelqu'un qui caufoit avec
fon fils , elle fortit dans l'inftant , &
comme elle étoit toûjours en alarmes
fur ce précieux dépôt, elle vint promtement nous joindre , fon inquiétude
étoit marquée fur fon vifage.

Elle me reconnut, mais ignorant quelle
étoit la raifon qui m'amenoit, & fi l'enfant m'étoit connu, elle me fit entrer dans
la maifon, me demanda d'une maniere
embaraffée des nouvelles de ma femme ,
& le fujet qui me conduifoit chez elle.
Quand nous fûmes affis, j'aurois bien raifon, lui dis je, de me plaindre de ma femme, fi vous ne fembliez vous-même auto-
rifer fa faute par votre diffimulation. Ce
n'eft ni à vous, ni à elle que je fuis redevable de la connoiffance de ce cher enfant,
mais à la Reine feule qui m'a ordonné
de venir & de prendre avec vous des mefures pour le lui faire voir avec plus de

liberté. Elle se plaint d'être reduite à né
pouvoir que l'envisager quelquefois dans
le temple, elle veut l'embrasser, elle veut
lui parler, cherchons à lui ménager cette
douce consolation. Sicambre n'eut pas de
peine à se justifier sur le reproche que je
lui faisois, & me dit qu'elle étoit ravie que
Timandre eût bien voulu me confier elle-
même ce secret. Il lui vint dans l'idée
plusieurs moïens de procurer à la Reine
un plaisir qu'elle recherchoit avec empressement ; mais plus nous les exami-
nions, plus nous y trouvions d'incon-
veniens. Enfin après y avoir bien pensé,
nous crûmes que le plus sûr étoit que Sicambre , qui venoit souvent voir ma
femme, se rendit avec son fils dans une
maison que j'ai proche de la ville : que
la Reine , qui seroit sortie ce même jour
sous le pretexte d'aller prendre l'air ,
temoigneroit avoir quelque envie de se
promener dans mon jardin, qui est fort
orné; qu'on la conduiroit dans une chambre secrete, où sans aucune crainte, elle
pouroit embrasser son cher Astioriste.

Aïant arrêté le jour avec Sicambre, je
voulus avoir encore le plaisir avant que
de m'éloigner , de m'amuser avec cet enfant. Je trouvois toûjours quelque chose
de nouveau dans ses reparties vives &
 spi-

ſpirituelles, qui préſageoient ce qu'il ſeroit un jour. Enfin j'embraſſai celui, qui
avec le ſecours des Dieux, devoit ſe voir
le maître d'un Roïaume ſi floriſſant. Je
me rendis ſur le ſoir au village prochain
où je paſſai la nuit. Je retournai le lendemain au palais rendre compte à la
Reine de l'occaſion que nous lui avions
ménagée. Elle ne temoigna d'inquiétude
que ſur le terme que nous avions pris,
qui n'étoit cependant que de deux jours.
Ce tems ne fut pas plûtôt expiré, que
Sicambre, ſuivant les meſures que nous
avions priſes, amena l'enfant dans ma
maiſon; la Reine s'y rendit accompagnée
de peu perſonnes. Après quelques tours
d'allées, elle dit à ma femme qu'elle
avoit envie de ſe repoſer. On la condui-
ſit dans une chambre commode pour notre deſſein, & où en parlant même aſſez
haut, on ne pouvoit être entendu des
chambres voiſines. La Reine feignit de
vouloir ſe livrer à quelque leger ſom-
meil, elle fit écarter une partie de ſa
ſuite, & ne retint que ceux qui étoient
dans la confidence. On fit entrer la fidéle Sicambre qui remit l'enfant entre les
bras de ſa mere. J'étois préſent, la Reine m'en avoit accordé la permiſſion;
tout ce que je puis vous dire eſt beau-

coup au-deſſous de ce que je vis. Elle
parut dans ce moment agitée des paſſions les plus violentes ; la joïe, la pitié, le plaiſir, la douleur ſe ſuccederent tour à tour, elle voulut retenir une
partie de ces mouvemens differens, il
fallut enfin ceder. Il lui échapa pluſieurs ſoupirs qui furent ſuivis de quelques larmes, elle prit l'enfant, & l'embraſſa. Elle le tenoit ſi ſerré entre ſes
bras, que ces vives careſſes auroient
été capables de nuire à l'un & à l'autre,
ſi elle eût pû demeurer long-tems dans
cette atitude trop contrainte. Elle l'é-
loignoit quelquefois, pour mieux conſiderer ſa taille, ſes yeux & tous les
traits de ſon viſage ; le reprenant enſuite, elle ſembloit vouloir ſe dedom-
mager de l'inſtant où elle s'en étoit ſe-
parée, & lui reïteroit mille baiſers.
Songeant qu'elle étoit la mere d'un enfant ſi aimable, elle en conçût quelque
vanité, & commençoit à mépriſer l'in-
ſolence de Commindorix, dont ce même enfant devoit un jour la venger. Le
plaiſir qu'elle goutoit avec ſon cher Aſtioriſte lui étoit d'autant plus ſenſible,
qu'il étoit comme derobé : mais faiſant
reflexion qu'elle n'avoit plus que quelques momens à en joüir, ſa joïe ſe chan-

geoit en une triste langueur. Que vous
dirai-je enfin ? Il n'y eut personne témoin d'un spectacle si tendre, qui pût
retenir ses larmes. Ce qu'il y avoit à
craindre étoit que l'enfant ne vînt à
connoître qui il étoit ; un âge si peu
avancé n'étoit pas capable de secret ; &
si par hasard on eût découvert quelque
chose de cette entrevûë, Astioriste devenoit la victime du tiran. Timandre
eut l'atention, au milieu de toutes les
caresses qu'elle lui faisoit, de ne rien
laisser échaper qui lui fît connoître qu'-
elle fût Reine, ou qu'il fût son fils.
Astioriste de son côté touché de toutes
ces marques de joïe & de tristesse, dont
il étoit l'objet, & de ces baisers tant de
fois reïterés, atendri par les larmes
qu'il nous voïoit répandre, en versa lui-
même quelques-unes, & quoi qu'il ne
connût point celle qui l'avoit tenu si
long-tems embrassé, il voulut (comme
si la nature lui eût inspiré ce sentiment)
l'embrasser à son tour : mais la simplicité d'un âge si tendre n'est pas suscep-
tible de beaucoup d'inquiétudes, ni de
prudence, par une petite fantaisie, il
s'amusa le moment d'après à considerer
les habits de la Reine, il examinoit les
lits, les tapis, & tout ce qu'il y avoit

C ij

dans la chambre qui lui paroiſſoit nouveau. Il portoit ſes regards ſur tout ce
qui ſe préſentoit à lui : chacun de nous
ſenſible , comme il le devoit à cette
curieuſe avidité naturelle aux enfans ,
prenoit un vrai plaiſir à lire dans le mouvement de ſes yeux les differentes impreſſions qui ſe faiſoient dans ſon eſprit.

Tandis que nous étions ainſi occupés
de ſes actions même les plus indifferentes , l'heure ſe paſſoit , ce retardement pouvoit donner quelques ſoupçons
aux perſonnes de la ſuite de la Reine ;
mais comment ſe reſoudre à quiter Aſtioriſte ? Ce ne fut que dans l'eſpérance
de retrouver la même occaſion qu'elle
s'arracha à ce plaiſir. Laiſſant en ce moment un libre cours à ſes larmes & à
ſes ſoupirs, elle ordonna qu'on emme-
nât l'enfant. Voici l'arangement que
nous avions pris. Je devois , accompagné de quelques amis, mais qui ne ſçau-
roient rien de mon deſſein , me rendre
dans la maiſon de Sicambre , ſous le
prétexte de la chaſſe , où après avoir
donné des loüanges à Aſtioriſte ſur ſa
beauté & ſes manieres aimables, je devois , en leur préſence , le demander
au pere & à la mere , pour l'élever dans
la ville , ne paroiſſant pas né pour la

campagne, ni pour un lieu si retiré. Sicambre, de concert, devoit d'abord s'y
opofer, pour fe rendre enfuite au confentement que fon mari y donneroit le
premier. On devoit auſſi-tôt conduire
l'enfant dans la ville, & le préfenter à
ma femme, pour la fervir dans ce qui
pouroit convenir à un âge ſi tendre.
Nous crûmes ce moïen sûr pour l'élever avec plus de foins, & procurer à la
Reine le plaifir de le voir plus fouvent,
& de joüir de fes innocentes careffes.

Un malheur qui furvint, rompit toutes nos mefures. Il n'y avoit que trois
jours que la Reine avoit eu la confolation d'embraffer fon fils, quand Cerovifte arriva chez moi. Ses habits de-
chirez, le chagrin qui étoit peint fur
fon vifage, annonçoient quelque chofe
de funefte. Si-tôt qu'il m'eut aperçû, ah !
Gobrias, me dit-il en fe frapant le fein,
les Dieux veulent notre perte, des gens
armés font venus chez moi cette nuit,
ils ont enlevé Aftiorifte, nous ne pouvons fçavoir où il eft, ni même s'il vit.
Ces brigands, après avoir pillé ma maifon, y ont mis le feu ; nous n'avons
pas été les feuls expofés à leur fureur,
le village voifin s'eft reffenti de cette
courfe. Echapé au danger, je n'ai pû re-

C iij

marquer le chemin qu'ils ont pris. Ils
font auffi-tôt remontés dans des barques
qui les atendoient , & ont traverfé le
Rhône avec beaucoup de diligence. Dites-moi ce que je dois faire , & où je
dois aller.

Cette derniere circonftance jeta Arfidas dans une véritable inquiétude , il
ne l'écouta qu'en tremblant ; impatient
il demanda fi l'enfant avoit peri , car
jufqu'alors il s'étoit flaté que les Dieux
l'avoient deftiné pour quelque chofe
de grand : qu'il pouvoit même avoir
part au voïage qu'il avoit entrepris
par l'ordre d'Argénis. Cette trifte nouvelle , répondit Gobrias , fit fur moi
beaucoup plus d'impreffion qu'elle ne
paroît en faire fur vous. Un accident
fi fubit demandoit un promt remede ,
je dis à Cerovifte de retenir , s'il le pouvoit , fes foupirs & fes plaintes , & de
me rendre un compte fidéle de ce qui
s'étoit paffé. Il ne m'en eut pas plûtôt
fait le détail , que je me livrai à mille
penfées ; d'où pouvoient venir ces vo-
leurs ; fi leur deffein étoit d'enlever
cet enfant , avec quelle diligence il
falloit les pourfuivre, combien de perfonnes il falloit y emploïer ; & enfin
fi je devois moi-même aprendre à le

Reine une nouvelle qui alloit lui couter tant de larmes : mais je reprendrai
tantôt la fuite de cette Hiftoire , on eft
venu nous avertir que le fouper étoit
fervi. Helas ! dit Arfidas , croïez-vous
que dans la cruelle incertitude où vous
me laiffez , je puiffe prendre le moindre plaifir durant le repas. Aprenez-
moi , je vous prie , toutes les circonftances d'un accident auquel je m'intereffe
fi fort , & de quels fuplices la Reine
fit punir ces brigands. Gobrias l'informa de ce qu'il defiroit fçavoir , il lui
raconta en peu de mots combien la
Reine & lui avoient été fenfibles à cette
perte , les larmes fecretes qu'ils avoient
répanduës , la diligence qu'on avoit
emploïée , pour en aprendre des nouvelles ; il ajoûta que leurs foins avoient
été inutiles , & qu'ils n'avoient pû découvrir ceux qui avoient enlevé l'enfant , ni la route qu'ils avoient prife.
Ce qui avoit fait d'abord foupçonner
Commindorix. C'eft le fort des tirans :
ignore-t-on l'auteur d'un crime, le premier foupçon tombe fur eux ? On fçut
enfin quelque tems après que des vo-
leurs qui s'étoient atroupés dans les Alpes , avoient paffé le Rhône , afin de
pouvoir dans les païs voifins , exercer

avec moins de rifque le métier de brigands : qu'étant enfuite retournés chez
eux chargés de butin, ils avoient partagé leur proïe , & s'étoient feparés ,
de crainte que leur grand nombre ne
les fît découvrir. C'eft ainfi que fut perdu cet aimable enfant , & dont la perte
couta à la Reine tant d'inquiétudes &
de chagrin , qu'elle penfa y fuccomber.

Que cette hiftoire , reprit Arfidas encore plus inquiet, reffemble à un fonge ,
où je me ferois figuré un édifice fomp-
tueux , qui , après avoir été dreffé par
la main des plus habiles ouvriers , &
orné enfuite des plus beaux morceaux
d'architecture & de peinture , difpa-
roîtroit à l'inftant par le feul bruit
des aplaudiffemens qui m'auroient re-
veillé. Après avoir confervé cet enfant
pendant les premieres années de fa vie,
après l'avoir conduit jufqu'au tems où
il fembloit être en état de fe faire connoître , vous me l'enlevez au moment
que j'en avois conçu les plus flateufes
efpérances. Arfidas atentif à ce recit, en
atendoit la fuite avec impatience ; & non
content de cet éclairciffement, il fe plaignoit en fecret de ce que Gobrias lui
préparoit un fi magnifique théatre , fans
y repréfenter les principaux évenemens.

Gobrias qui s'aperçut de l'embaras d'Arſidas, voulut le diſſiper. Si vous me promettez, dit-il, de reprendre votre premiere tranquillité durant le repas, je vous ramenerai l'enfant, & le remetrai entre les bras de ſa mere. Ces paroles flaterent Arſidas qui n'oſant ſe decouvrir reſſentoit dans ſon cœur les plus vives impreſſions ſur la deſtinée d'Aſtioriſte. On alloit ſe metre à table, quand Gobrias pria ſon nouvel hôte de trouver bon qu'il préſentât la premiere place à un Druide qui devoit manger avec eux, diſant que les Gaulois par un motif de religion, avoient cette atention pour leurs prêtres dans les feſtins, ou dans les ſolemnités publiques. Arſidas ſe plaça enſuite, & Gobrias qui faiſoit les honneurs ſe plaça le dernier. Durant le repas on parla beaucoup des Druides, il eut été difficile de dire en cette occaſion, lequel d'Arſidas ou du Druide avoit le plus d'envie, l'un d'aprendre ce qu'il ignoroit, & l'autre d'inſtruire. Le Druide avança d'abord que ceux qui étoient honorés de ce ſaint miniſtere, ne préſidoient pas ſeulement aux choſes ſaintes, qu'ils étoient encore les miniſtres de la juſtice, qu'ils inſtruiſoient la jeuneſſe, & qu'ils s'adon-

noient à la poësie, qui devoit être
regardée comme une science divine. Il
paroissoit s'arrêter davantage sur ce dernier article : Arsidas qui s'en aperçut ,
le suplia par complaisance de reciter
quelques - uns de ses vers. Le Druide
après s'être fait prier sur une chose qu'il
étoit très disposé à accorder , recita une
piece qu'il avoit nouvellement composée sur la justice des Dieux , qui souvent
ne laissent en paix les crimes des hommes , que pour les punir ensuite avec
plus de rigueur.

> *Mortels trop endurcis, craignez les Dieux*
> *vengeurs ,*
>
> *Ce calme qui vous flate, annonce vos malheurs;*
>
> *De votre aveuglement volontaires victimes,*
>
> *Ne commencerez-vous à detester vos crimes ;*
>
> *Que quand des châtimens préparés dans les*
> *cieux ,*
>
> *Les terribles effets desilleront vos yeux ?*
>
> *L'heure fatale aproche , & leur lente justice*
>
> *Aprête, en differant, un plus rude suplice.*
>
> *Bien-tôt vous allez voir l'équitable Themis*
>
> *Sans pitié vous livrer au bras de Nemesis ;*

Qui poura vous souſtraire aux traits inévi-
tables

Quelle eſt prête à lancer ſur vos têtes coupables ?

Sous le joug rigoureux de votre triſte ſort,

Que de chemins divers vous menent à la mort!

Tout menace vos jours, l'air, les eaux & la
terre,

Les monſtres des forêts vous declarent la
guerre :

Cerès en ſeduiſant l'eſpoir du laboureur,

Trop ſouvent de la faim fait reſſentir l'horreur,

D'un fleau ſi cruel le deplorable reſte

Eſt bien-tôt devoré par les feux de la peſte,

Et quand Mars en fureur leve ſes étendards,

Le carnage & la mort regnent de toutes parts.

Voilà les traits vengeurs que vous avez à
craindre,

Mais en les redoutant, devez-vous vous en
plaindre ?

Ah ! raportez plûtôt des perils ſi preſſans,

A des Dieux offenſés, qui juſtes & puiſſans

ont voulu se servir de toute la nature

Pour punir vos forfaits & venger leur injure.

Après le souper qui fut servi avec
toute la propreté & la delicatesse que
le tems & le lieu pouvoient permetre,
il est tems, dit Arsidas, de suivre le Prince que de coupables ravisseurs vous ont
enlevé : tous les soins que nous prîmes,
reprit Gobrias, furent inutiles. Nous
pleurâmes sa perte pendant quatre ans,
nous avions même perdu toute espérance de le revoir, quand la cinquiéme
année, nous eûmes à soutenir une guerre
contre les Allobroges qui vouloient envahir des terres sur nous. Je dois éviter
ici le détail ennuieux de plusieurs circonstances peu essentieles, je vous dirai
seulement qu'il n'y eut qu'un combat,
& que les Allobroges mis en deroute
abandonnerent leur camp. Notre armée
trouva à y faire un butin considerable,
& pouvoit à peine suffire à garder les
prisonniers. Il y eut dans ce combat trois
Princes de leur parti défaits, dont le
plus remarquable s'apelloit Aneroeste.
Comme les vainqueurs pilloient sa tente, un de nos soldats aperçut, en y entrant, un jeune garçon d'une rare beau-

. Content de ce feul butin, il voulut
en faifir ; mais cet enfant avec un courage au-deſſus de fon âge, fe mit en
état de difputer fa vie & fa liberté. Le
foldat qui craignoit de le bleſſer, apel-
la un de fes camarades, ils environne-
rent tous deux cet enfant obſtiné à
combatre, le prirent, & lui ôterent l'é-
pée qu'il avoit encore à la main. Ils
lui avoient reconnu trop de fentiment
pour s'en défier, & fans le lier comme
un captif, ils fe contenterent de le faire
prifonnier fur fa parole. L'enfant fans
paroître abatu par cette difgrace, répondit qu'il fe foumetoit à la volonté
des Dieux, & que le fort des armes s'é-
tant declaré pour eux, ils pouvoient
compter fur fa parole, à laquelle il feroit auſſi fidéle qu'il avoit été atentif à
défendre fa liberté.

Ce ne fut point fans une permiſſion
particuliere des Dieux que cet enfant
eut le bonheur d'infpirer de la pitié à
des foldats, qui ne devoient refpirer que
le fang. Ils l'emmenerent fans qu'il fît
aucune réſiſtance ; mais dans la crainte
que ce qui avoit fait impreſſion fur eux,
n'en fît fur leurs camarades, ils évi-
toient avec foin leur rencontre. Ils n'é-
toient pas loin de la ville où le Roi fai-

foit fa réſidence, quand je les rencon-
trai. A cette premiere vuë je demeurai
interdit, je demandai à ces ſoldats que
je connoiſſois, d'où leur venoit ce butin, & ſi leur deſſein étoit de s'en dé-
faire pour de l'argent; ils me répondirent qu'ils avoient conſervé cet aimable priſonnier, pour le préſenter à Commindorix. Je crois qu'ils ne ſe ſervirent
du nom de Commindorix, que comme
d'une défaite, ne voulant point s'en déſ-
ſaiſir. Vous ſçavez que l'habit des Gaulois ne leur couvre pas tout le corps :
comme je regardois ce jeune enfant avec
atention, & qu'inſpiré aparemment par
les Dieux, je me rapellois pluſieurs
idées, il baiſſa le col par haſard, mais
quelle fut ma ſurpriſe ! je ne puis vous
exprimer les tranſports dont mon ame
fut agitée ; une inclination qu'il fit, me
laiſſa apercevoir la marque du fils du
Roi, je veux dire cet épi de couleur de
pourpre, dont je vous ai parlé, & qu'il
ſembloit que les deſtins euſſent impri-
mé à deſſein. Ce que je reſſentis dans ce
moment m'empêcha de proferer une
parole ; une ſueur froide ſe répandit
dans tous mes membres. Craignant encore de me tromper, je m'adreſſai ſecretement aux Dieux tutelaires du païs,

je les priai de rendre certaines les efpérances qu'ils avoient eux - mêmes fait
naître. J'avoüe, dis-je à ces foldats,
que vous avez trouvé dans ce jeune enfant un préfent digne de Commindorix,
mais confultez-vous, mes amis, ne feroit-il pas plus à propos de le préfenter
à la Reine, il eft affez jeune pour être
avec les Dames, & peut-être fera-t-il
un jour en état de reconnoître ce fervice. Quand vous le préfenteriez à Commindorix, il feroit conduit chez la Reine, pourquoi dans l'efpoir d'une jufte
récompenfe vous priver de l'honneur de
lui préfenter vous même. Les foldats
après quelques reflexions, me remercierent du confeil que je leur donnois,
& me prierent de vouloir bien leur ménager une entrée dans le palais ; je ne
m'engageai pas feulement à les y conduire, mais craignant de laiffer échaper
un butin fi précieux, je les invitai à fouper chez moi.

Quand nous fûmes arrivés dans ma
maifon, j'adreffai la parole à l'enfant,
& je lui demandai fon nom. Il me répondit que dans la premiere occafion
qu'il fut fait prifonnier, on lui avoit
donné le nom de *Scordanes*, qu'il ne
favoit point celui qu'on lui deftinoit

dans cette seconde captivité. **Vous aviez**
donc déja été pris , lui dis-je , avant que
de tomber entre nos mains ? Oüi , me
dit-il ; mais d'où étes vous, mon fils,
repartis-je , & quel eſt votre premier
nom ? La ſeule choſe dont je me reſſou-
viens , répondit-il , eſt qu'étant encore
enfant , je fus enlevé de la maiſon de
mon pere , par une troupe de ſoldats
armés; que nous demeurions aux champs
& que ma mere m'apelloit Aſtioriſte.
Ceux qui m'avoient enlevé me préſenterent au Roi Aneroeſte , chez qui j'ai
demeuré quelques années : j'y ai été
élevé avec les Princes ſes enfans , il a
voulu même que j'apriſſe ſous lui le
métier de la guerre , & pour cela que
je fuſſe témoin de celle-ci qui m'a été
ſi funeſte , puiſqu'aïant été ſeparé d'un
Roi , à qui j'avois tant de raiſons d'être
ataché , je me vois enfin réduit à un
état bien diférent de celui où j'étois auprès de lui. La douleur dans ce moment
l'empêcha d'en dire davantage. Confirmé dans mes premieres idées , je rendis graces aux Dieux , & raportai cet
évenement à un effet de leur bonté plûtôt qu'à celui du haſard. Mon fils , lui
dis-je , les Dieux ne vous ont point mal
adreſſé, remerciez-les de vous avoir conduit

duit par ces accidens diférens jufques
dans le palais de la Reine, ils vous y
préparent un bonheur parfait.

J'étois penetré de joïe, & après avoir
paffé la nuit dans le plaifir que peuvent caufer les efpérances les plus flateufes, je prévins ces foldats que j'allois
au palais demander pour eux la permiffion de s'y préfenter avec leur butin.
Il y avoit dans mes habits quelque chofe de plus recherché qu'à l'ordinaire,
j'avois une couronne fur la tête, comme fi j'euffe voulu offrir aux Dieux quelque facrifice. Le tranfport où j'étois, paroiffoit jufques fur mon vifage, la raifon
en fembloit naturelle, on pouvoit l'attribuer à une fuite de la victoire que nous
venions de remporter. Arrivé en cet état
dans le palais, je crus à propos de prepa-
rer la Reine à une nouvelle qui devoit
fi fort la toucher. Ne foïez point furprife, Madame, lui dis-je, fi je parois
devant votre majefté avec un air fi content. Ce font les Dieux, qui par la force
fecrete d'un fonge, m'ont infpiré cette
joïe que je ne puis vous cacher. Vous
trouverez peut être que je fuis fuperfti-
tieux, mais j'ofe dire que ce qui s'eft
préfenté à mon imagination durant mon
fommeil, a quelque chofe de fi fingu-

lier qu'il ne m'eſt pas permis de le reꝛ
garder comme un ſonge ordinaire : &
pour ne pas laiſſer votre eſprit plus
long-tems en ſuſpens , permetez-moi
de prendre part à votre bonheur : oüi,
Madame , ce jour doit-être le plus heureux de votre vie , ſi j'en dois croire
Mercure , ou celui des Dieux qui dans
les ſonges fait voir aux mortels les choſes à venir. Quel eꝏes de joïe, Gobrias,
reprit la Reine , ou plûtôt quel excès
de folie ! j'ai vû , Madame , continuai-
je auſſi-tôt , ſur le point du jour (tems
où les ſonges , comme plus épurés , ont
plus de raport à la verité) un enfant
d'une beauté raviſſante , & qui m'adreſſoit ces paroles. Allez trouver la Reine ,
dites-lui que je vais me rendre chez elle,
& qu'aujourd'hui elle aura le plaiſir devoir celui qu'elle a ſi long tems deſiré :
mais qui étes-vous, lui dis-je ? Car , à
vous voir , on ne peut vous prendre que
pour le fils d'une Divinité. Quoi , a-t-il
repris en colere , vous eſt-il donc reſté
ſi peu d'idée d'Aſtioriſte, qu'il faille vous
le nommer pour le reconnoître ? Se
peut-il que votre Prince, le fils de Timandre , ſoit effacé de votre memoire ?
A ces mots je crois le voir, je veux l'em-
braſſer , mais envain , l'effort que je

fais eſt inutile , & me fait perdre en
me reveillant, ce cher enfant. Croïez-
moi, Madame, ce ſonge envoïé par les
Dieux eſt l'heureux préſage d'une verité qui va ſans doute s'accomplir. Vous
reverrez aujourd'hui votre cher Aſtoriſte. La Reine, ſur ce recit tomba dans
une ſi profonde rêverie , & dans un ſi
grand abatement , que j'aurois voulu
dans ce moment m'être ſervi d'un autre moïen. Pourquoi, me dit-elle d'un
ton languiſſant , me rapeller le ſujet de
mes plus cruelles inquiétudes ? Ou ce
que je viens d'aprendre n'eſt qu'un ſim-
ple ſonge, ſujet, comme les autres , à
l'erreur ; ou ſi les Dieux ont voulu , ſous
ce voile fatal , cacher une verité , je dois
deſcendre aujourd'hui dans le tombeau ,
& ce ſera parmi les ombres que j'em-
braſſerai mon cher Aſtoriſte. Non , Madame , lui répondis-je , augurez mieux ;
je conſens que vous me banniſſiez pour
jamais de votre préſence, & même (ce
qui ſeroit pour moi le ſuplice le plus rigoureux) que vous commenciez à avoir
de l'averſion pour la perſonne qui vous
eſt le plus devoüée , ſi ma prédiction n'a
pas lieu, je vais au temple prier les
Dieux d'effectuer leur promeſſe.

Voïant que ſur pluſieurs circonſtances

que j'ajoûtai , elle fembloit reprendre
quelque efpérance , je me retirai : mais
au lieu d'aller au temple , je me rendis
chez moi , où je retrouvai le précieux
dépôt que j'y avois laiffé. Je conduifis
les foldats avec leur préfent à l'entrée
de l'apartement de la Reine , & je prévins le capitaine des gardes qui étoit de
mes amis , mais qui n'avoit aucune connoiffance de ce miftere , de les faire parler à la Reine , que j'allai rejoindre auparavant. En entrant je gardai le filence ,
je voulois voir fi elle m'adrefferoit la
premiere la parole , mais je la trouvai
fort emuë , l'agitation de fon efprit paroiffoit jufques dans fa démarche ; elle fe
promenoit quelquefois à grands pas contre fa coutume , & quelquefois elle s'arrêtoit troublée par mille penfées , elle jetoit fouvent les yeux fur moi : lorfqu'enfin le capitaine des gardes entra , comme
je l'en avois prié , & dit à la Reine qu'il
y avoit à la porte de l'apartement deux
foldats qui demandoient à lui parler , &
qui venoient lui préfenter un jeune garçon qui s'étoit trouvé parmi le butin
qu'on avoit fait fur l'ennemi. Timandre , dans fon trouble , ne pouvoit encore comprendre ce que les deftinées
fembloient expliquer clairement , &

fans ofer fe flater , elle donna ordre
qu'on les fit entrer. A peine eurent-ils
fait voir l'enfant, qu'elle fentit croître
avec fes efpérances fon étonnement &
fa tendreffe. Tout ce que je lui avois dit
lui revint dans l'efprit ; uniquement occupée du préfent, elle ne paroiffoit faire
aucune atention à ceux à qui elle en
étoit redevable , & d'un mouvement
précipité regarda le col de l'enfant : elle
n'eut pas plûtôt aperçû cette marque
qu'il avoit aportée en venant au monde ,
qu'elle ne fut plus maîtreffe d'elle-même , voulant cependant cacher ce premier tranfport, elle fe couvrit le vifage
de fa robe , fous le pretexte d'un mal
d'yeux. S'étant un peu remife , elle nous
regarda, & après avoir renvoïé les foldats pour qui elle ordonna une récompenfe confiderable ; devin, me dit-elle ,
en fouriant, vous étiez , je crois , bien
éveillé, quand vous avez fait votre rêve,
& pour diférer le plaifir que vous fçaviez
devoir me procurer, vous avez imagi-
né de donner comme un fonge , une verité dont vous étiez déja informé. Je veux
me venger, & diférer à mon tour la récompenfe qui vous eft duë pour un fervice que je ne fçaurois trop reconnoître. Je
compte aprendre de qu'elle maniere vous

avez retrouvé cet enfant ; je vous confie ce cher dépôt, élevez-le comme un
jeune homme deſtiné à ſeconder un jour
nos intentions. Nous lui donnerons dans
cette premiere jeuneſſe une éducation
conforme à ſa naiſſance. Je pourai, durant ce tems, le voir & lui parler, ſans
que ce plaiſir ſoit troublé d'aucune inquiétude.

Ce fut en particulier que la Reine
me tint ce diſcours, elle me chargea
enſuite devant tous ceux qui étoient préſens du ſoin de ce jeune homme qu'elle
nomma de ſon ſecond nom , Scordanes; elle ſe retira enſuite pour s'abandonner plus librement à une joïe ſi peu
atenduë. Nous donnâmes aux ſoldats la
récompenſe qui leur avoit été promiſe ,
récompenſe qui ſans être proportionnée
au préſent , pouvoit cependant répondre à la liberalité d'une Reine. A peine
commençions-nous à joüir de notre bonheur, que nous fûmes traverſés par de
nouvelles alarmes. Le Roi Aneroeſte
envoïa publier par des herauts qu'il offroit cent talens pour la rançon d'un
jeune enfant qu'il regardoit comme un
de ſes fils, & qu'il avoit eu le malheur
de perdre dans le dernier combat. Une
offre auſſi conſiderable nous jetoit dans

de veritables inquiétudes: car quels foupçons n'auroit on pas, fi la Reine s'obf-
tinoit à retenir celui, qu'un Roi demandoit avec tant d'inftances ? Il paroiffoit
au moins y avoir de l'inhumanité à priver ce vieillard d'une derniere confolation, & ce jeune enfant, des avantages qu'il pouvoit trouver auprès d'A-
neroefte. D'ailleurs pourquoi fe flater
que Scordanes devenu affez grand pour
prendre la fuite, voulût demeurer avec
nous, ne pouvoit-il pas auffi fe faire enlever par quelque perfonne prevenuë
fur une auffi forte récompenfe ? Quel
parti prendre ? Nous ne pouvions nous
refoudre à accorder à Aneroefte ce qu'il
demandoit, nous ne pouvions en fûreté
retenir l'enfant : quand la fortune, en
devenant contraire à ce Prince, fembla
fe declarer pour nous. Ses fujets fe re-
volterent, lui livrerent le combat ; il
y eut beaucoup de fang répandu, deux
fils qu'il avoit y furent tués, je crois
qu'il y périt lui-même, quoi qu'on n'ait
point trouvé fon corps parmi les morts.
Les chefs de la fedition s'emparerent de
fes Etats ; Scordanes aïant apris la mort
d'Anerofte eut peine à furvivre à la perte qu'il venoit de faire, & les fentimens
de tendreffe & de reconnoiffance qu'il

donna dans cette occasion étoient beaucoup au-deffus de fon âge. Cependant
avec le tems & à force de raisons, nous
trouvâmes le moïen de diffiper une partie de fon chagrin.

Il fe fit pour lors connoître à la Cour
d'une maniere à s'atirer l'eftime & l'a-
mitié des perfonnes les plus diftinguées.
S'il montoit un cheval, s'il lançoit un
javelot, c'étoit avec une adreffe que perfonne de ceux, qui aprenoient les mêmes exercices, ne pouvoit égaler ;
bien-tôt même il furpaffa fes maîtres.
Ces avantages de la nature n'étoient ter-
nis par aucun fentiment d'orgüeil ou de
préfomption. Perfonne n'étoit jaloux de
fon triomphe parce qu'avant que de
remporter le prix, il avoit gagné les
cœurs de tous ceux qui le lui difputoient.
Son entretien n'avoit rien que d'agréable : il prevenoit tout le monde par fes
manieres : il avoit des reparties heureufes, des faillies vives, mais dont perfonne ne pouvoit s'offenfer. Ses forces
augmentant avec fon âge, il s'adonna à
d'autres exercices plus violens, comme
ceux de la lutte, de la courfe & de la
chaffe. Il prenoit plaifir à conduire un
char atelé de chevaux indomptés. Il s'ac-
coutumoit à veiller, il mangeoit peu,

&

&cherchoit à s'endurcir aux incommo-
dités de l'air & des faisons. Enfin (ce que
la Reine & moi remarquions avec plaifir) il reffembloit parfaitement à fon
aïeul , non - feulement par un naturel
heureux , mais encore par le gefte &
par le fon de la voix.

Il n'avoit que feize ans , qu'on admi-
roit dans lui un courage & des forces
qu'il fembloit que les deftins n'avoient
avancés , que pour nous delivrer plûtôt des maux aufquels nous étions prêts
de fuccomber. Commindorix enivré de
fa fortune , n'avoit plus d'égards pour
perfonne ; fon infolence étoit devenuë
infuportable à tous les gens de bien ; il
ne rougiffoit plus du crime , & commençoit à s'apercevoir qu'il pouvoit impunément témoigner à Britomande le
mépris qu'il faifoit de fa perfonne. Son
ambition paroiffoit à découvert ; il af-
fectoit même de prendre le nom de Roi.
Quelques flateurs atachés à fa fortune
foutenoient fes fentimens , & lui faifoient entendre que l'autorité étoit lan-
guiffante dans la perfonne de Britomande ; qu'il falloit pour la relever un
homme de refolution , & que fi Commindorix formoit une fois ce deffein ,
le Roïaume lui auroit plus d'obliga-

tion, qu'il ne tireroit lui-même d'avantage de ce titre : que Britomande étoit incapable de foutenir le poids de la roïauté : que n'aïant point d'enfant mâle qui pût lui fucceder, il lui devoit être indiferent de quel nom on l'apelleroit : que Commindorix non-feulement fortoit d'une des plus illuftres maifons, mais qu'il étoit encore homme de tête & capable de conduire un Etat. Ce funefte projet étoit fur le point d'être executé. On difoit hautement que le tiran fongeoit à s'affûrer de Britomande pour l'enfermer avec Timandre dans quelque fortereffe ; il fe propofoit déja d'affigner les revenus neceffaires pour leur entretien, & de choifir les troupes qui devoient veiller à leur garde. Son mépris pour le Roi alla jufques au point, qu'il ofa lui demander s'il n'étoit pas dans la réfolution de renoncer au nom qu'il portoit. Nom fi fort à charge & accompagné de tant d'embaras. Il fe flatoit que le Roi lui aïant une fois remis l'autorité, il y auroit moins à craindre pour lui, & qu'il feroit à l'abri de l'envie. Le Roi indigné de cette propofition ne voulut rien témoigner de la colere où il étoit, devant un ennemi fi redoutable, mais il alla trouver la

Reine pour se plaindre avec elle des malheurs qui les menaçoient de si près. Timandre vit que le mal pressoit, & qu'il ne falloit plus en differer le remede, ainsi resoluë ou de maintenir une autorité chancelante, ou de mourir avec honneur, si le destin s'obstinoit à leur être contraire. J'ai, dit-elle, de quoi vous venger, mais je crains que trop facile, vous ne m'abandonniez, & qu'en découvrant à nos ennemis communs le stratagême dont je me suis servi, vous ne deveniez la cause de notre ruine. Le Roi jura par tous les Dieux, non-seulement de garder le secret, mais même d'apuïer de toute l'autorité qui lui restoit encore les desseins de Timandre, ajoûtant qu'il commençoit à ouvrir les yeux, & qu'il ne s'apercevoit que trop en quoi il avoit manqué ; que l'insulte qu'il venoit de recevoir, & sa perte presque certaine, lui inspiroient un nouveau courage.

Timandre profita de ces instans favorables : si vous voulez, dit-elle, me seconder, demain sans atendre plus tard, ou nous conserverons l'autorité, ou nous mourrons en Souverains. Elle ne crut pas devoir communiquer pour ce soir-là son dessein à personne, elle se con-

E ij

renta de faire avertir quelques-uns de
ceux qu'elle honoroit de fa confiance,
de venir le lendemain la trouver au palais , fi-tôt que le jour commenceroit
à paroître. Elle me commanda d'y venir auffi accompagné du jeune homme
qu'elle m'avoit confié, & me donna cet
ordre d'un air fi tranquille, que je ne pus
rien foupçonner. Deux jours auparavant
Commindorix étoit allé prendre le plaifir de la chaffe dans une maifon du Roi,
qui n'étoit éloignée que de trois milles
de la ville ; le parc en étoit fort grand,
& on y confervoit avec foin plufieurs
bêtes fauves pour le divertiffement des
Princes. Etant arrivés de grand matin
au palais, la Reine nous conduifit dans
l'apartement du Roi ; nous érions au
nombre de feize, tous choifis entre les
premiers Seigneurs , & l'on pouvoit
compter fur nous par la haine fecrete
que nous portions à Commindorix.
Aïant fait aprocher le jeune Scordanes
que j'avois amené avec moi, elle parla
au Roi en ces termes. J'ignore le jugement que vous allez porter fur l'aveu
que j'ai à vous faire ; vous regarderez
peut-être comme un crime une action
où l'honneur feul & votre propre interêt
ont eu part. Je vous ai caché votre bon-

heur, mais ce n'a été que pour vous
l'affûrer. Vos ennemis euffent étouffé
dès le berceau, celui qui eft maintenant
en état de les braver, & de les punir.
Aprouvez le filence que j'ai gardé jufqu'à préfent. Il eft caufe que vous avez
toûjours ignoré les obligations que nous
avions aux Dieux. Pour ne pas vous tenir plus long tems en fufpens, fçachez
que tant que ce jeune homme vivra,
vous ne devez pas vous plaindre d'être
fans enfant qui puiffe legitimement vous
fucceder. Je jure par tous les Dieux, par
toutes les Déeffes que je puis prendre à
témoins, que c'eft ici votre fils. Au moment de fa naiffance je le fis conduire
dans un lieu fecret, & fans vous rien
communiquer, je mis en fa place une
fille que vous apellâtes Timandre pendant le peu de tems qu'elle vécut. Mon
deffein, en fupofant cette fille, étoit de
tromper Commindorix, & d'aracher à
fa cruauté cette tendre victime. Quoi
qu'il ne convienne point à une mere
de donner des loüanges à fon fils, fur
tout lorfqu'il eft préfent, je vous dirai
cependant ce qu'il eft neceffaire que
vous fçachiez, que j'ai toûjours admiré
dans ce jeune homme un heureux caractere digne de fes ancêtres, & que les

E iij

Dieux par une faveur que je n'aurois
jamais osé espérer, sont entrés dans
mes desseins. Il a d'abord été élevé à la
campagne, mais avec toute la fidelité
possible; par-là nous avons sauvé son
enfance des perils où elle auroit pû être
exposée. Il étoit déja grand, quand, soit
par une violence naturelle à des brigands, ou par la volonté des destins, il
fut conduit dans une Cour étrangere,
où sans qu'on pût rien soupçonner de
sa naissance, il merita par ses qualités
les bonnes graces d'un grand Roi : il s'y
accoutuma aux exercices d'une vie penible & laborieuse. Enfin par l'occasion
du butin que nous avons fait sur l'ennemi, les Dieux nous l'ont rendu. C'est
ainsi qu'il a passé ses premieres années ;
à présent qu'il est plus avancé en âge,
il peut nous être utile dans un tems sur
tout, où Commindorix n'a plus de ménagemens, & où il faut enfin se resou-
dre à lui abandonner l'empire ou à lui
aracher la vie. Que s'en faut-il que vous
ne soïez son captif ? Qu'atendons - nous :
qu'on nous mete dans les fers ? Armez-
vous de courage, vous pouvez en un seul
moment vous venger d'un mépris de
tant d'années. Que si votre patience,
exercée par tant d'occasions, vous em-

pêche de vous regarder vous même,
du moins confervez à votre fils le fcep-
tre & la couronne. Que l'interêt des
Seigneurs les plus diftingués du Roïaume, qui font ici raffemblés vous touche. Il n'y en a pas un qui ne fe voïe
à la veille de païer par fa mort, ou par
des affronts plus fenfibles que la mort
même, l'atachement inviolable qu'ils
ont toûjours eu pour votre perfonne.
Ne livrez point à la fureur du tiran votre couronne, votre femme, votre fils,
& tant de fidéles fujets. Ne doutez point
de la verité de ce que j'avance ; pour la
prouver, & me juftifier de toute impof-
ture, jetez les yeux fur fon col, regardez le haut de fa jambe, vous y verrez
des marques fûres qui ont été comme
le fceau des deftinées qui vouloient fans
doute, après l'accident qui nous eft arrivé
de le perdre, que nous euffions une
preuve certaine pour le reconnoître.
Se tournant enfuite vers fon fils, mon
cher Aftiorifte, dit-elle, car c'eft le nom
que nous vous donnâmes dans le moment de votre naiffance, je puis enfin
vous embraffer en liberté, aprochez,
mon cher fils, après avoir été le fujet
de mes larmes & de mes inquiétudes,
foïez à préfent toute ma confolation.

Rendez-moi ces embraſſemens que je vous donne avec tant de plaiſir. Il me ſemble que ce n'eſt que de ce moment que vous commencez à naître & que je commence à être mere.

Chacun à ce diſcours témoigna une extrême ſurpriſe ; pour moi, qui ſeul étois dans la confidence, je parus moins étonné ; mais j'avoüerai que je reſſentis quelque peine de voir que la Reine eût découvert au Roi ce ſecret, ſans m'avoir rien témoigné de ſon deſſein. On pouvoit aiſément juger par la contenance de ceux qui étoient préſens de la ſurpriſe où les avoit jeté un évenement auſſi extraordinaire. Ils ſe regardoient ſans proférer une parole ; quelques-uns s'adreſſoient aux Dieux, d'autres les yeux baignés de larmes, levoient les mains au ciel, & admiroient ſecretement les jeux de la fortune, car la Reine avoit toûjours vécu d'une maniere qui ne permetoit pas qu'on la ſoupçonnât d'aucune fraude dans cette occaſion. Britomande & Aſtioriſte ne pouvoient revenir de leur étonnement. Britomande livré aux paſſions les plus opoſées, ſembloit avoir perdu l'uſage de la parole, il étoit preſque ſans mouvement, il regardoit fixement la Reine

dont la fidélité lui étoit connuë, il consideroit son fils qui n'étoit pas encore
revenu de son premier trouble (en effet
quand la Reine voulut l'embrasser, n'o-
sant se refuser à cette marque de tendresse, n'osant aussi y répondre, il demeura comme immobile) Britomande
ne fut plus le maître de retenir ses larmes ; la Reine crut devoir profiter de
ces circonstances. Permetez, dit-elle,
cher époux, qu'Astioriste vous embrasse
les genoux, où si déja le cœur vous ins-
pire les tendres sentimens que vous lui
devez, si la nature & le sang parlent en
sa faveur, donnez lui votre main à baiser. Ah ! Madame, reprit le Roi, les destins me sont trop favorables, je n'hesi-
te point à reconnoître un fils dont le
naturel heureux doit relever une maison
si illustre par elle même. Sûr de votre
vertu, je ne doute point que ce ne soit
mon fils, il se baissa dans l'instant pour
embrasser ce jeune homme qui étoit déja prosterné à ses pieds.

Astioriste eut le plaisir de voir tous
ceux qui étoient présens former pour
lui des vœux sinceres. Son caractere
doux & affable joint à son merite, engageoit tout le monde à se déclarer en sa
faveur. Chacun le regardoit déja com-

me son Prince ; l'un lui baisoit la main ,
l'autre le bas de ses habits ; les plus âgés
se rapelloient l'idée de Britomande son
aïeul, & soit par prévention, ou qu'il y
eût en effet quelque ressemblance , ils
trouvoient un parfait raport entre l'un
& l'autre. Le Roi étoit impatient de sçavoir comment les Dieux avoient conservé cet enfant si cher ; mais Timandre
répondit qu'il devoit emploïer plus uti-
lement des momens si précieux ; que
pour le présent ils ne devoient songer
qu'à détourner les derniers coups dont
ils étoient prêts d'être frapés. Tandis
que Commindorix vivra , dit-elle , nous
ne pouvons nous flater de regner, notre autorité , notre vie même n'est pas
en sûreté. A quels excès ne se portera
point cet homme furieux , quand il
aprendra que vous avez un fils, mais
toute sa fureur , si vous m'en croïez,
deviendra inutile ; il vous sera aisé d'en
prévenir les effets, en vous assûrant du
peuple & des soldats? Je voudrois que
votre santé vous permît de paroître en
public, cette demarche est essentiele ;
quoi , dit-il , Madame, ne faut-il que
cela ? Je ferai plus, qu'on prévienne le
peuple de ma part de s'assembler devant
le palais , je lui adresserai moi-même

la parole : c'eſt tout ce que je pouvois
ſouhaiter , reprit la Reine ; mais il faut
uſer de diligence , pour ôter à Commindorix, qui ne feroit peut-être que trop-
tôt informé de cette nouvelle , la liberté
d'agir & de rompre nos meſures.

On envoïa dans l'inſtant des herauts
par toute la ville , pour convoquer le
peuple à qui le Roi vouloit expliquer
ſes volontés. Pluſieurs regarderent ce
nouvel ordre comme une ſuite de la foibleſſe d'eſprit de Britomande. Il n'avoit
point paru en public depuis pluſieurs
années , il prenoit tout à coup cette reſolution ; chacun s'informoit des motifs
qui avoient pû l'y déterminer. Quelques-uns eurent la hardieſſe de dire qu'il
vouloit aparemment abdiquer la couronne devant plus de témoins : que c'é-
toit là la derniere preuve qu'il vouloit
donner d'une autorité preſque éteinte.
On ſe rendit au palais de toutes parts ;
les ſoldats de la garde s'y trouverent
tous rangés ſous leurs enſeignes. Nous
avions fait promtement dreſſer une eſ-
trade , où Britomande, accompagné des
Seigneurs les plus diſtingués, prit ſéance
avec Timandre, aïant fait placer auprès
de lui le jeune Aſtioriſte. Le peuple ne
ſçavoit encore que penſer. Les uns à la

vuë de leur Roi verſoient des larmes ;
les autres ſe demandoient comment ce
jeune étranger avoit pu, en ſi peu de
tems, ſe ménager tant d'honneur. Le
Roi, après avoir fait impoſer ſilence,
prit ainſi la parole. Il eſt juſte, fidéles
ſujets, que nous rendions graces aux
Dieux de m'avoir donné un fils qui puiſſe
ſucceder à la couronne, le jeune homme que vous voïez aſſis à mes côtés,
eſt celui qui doit regner après moi. La
Reine, pour prévenir les deſſeins de
nos ennemis, l'a fait cacher dans le moment de ſa naiſſance, il a été élevé
comme un enfant d'une condition privée. Devenu plus grand, il nous a été
ravi par un coup du haſard ; le même
haſard nous l'a fait retrouver, je viens
de le reconnoître pour mon fils, &
n'ai pû atendre plus long-tems à vous
faire part d'une nouvelle qui doit vous
être ſi ſenſible. Il fit enſuite donner aux
ſoldats une gratification, & promit au
peuple de lui remetre, pendant trois
années, tout impôt pour prix de ſa fidélité & de ſon zele, à ſeconder la volonté des Dieux qui ſembloient prote-
ger le Roïaume d'une maniere ſi particuliere. Aſtioriſte, par le commandement du Roi, adreſſa enſuite la parole

au peuple & aux soldats, il en avoit déja gagné le cœur comme particulier, mais ce nouveau titre acheva de faire une vive impression en sa faveur. Il promit pour le lendemain une récompense à tous les soldats, qui sur le champ se déclarerent pour lui. A l'égard du peuple, qui venoit de recevoir un soulagement considerable par la décharge des impôts dont il étoit accablé (Commindorix qui cherchoit à rendre plus odieuse l'autorité du Roi, les avoit fait monter à l'excès) il le reconnut volontiers pour son Prince. Astioriste s'engagea de donner une fête publique, & de faire distribuer des grains.

La présence des Seigneurs qui se trouverent avec le Roi & Astioriste, ne contribua pas peu à ce retour du peuple. Ils occupoient les premiers postes; les uns étoient gouverneurs de province, les autres generaux d'armée, & tous d'une naissance illustre. L'air retentit aussi-tôt du bruit des armes, & de mille acclamations de joïe; toute l'assemblée, par une impetuosité soudaine, & ordinaire dans ces sortes de mouvemens, se laissa entraîner au consentement de cette proposition. Il n'y eut que ceux, qui, atachés à Commindorix, crai-

gnoient fa perte, qui demeurerent comme accablés de ce coup. Ils fembloient
menacer fecretement ceux, qui, en fon
abfence, avoient ofé conduire une pareille entreprife. Ils fe voïoient en fi
petit nombre, & le peuple étoit fi animé à foutenir la caufe d'Aftiorifte, qu'ils
n'ofoient fe declarer ouvertement. Mais
quel changement fubit ! Commindorix
entre dans la ville, fur la premiere nouvelle qui s'étoit repanduë que le Roi vouloit faire affembler le peuple, des perfonnes de fa faction étoient allées promtement l'avertir qu'il fe tramoit à la
Cour quelque chofe de fecret. Il arrive
aïant encore fon habit de chaffe, &
tranfporté de colere de voir le peuple
affemblé, & Britomande fur fon trône,
fans fçavoir de quoi il s'agiffoit, mais
fûr au moins d'infpirer au peuple par fa
préfence une partie des fentimens qu'il
avoit lui-même, il va directement où
étoit le Roi. Perfonne ne s'opofa à fon
paffage, la cruelle tirannie dont il faifoit profeffion, le rendoit redoutable,
on le craignoit autant qu'on le haïffoit;
plufieurs croïoient déja avoir manqué
à leur devoir. Commindorix avoit un
épieu à la main, & fon épée à fon côté; il étoit peu accompagné à caufe de

la diligence qu'il avoit été obligé de faire. Il monte sur l'estrade, où se trouverent avec le Roi, les Seigneurs qui avoient été mandés ; que veut dire ceci, dit-il, animé de fureur ? Quel est le temeraire qui ose ainsi, en mon absence, abuser du Roi & de l'Etat par des assemblées séditieuses ? Chacun pâlit par l'habitude où l'on étoit de déferer en tout à ce tiran : il y avoit même à craindre que Britomande n'eût plus la force de soutenir la démarche qu'il avoit faite. Astioriste seul demeura intrepide, il se présenta devant Commindorix, & le repoussant de la main, lui commanda de metre bas les armes, & de paroître avec plus de respect devant son Roi. Cet homme rempli d'orgüeil, ne fut plus le maître de ses transports, outré de colere que quelqu'un eût osé lui remontrer son devoir, il lança contre Astioriste l'épieu qu'il tenoit, mais ce jeune homme en évita le coup, l'épieu alla blesser un soldat de la garde. Astioriste & Commindorix mirent aussi-tôt l'épée à la main.

Je ne crois pas qu'on ait vû un spectacle plus interessant ; & pour vous en donner à vous même tout le plaisir, permetez que je vous en raporte jus-

qu'aux moindres circonstances. Les en-
virons du palais étoient occupés par
les soldats & par une partie du peuple
aussi en armes, comme c'est la coutume dans les assemblées des Gaulois ;
il y avoit une espece de théatre élevé
où étoient les Seigneurs que Timandre
avoit convoqués. Le Roi & la Reine
y étoient sur un trône. Quand Astioriste
& Commindorix eurent tiré l'épée, personne n'osa ni les exciter au combat,
ni les en détourner. Un silence profond regna dans tous les rangs, il sembloit qu'un assoupissement fatal eût rendu tant de spectateurs immobiles. Di-
ferens interêts tenoient en suspens les
esprits, tous les regards se trouverent
réunis sur les deux combatans. Chacun
avoit la même inquiétude que si sa propre vie eût été atachée à la leur. Les
uns étoient saisis de crainte, les autres
adressoient leurs vœux & leurs prieres
aux Dieux, qui, arbitres de cette querelle, pouvoient seuls juger de la naiss-
sance & du droit d'Astioriste. Ils se fla-
toient que ses prétentions étant justes,
ils ne permetroient pas que celui qu'ils
avoient jusqu'alors conservé, périt à
la veille de joüir d'un bonheur legitime. La disproportion des deux concur-
rens

rens faisoit de vives impressions , &
engageoit à s'y interesser davantage.
Commindorix à la fleur de son âge ,
& d'une taille au-dessus de l'ordinaire,
étoit fort & robuste , ses yeux paroif-
soient étincelans de colere , il avoit donné dans plusieurs occasions des preuves
de valeur , & il étoit fort adroit dans
tous les exercices , sur tout à manier
l'épée. Astioriste étoit dans sa premiere
jeuneffe , mais fort pour son âge , il
ne venoit au plus qu'à l'épaule de son
ennemi , son visage quoi qu'alteré &
menacant , conservoit encore des graces;
il avoit le corps souple , une demarche aisée, tout ce qui étoit en lui paroif-
soit moins fait pour donner de la crainte
que pour inspirer de l'amour. Tous
ceux qui aimoient la vertu étoient touchés d'une secrete compassion de voir
ce jeune Prince aux prises avec un ennemi si redoutable , & tant de fois victorieux. Commindorix se flatant de
vaincre aisément un jeune homme, qu'il
regardoit si fort au-dessous de lui pour
la force & pour le courage, sembloit
se negliger dans le commencement du
combat ; mais quand l'épée d'Astioriste
eût arrêté son coup , & qu'il n'eut paré
lui-même qu'avec peine celui d'Astio-

rifte , il chercha à l'ataquer , & à fe
défendre avec plus d'ardeur , comme
aïant à combatre un ennemi qui demandoit toute fon adreffe. Ils s'étoient
déja pouffé plufieurs coups , mais envain , quand Aftiorifte en reçut un au
front ; la fueur & le fang donnoient un
nouveau luftre à fa beauté. Plus animé
par cette bleffure, il avance , il recule , il
preffe étroitement Commindorix. L'honneur de la victoire, la couronne des Gau-
les qui en étoit le prix , lui donnoient de
nouvelles forces , mais les fentimens de
la nature , l'interêt qu'avoient à ce combat des parens qu'il venoit de retrouver,
étoient encore pour lui des motifs plus
preffans. Il ataque fon ennemi de plus
près : la fortune lui fut enfin favorable.
C'eft un ufage parmi nous de combatre
moins de la pointe de l'épée que du tren-
chant , il en porta un coup à Commindorix , qui détournant la tête , ne put
cependant l'éviter ; ce coup lui abatit
une partie du vifage. Le tiran qui vit
couler fon fang , frémit de colere , &
redoubla fes menaces. Sa fureur augmenta , quand Aftiorifte par une efpece de mépris, parut le railler. Le combat ne fut que plus opiniâtre , jufqu'à
ce qu'enfin Aftiorifte impatient de com-

batre si long tems , sans remporter la
victoire, se ranima de nouveau (& par
un coup le plus heureux pour la Gaule)
la delivra de son plus cruel ennemi.

Arsidas sensible au succès d'un combat si glorieux pour Astioriste , laissa
éclater sa joïe. Il ressembloit à ceux
qui, présens à un combat de gladiateurs,
aplaudissent volontiers à celui pour qui
ils se sont interessez , quand il en sort
victorieux. Ah ! Gobrias, s'écria-t-il,
je m'imagine voir à cette heure votre
Astioriste couvert de gloire, à qui chacun s'empresse de témoigner les sentimens d'estime & de respect qui lui
étoient dûs. Qu'un semblable avantage,
dans un danger presque certain, a dû
relever ce merite, dont il avoit déja
donné tant de preuves. Je crois le voir
tenant avec une noble fierté son épée
encore teinte du sang de son ennemi.
Je m'arrête avec plaisir à tout ce que
me représente mon imagination. Mais
ne me trompé-je point ? Quels sentimens firent paroître les soldats & le
peuple, quand ils virent le tiran expiré ?
Ils furent tels, reprit Gobrias, que vous
pouvez les avoir vous-même. On entendoit de toutes parts mille cris de joïe;
l'air ne retentissoit que des aplaudisse-

mens que l'on donnoit au vainqueur.
Les soldats, par l'ordre de Britomande,
renouvellerent leur serment en faveur
du jeune Prince. Dès le soir on fit des
rejoüiffances publiques , chacun avec
des couronnes fur la tête , fe faifoit un
plaifir d'y danfer. On n'y chantoit que
les loüanges d'Aftiorifte , ou fi elles
étoient interompuës, ce n'étoit que par
des imprécations contre Commindorix.
On vit paroître plufieurs pieces à ce fujet. Mais un Poëte celebre (defignant
des yeux le Druide qui étoit avec eux)
compofa un ouvrage , & j'efpere qu'il
voudra bien nous le reciter. Nous avons
pris trop de part à la victoire pour ne
pas écouter avec plaifir des vers qui
ont fervi à la celebrer. Arfidas qui craignoit que fon peu d'empreffement ne
paffât pour dédain dans l'efprit du Druide, le regarda d'un air gracieux , & le
pria de vouloir bien leur reciter fes vers,
ce qu'il fit fur le champ.

Grands Dieux , fixés l'incertitude

De nos efprits reconnoiffans,

Quel eft le temple où notre encens

Doit prouver notre gratitude ?

Que dis-je, à tous les immortels

Sans choix de temples ni d'autels,

Hâtons-nous d'offrir notre hommage.

Celebrons l'auguste pouvoir

Qui vient de détourner l'orage ;

Chantons un Roi vainqueur, qui fait tout notre
espoir.

Non, non d'une seule puissance

Ce ne peut être ici l'effet,

De tous les Dieux c'est le bienfait ;

Tous ont prêté leur assistance.

L'auteur cruel de nos malheurs

En eux trouve autant de vengeurs

Qui metent fin à nos alarmes.

Ils ont armé, jeune Heros,

Votre bras d'invincibles armes ;

Ils vouloient par vous seul nous rendre le repos.

Vous eûtes la force d'Alcide

Qui sçût punir tant de forfaits ;

Diane vous remit ses traits,
Pallas vous prêta son Egide,
Jupiter tonna dans les cieux,
Et Mars toûjours victorieux
Vint seconder votre courage.
Que la Gaule à votre valeur
Destine le même avantage,
Qu'Andromede promit à son liberateur.

Jour fortuné, dont la memoire
Doit passer jusqu'à nos neveux,
Sur un tiran présomptueux
Tu vois notre illustre victoire;
Elle part des mains d'un enfant
Qui, maître de ce fier géant,
Le précipite dans l'abîme !
Tel on voit Apollon vainqueur
D'un monstre que la rage anime
Des mortels consternés dissiper la fraïeur.

Prince, l'amour de la nature,

Regnez en ces aimables lieux,

Ce droit que vous rendent les cieux,

Est pour nous d'un heureux augure;

Les Dieux se déclarant pour vous,

Aujourd'hui font assez pour nous,

Ils acheveront leur ouvrage.

Une illustre posterité

Se succedera d'âge en âge,

Et sçaura reproduire un Roi si respecté.

Après les complimens ordinaires en pareille occasion, Arsidas se tournant vers Gobrias, le pria de continuer une histoire si interessante. J'éviterai, reprit Gobrias, de vous ennuïer par le recit de tout ce qui fut ordonné de la part des Druides & de la noblesse, pour celebrer cette victoire. Il est inutile de vous détailler combien on emploïa de jours à rendre graces aux Dieux, quelle affluence de peuple se rendoit incessamment aux temples, & comme chacun, soit par crainte ou par inclination, se rangea à son devoir, chose

dont on n'avoit ofé fe flater, à caufe
des factions puiffantes de Commindorix. Comme il eft tard , & que vous
pouriez être fatigué , je vous dirai en
peu de mots ce qui s'eft paffé de plus
remarquable depuis ce tems. A peine le
Prince Aftiorifte fe vit-il établi dans
les droits que lui affûroit fa naiffance,
qu'il craignit d'en abufer , & fans fe
prévaloir d'un titre que chacun lui don-
ñoit volontiers , il fongea moins à fuivre fes plaifirs, qu'à donner des preuves de fon heureux caractere. Il fit venir à la Cour Cerovifte & Sicambre ,
qui avoient eu foin de fon enfance ; il
donna à Cerovifte , accoutumé aux foins
d'un pere de famille , l'infpection de
toute fa maifon. La bonté de fon naturel parut encore à l'occafion d'Aneroefte : ce Prince l'avoit aimé comme un
de fes enfans : les atentions qu'il avoit
euës de le faire chercher ; l'offre qu'il
avoit faite de cent talens pour celui
qui le lui rameneroit, exciterent fa reconnoiffance. Timandre étoit d'autant
plus charmée de voir dans fon fils ces
juftes fentimens, que lui aïant rendu des
fervices plus effentiels, elle fe flatoit de
trouver un retour fincere. Nous dreffâ-
mes un maufolée au Roi Aneroefte ,

car

nous declarâmes la guerre aux tirans qui s'étoient emparés du Roïaume. La pieté d'Aftiorifte fut utile à la Gaule, car aïant chaffé les ennemis d'Aneroefte, les terres & les peuples qui avoient été fous fa domination furent réunis à cette couronne. Aftiorifte eut feul l'honneur de cette guerre, il fit en fix mois la conquête des places les plus confiderables des Alpes, & fçut fi bien fe rendre le maître de toutes les forces de ce païs, que c'eft celui qu'on peut dire être toûjours demeuré depuis le plus fidéle au Roi. Quand il eut entierement diffipé par le fort de la guerre, ou par les fuplices ceux qui avoient ufurpé les biens & l'autorité d'Aneroefte, il revint à la Cour, où il reçut les honneurs du triomphe. Il regna paifiblement fous l'autorité de fon pere durant l'efpace de trois ans. Tout ce qu'il faifoit, étoit confirmé par Britomande, c'étoit lui qui nommoit aux charges, qui diftribuoit les emplois, qui donnoit les gouvernemens, en un mot il difpofoit de tout à la Cour, & parmi le peuple.

Timandre fe repofoit fur lui, & commençoit à fe croire heureufe. Elle avoit eu trois enfans, Commindorix avoit fait mourir le premier par le moïen de fes nourices ; Aftiorifte qui étoit le fecond, échapa, comme je viens de vous le di- re, a la fureur du tiran. Le troifiéme étoit une fille plus jeune de fix ans qu'- Aftiorifte. Les Dieux nous l'ont confer- vée, c'eft une Princeffe des plus ac- complies, & dont la fageffe furpaffe encore la beauté. On la nomme Cirthée. Le plaifir que goutoit Timandre dans la poffeffion tranquille de ces deux enfans, lui faifoit aifément oublier tous les cha- grins aufquels elle s'étoit vuë jufqu'a- lors expofée. Elle ne s'occupoit que de fon bonheur préfent, quand Aftiorifte forma le deffein de voïager. La curio- fité jointe au defir d'aprendre par lui- même les mœurs de diférentes nations, lui avoit fait prendre ce parti. Il refo- lut de s'embarquer fans aucune fuite ; il prétendoit fuivre en cela l'exemple d'Hercule, de Thefée & de tant d'au- tres Heros, qui, pour fe faire un nom, étoient venus des extrêmités de la ter- re, affronter les plus grands dangers. Il ajoûtoit que l'autorité abfoluë qu'il avoit à la Cour, faifoit déja trop d'im- preffion fur les perfonnes mal inten- tionnées, qui difoient hautement que Britomande étoit plûtôt retombé dans une nouvelle fervitude, que rafermi fur le trône : mais , pour vous parler naturellement, je crois que c'étoit quelque raifon fecrete, qu'il avoit peut-être interêt de nous cacher , qui le déterminoit à entreprendre ce voïage.

Aïant fait affembler les principaux Seigneurs de la Cour, il leur communiqua fon deffein , ce qui les jeta dans une extrême furprife , il leur dit qu'il fe repofoit fur eux du foin de fes parens & de tout le Roïaume , qu'aïant fait un vœu d'aller dans un temple fort éloigné de la Gaule , il vouloit s'en acquiter ; qu'il les prioit de ne fe point affliger de fon abfence ; qu'il craignoit que leur trifteffe ne fût d'un mauvais augure pour le voïage qu'il avoit refolu d'entreprendre ; que les Dieux tutelaires du païs, & ceux qu'il alloit adorer, le protegeroient. Sur ce que chacun de nous faifoit de nouvelles inftances , pour le retenir, joignant même les larmes aux prieres, il feignit de s'y rendre , cherchant , par l'efpérance qu'il fembloit nous donner, à diminuer les veritables inquiétudes que nous caufoit fon départ. Mais la nuit même il difparut de la Cour. Il ne prit avec lui pour un voïage auffi fecret , & où il y avoit tant de rifques à courir , que le fils de Cerovifte qui

depuis long-tems avoit toute fa confiance. On ne fçait où ils ont été, quels
dangers ils ont couru, ni quels ont été
leurs exploits. C'est un fecret qui n'est
encore venu à la connoiffance de perfonne, quoi qu'il y ait du tems qu'ils
foient de retour : mais que devinmes-
nous, quand nous aprîmes le départ
d'Aftiorifte ! quelle confternation à la
Cour & parmi le peuple, quand cette
nouvelle fut devenuë publique ! on ne
voïoit fur le rivage, & dans tous les
chemins, que des hommes qui couroient comme des infenfez, pour découvrir où étoit leur Prince, & s'opofer à fon départ. Timandre feule paroiffoit tranquille, elle publia même, quelques jours après, qu'elle avoit reçu des
lettres qui l'affûroient de la fanté de fon
fils, ce qu'elle affecta de repeter dans
plufieurs autres occafions, foit que cela
fût vrai, ou qu'elle eût feulement en
vuë, par ce menfonge officieux, de fou-
lager notre inquiétude fur l'abfence d'un
Prince qui nous étoit fi cher.

Il n'y avoit qu'un an qu'Aftiorifte
étoit parti, quand Britomande mourut,
on fe plaignoit déja que ce jeune Prince
eût ainfi abandonné le Roïaume, fans dire
où il alloit, & les funerailles de Bri-

romande fe trouverent en même tems
mêlées de larmes pour ce Prince, & de
cris pour Aftiorifte, que chacun rapelloit à la confervation du Roïaume. Il
falloit que quelqu'un prit en fon abfence la conduite des affaires. Timandre prétendoit, que fon fils étant vivant, on ne pouvoit lui refuser cet honneur jufques à fon retour ; mais ceux
qui avoient interêt à la mort du jeune
Prince, publioient qu'il avoit péri, &
qu'on ne devoit pas fouffrir qu'une femme regnât où les hommes feuls ont
droit de commander, ce qui forma deux
partis, les uns fe déclarerent pour la
Reine, & les autres pour un coufin
germain de Commindorix. Les deux
factions étoient fi animées, qu'on ne
voïoit qu'armes & que foldats fur terre
& fur mer. Les ennemis avoient dreffé
une armée navale, regardant la victoire
comme affûrée, s'ils pouvoient reduire
la Reine à abandonner Marfeille. Timandre de fon côté avoit raffemblé
plufieurs galeres pour la défenfe du port
& de la ville, quand heureufement Aftiorifte arriva. Quelle fut notre furprife ! à peine ofions-nous en croire le
raport de nos yeux, chacun vouloit
voir de plus près fon liberateur. Des per-

fonnes de tout âge & de toute condition fortoient de leurs maifons, de leurs
villes, pour fe trouver fur fon paffage.
Une victoire complete, après les fatigues d'une longue guerre, n'auroit pas
caufé plus de joïe. Les factieux mirent
bas les armes, chacun vint reconnoître
fon Roi. Le Prince qui ne vouloit point
marquer par le fang les commencemens
de fon regne, accorda une amniftie generale. Il regardoit comme un effet de
fon bonheur d'avoir des troupes prêtes
à marcher, & fut le premier à excufer
le crime des rebelles, difant que ces forces n'avoient point été raffemblées pour
un mauvais deffein, mais par la volonté
particuliere des Dieux, qui lui avoient
menagé cette armée pour executer plus
aifément des projets qu'il avoit formés. Il fut couronné Roi felon la coutume du païs, & remit à Timandre
l'autorité abfoluë pendant fon abfence,
déclarant qu'il avoit des ennemis à combatre du côté de la Grece. Il fit embarquer fes plus braves foldats, & avant
que de fortir du port, il me commanda
d'avancer avec une partie de fa flotte
entre la Ligurie & la Sardaigne : j'ai
executé fes ordres, & je compte avoir
inceffamment le bonheur de le revoir.

Quand vous l'aurez vû & que vous lui
aurez parlé, vous reconnoîtrez dans lui
un merite bien au-dessus de ce que je
viens de vous en dire. Mais dites-moi,
je vous prie, seroit-il possible que
vous ne connûssiez pas Astiorifte de vuë
ou de réputation? Les Grecs occupent
une partie de la Sicile, & ce Prince a
parcouru plusieurs villes de la Grece.

Arsidas après plusieurs reflexions sur ce
qu'il venoit d'aprendre, sentit renaître
ses espérances; & répondit que le nom
d'Astiorifte lui étoit inconnu. Le Prince
se faisoit apeller d'un autre nom, reprit
Gobrias, & je lui ai oüi dire que, pour
mieux cacher sa naissance, il avoit pris
celui de Poliarque, & que la personne
qu'il avoit menée avec lui, & que nous
apellons à présent du nom de son pere,
Cerovifte, se nommoit Gelanore. A ces
noms de Poliarque & de Gelanore, Arsidas demeura immobile, Gobrias s'a-
perçut d'un changement si subit, & ne
doutant pas que la joïe n'y eût beaucoup
de part, il s'aplaudissoit en secret du recit qu'il venoit de lui faire, quand Arsidas qui avoit eu le tems de se remetre,
s'écria, quel Dieu m'a conduit à une
captivité qui a pour moi tant de charmes! Si je n'avois eu le bonheur de

vous rencontrer, je me ferois fans doute
égaré fur ces côtes. J'aurois demandé
des nouvelles de Poliarque à ceux qui
n'auroient pû me rendre compte que
d'Aftiorifte, quel eût été mon embaras!
je ne vous cacherai point que c'eft ce
même Poliarque que je cherche, pour
lui aprendre des nouvelles dont il ne
fçauroit être trop tôt informé. Quel
bonheur pour un Etat d'être gouverné
par un fi grand Prince! ce Roïaume eft
fans doute fous la protection des Dieux.
Qui ne tremblera au feul nom du Souverain dont vous venez de me dire tant
de merveilles? Quels Rois, quelles nations éloignées ne fe feront point honneur de rechercher fon aliance, & fon
amitié? Je me fais un plaifir de confiderer ce nombre de vaiffeaux dont la mer
eft couverte, une flotte fi confiderable
paroîtra moins pour combatre, que pour
vaincre avec plus d'éclat. Au refte il eft
neceffaire que j'aille promtement trouver le Roi de qui je fuis connu particulierement. Gobrias chercha à lui donner
de nouvelles marques d'amitié, & le
pria de lui dire d'où il venoit, & quelles
nouvelles il aportoit à Poliarque, qui
dûffent fi fort l'intereffer. Arfidas fentit
qu'il s'étoit trop avancé, en donnant à

connoître qu'il n'ignoroit pas la démarche du Roi du côté de la Sicile (ce que
Gobrias par difcretion avoit voulu lui
cacher) il évita de répondre aux demandes du capitaine , & le pria avec de
nouvelles inftances dè lui faire donner
promtement un efquif qui le conduifit
vers Poliarque. Croïez-moi , reprit Gobrias, atendez ici , nous allons baiffer
les voiles, nous jeterons l'ancre, fi cette
mer le permet. Le Roi doit arriver cette nuit avec le refte de fa flotte, fi demain matin nous n'en avons point de
nouvelles, je vous donnerai une galere
avec les meilleurs rameurs, pour vous
conduire au-devant de lui. Ne fongez
pour le préfent qu'à vous remetre de
vos fatigues , & commandez ici , tout
eft fous vos ordres. Voïant qu'Arfidas
fe difpofoit à prendre quelque repos ,
il fe retira ; mais Arfidas ne put fe livrer au fommeil , il avoit l'efprit trop
agité. Entre plufieurs reflexions , celle
qui le frapa davantage, fut qu'Argénis
ne l'eût point prévenu fur ces diférens
noms du Prince ; la Princeffe de fon
côté ne pouvoit fe pardonner d'avoir
oublié une circonftance fi effentiele ; &
comme les defirs les plus violens font
le plus fufceptibles de trouble & d'in-

quiétudes, elle commençoit à craindre qu'Arſidas ne pût trouver Poliarque connu ſous le ſeul nom d'Aſtioriſte.

La mer étoit tranquille, les officiers, les ſoldats, les matelots étoient endormis, hors un ſeul Pilote du premier vaiſſeau, qui plus experimenté, connoiſſoit l'endroit où ils étoient. Il ſçavoit que du côté de la Ligurie, païs ſi rempli de montagnes, il s'élevoit ſouvent des vents contraires, qui cauſoient des tempêtes ſubites, ce qui l'engagea à éveiller quelques matelots. Il examina les vents qui commençoient déja à gronder ; il en craignoit les ſuites, quand ſur le minuit, il s'en éleva un qui d'abord ſe fit entendre dans les mats & dans les cordages, & qui couvrant le ciel de nuages épais, ſouleva les flots tout à coup. Les matelots s'embaraſſoient par leur précipitation. Le mouvement de tant d'ouvriers, le bruit de leurs cris mêlé avec celui des flots agités, cauſoit une juſte fraïeur. Gobrias qui s'étoit éveillé jugea par la contenance inquiéte du Pilote de la grandeur du peril. Chacun vouloit donner des ordres, & la manœuvre exercée par tant de perſonnes qui n'y entendoient rien, ne préſentoit pas moins de danger que la tempête même.

Les vagues épaissies par la quantité de sable qui s'y mêloit, ne pouvoient être prevenuës à cause de l'obscurité de la nuit; on ne les apercevoit que lorsqu'après s'être élevées dans les airs, elles retomboient en étincelles brillantes & écumeuses, causées par leur agitation ; tout l'équipage se trouvoit pour lors inondé : les ancres même qu'on avoit jetées, nuisoient beaucoup ; les vaisseaux n'avoient plus la liberté de céder aux violentes secousses des eaux : d'un autre côté il y avoit à craindre, en les levant, que les vaisseaux trop proches les uns des autres ne s'endommageassent. Un peril si marqué ôta enfin le jugement aux pilotes & aux matelots. Ils ne furent plus les maîtres de conduire ni d'arrêter aucun bâtiment, & se laisserent emporter, après avoir seulement levé quelques voiles à l'antenne, afin que le vent pût leur donner un mouvement égal à celui des flots.

Le jour qui succeda à cette nuit affreuse, ne servit qu'à leur faire voir plus distinctement le danger, & à leur découvrir les horreurs de la mort. Le vent continua avec la même violence tout le jour, & la nuit suivante. Enfin la tempête s'apaisa, la mer devint cal-

me : mais ils ne pouvoient fçavoir fur
quelle mer , ni dans quelle contrée ils
étoient. En comptant leurs vaiſſeaux , ils
en trouvoient le nombre diminué de
moitié, & crurent que la mer en avoit
englouti quelques - uns. Lorſque leur
propre conſervation leur eut laiſſé la liberté de s'occuper d'autres idées , ils
fongerent à leur Prince. Comment le
rejoindre ? Où le chercher ? La tempête
l'avoit peut-être jeté fur des bords ennemis ou inconnus : mais où étoient-ils
eux.mêmes ? Où devoient-ils prendre
terre avec les reſtes malheureux d'une
flotte ſi maltraitée , & qui manquoit
de tout. Dans cette alarme generale ,
Arſidas ſe regardoit comme celui qui y
étoit le plus intereſſé. Dénué de toute
eſpérance, il ne fçavoit quel parti prendre , & s'il devoit par mer , ou par terre , regagner des détours qui le rame-
naſſent en Sicile. Il voïoit le terme de
fon voïage changé ; ce n'étoit plus dans
la Gaule ni fur le Rhône qu'il devoit
chercher Poliarque , il falloit fans guide & à la merci des flots parcourir toutes les côtes , où la tempête pouvoit l'a-
voir jeté. Que n'étoit-il dans ce vaiſ-
feau Pheacien , qui , fans le fecours d'au-
ɔun Pilote , ſe rendoit de lui-même , où

l'on fe propofoit d'aller ! Il confideroit
que tous fes momens devenoient précieux, qu'Argénis impatiente les comptoit, & que fi elle le voïoit revenir en
Sicile, fans s'être acquité de la com-
miffion dont elle l'avoit chargé, elle le
regarderoit comme l'auteur de fa mort:
car quoique Gobrias l'eût affûré que
Poliarque tenoit la route de Sicile, il
craignoit que fatigué par la tempête,
ce Prince ne voulût s'arrêter dans quelque port, ou ne voguât plus lentement,
ce qui devoit prendre beaucoup de tems
fur celui auquel Argénis l'atendoit.

Comme il étoit occupé de ces diférentes penfées, faifant même felon la
coutume des malheureux, des reproches fecrets à Gobrias de lui avoir refufé une galere dans le tems qu'il l'a-
voit demandée, les pilotes raporterent
qu'ils apercevoient quelque chofe d'é-
pais, & qu'il y avoit aparence que c'é-
toit la terre. Gobrias ordonna qu'on fît
voile de ce côté, quelque chofe que ce
pût être. Après avoir ramé de toutes
leurs forces, ils rencontrerent fur le midi de petites barques qui alloient chercher le profit que pouvoient leurs préfenter les débris de la tempête. Ils apri-
rent qu'ils étoient fur les côtes d'Afri-

que, fort dangereuſes par la quantité
de bancs de ſable qui s'y rencontrent,
& qu'ils n'étoient pas éloignés de la Numidie. Le port où ils ſe propoſoient de
deſcendre, étoit déſert, & ils ne ſça-
voient encore s'ils pouvoient y aborder en ſûreté ; mais ils croïoient courir
moins de riſques dans des terres qui
leur étoient inconnuës, qu'au milieu
d'une mer ſi remplie d'écuëils. Les mêmes barques qu'ils avoient rencontrées
leur ſervirent de guides. Gobrias envoïa
un eſquif pour ramener les vaiſſeaux
que la tempête avoit diſperſés. Ils eurent au moins cette conſolation dans
leur malheur, que tout ce qui manquoit
de la flotte ſe trouva raſſemblé avant
la fin du jour. Ils virent avec plaiſir
leurs compagnons dont ils croïoient une
partie ou perie, ou au moins fort écar-
tée. Pour ſurcroît de bonheur, les habitans de cette côte moins barbares que
de coutume, leur firent une réception
telle qu'ils purent la ſouhaiter ; ils leur
préſenterent des poiſſons ſecs, & d'autres choſes dont ils ſe nouriſſoient eux-
mêmes.

La flotte de Poliarque avoit auſſi reſſenti les effets de la tempête, ce Prince
uniquement occupé de ſa vengeance,

& du mariage d'Argénis se flatoit , & avec raison , de reüssir dans tout ce qu'il entreprendroit dans la Sicile : en effet Meleandre pouvoit-il refuser son consentement à une personne qui paroissant dans un état conforme à son rang & à sa naissance, se trouvoit encore soutenuë d'une puissante armée. Il sembloit déja mépriser Radirobane , Arcombrote , & tous ceux qui auroient la temerité de lui disputer , dans un combat ou singulier , ou general, un bien qui lui apartenoit. A l'égard de la loi du païs qui défendoit toute aliance avec des Princes plus puissans , il se proposoit de l'abroger l'épée à la main , ou du moins de l'interprêter à son avantage : car , sans abolir l'usage particulier de ce Roïaume, il comptoit, si Argénis avoit plusieurs enfans , que la Sicile seroit le partage du second. Livré à ces reflexions il trouvoit que la diligence qu'on emploïoit , ne répondoit point à son impatience , il alloit lui-même animer les matelots , lorsque la tempête qui survint , les détoürna de leur route. Quoique brave & intrepide , il eut cependant quelque fraïeur de la mort , non par un sentiment de crainte pour lui-même ; sa tendresse pour sa mere ,

fon amour pour Argénis en étoient les
feuls motifs. Voïant que les matelots
aux aproches du peril fembloient s'a-
bandonner à leur defefpoir : qu'avez-
vous à craindre, leur dit-il , les Dieux
qui m'ont toûjours été favorables , ne
permetront pas que je periffe à la fleur
de mon âge , metons notre confiance
dans ceux qui peuvent feuls nous préferver du danger. Animés par ces paroles , ils reprirent un nouveau courage , & travaillerent avec plus d'ardeur :
mais ils ne purent vaincre l'agitation
continuelle des vagues , & la flotte fut
enfin jetée fur une côte inconnuë. La
mer devint calme , mais les matelots ,
après tant de fatigues , fe trouvoient
hors d'état de rien faire , & les vaiffeaux
endommagés , par les violentes fecouf-
fes qu'ils avoient effuïées , ne pouvoient
plus tenir contre l'eau qui y entroit de
toutes parts. Poliarque qui , dans la confervation de fes jours , n'avoit en vuë
que le bonheur d'Argénis , en devenoit
plus ménager ; il vit le péril avec d'autres yeux, que s'il y eût été feul inte-
reffé. Il regretoit tous les jours qu'il perdoit abfent de la Sicile , il les regardoit
comme funeftes à la Princeffe auffi bien
qu'à lui-même : mais la crainte d'un
n'auc

naufrage presque certain, s'il vouloit aller plus loin, le retenoit malgré lui, il commanda aux pilotes de prendre terre à la premiere côte où les vaisseaux pouroient aborder en sûreté.

Ils ne sçavoient encore quelles terres ils apercevoient, ni par quels peuples elles étoient habitées : mais une situation agréable, quantité d'arbres bien plantés, plusieurs côteaux gracieux & fertiles, tout cela leur donna espérance d'y trouver un asile ; le port étoit couvert de barques de pêcheurs, & de vaisseaux marchands. Poliarque qui avoit envoïé une chaloupe à la découverte, aprit que c'étoit la Mauritanie. Il monta sur le tillac avec Gelanore ; n'est-ce pas, lui dit-il, un bonheur, au milieu de toutes nos traverses, de nous retrouver sur ces côtes. Ne reconnoissez-vous pas le fleuve & la ville de Lixe ? Ne voïez-vous pas de l'autre côté ces campagnes si bien cultivées? Nous ne nous trompons point, c'est ici la Mauritanie, païs où commande la Reine Hianisbé, & où nous avons tant d'amis. N'accusons plus la fortune de nous être contraire, puisqu'elle nous a conduit sur ces bords : mais afin que notre arrivée n'y cause aucune alarme, allez de ma part trouver la Reine , dites-lui l'accident qui nous a jetés fur ces côtes , & priez la de nous permetre d'entrer dans le port, nous atendrons ici votre retour. Le bruit fe répandit auffi-tôt parmi les matelots & les foldats que ce païs étoit connu à leur Roi , & qu'ils y feroient bien re-çûs. On eft naturellement porté à croire ce que l'on fouhaite : l'air retentit dans l'inftant de mille cris de joïe ; on dé-tourna les vaiffeaux , & on ne voulut aprocher du port qu'après en avoir ob-tenu la permiffion.

A peine la chaloupe où étoit Gela-nore parut , qu'un bruit confus qu'il entendit , lui fit bien-tôt perdre les ef-pérances dont il s'étoit flaté. Il vit le fleuve bordé de vaiffeaux qui avoient pris l'alarme, le rivage étoit déja cou-vert de foldats. La caufe de cette fou-daine émotion, étoit cette flotte confi-derable. On craignoit inceffamment la defcente de l'enhemi de la Mauritanie, les habitans qui n'avoient eu que le tems d'être prévenus fur cette guerre, avoient fur le champ pris les armes, & venoient de tous côtés dans des cha-loupes pour entourer Gelanore , ils le regardoient comme un héraut , envoïé peut-être pour examiner de plus près le païs. Gelanore troublé par une réception si peu atenduë, témoignoit qu'il venoit comme ami, qu'on ne devoit point se défier de lui, & qu'il souhaitoit parler à la Reine, de la part de Poliarque. Quelqu'un se trouva là par hasard qui reconnut cet étranger pour être le même qui, peu de mois auparavant, accompagnant Poliarque, étoit sorti du port avec beaucoup de marques d'amitié de la part de la Reine. Le peuple fit succeder à ses premieres alarmes des sentimens plus favorables, & s'informa quelle étoit cette flotte. Gelanore les assûra qu'ils n'avoient rien à craindre de cette armée, que c'étoit Poliarque allié de la Mauritanie. Il fut conduit à terre, & parut devant la Reine pour lors uniquement occupée de la guerre qui la menaçoit. Elle reprit une telle confiance à la vuë de Gelanore, qu'elle crut que c'étoit moins Poliarque que les Dieux tutelaires du païs qui venoient à son secours. Elle envoïa les Seigneurs les plus distingués, pour l'inviter à descendre dans le port. Elle fit plusieurs demandes à Gelanore, sur quels peuples son maître commandoit, contre qui il avoit pris les armes, & pourquoi, dans son premier voïage, il n'avoit voulu

H ij

paroître que comme un homme privé ?
Gelanore inſtruit de ce qu'il falloit dire,
& de ce qu'il devoit taire, répondit à
toutes les queſtions de la Reine d'une
maniere ſi adroite, & en même tems ſi
obligeante, qu'elle lui laiſſa à peine
la liberté de rejoindre Poliarque, pour
lui rendre compte des marques de bonté dont elle l'avoit comblé.

Il y avoit cinq jours qu'Hianiſbé agitée de ſoins particuliers & publics ne
prenoit preſque aucune nouriture. Radirobane cauſoit une partie de ſes inquiétudes. Ce Prince qui avoit échoüé
dans ſon projet contre la Princeſſe de
Sicile, s'étoit retiré dans la ville de Calaris. Une action ſi noire, la confuſion
qui en alloit retomber ſur lui, ſe pré-
ſentoient ſans ceſſe à ſon imagination,
il craignoit déja que ſes ſujets ne témoi-
gnaſſent ouvertement le mépris qu'ils
faiſoient de ſa perſonne, n'étant que
trop convaincu de cette prévention naturelle au peuple & aux ſoldats, de n'eſ-
timer leur Prince que par le ſuccès de
ſes armes. Eſt-il heureux ? On atribuë
à ſa valeur ce qui n'eſt que l'effet de la
temerité ou du haſard; vient il à échouer?
les entrepriſes concertées avec le plus
de ſageſſe, ne lui atirent que du mépris.

Pour ne pas laisser cours à ces funestes
idées , & dissiper par d'autres mouvemens l'ennui où il se voïoit lui-même
plongé , il résolut d'entreprendre une
nouvelle guerre ; il ne songeoit plus à
la Sicile , il ne doutoit point qu'on n'y
fût sur la défensive , il tourna ses armes
d'un autre côté , afin que tenant toûjours
ses soldats en haleine , il fût plus en
état de surprendre Meleandre, dont les
troupes devoient s'affoiblir par son retardement. Il se présenta une occasion
dont il crut devoir profiter. Il avoit depuis long-tems des vûës sur la Mauritanie , c'étoit même ce qui lui avoit fait
dresser cette armée navale que l'espérance d'obtenir Argénis en mariage ,
& de se rendre maître de la Sicile lui fit
depuis emploïer sous un motif plus juste dans la guerre qu'il fit contre Licogene. Il en revint à sa premiere idée , &
trouva bientôt un pretexte , pour s'au-
toriser dans son injustice. Des Corsaires
Maures , qui , dans leurs courses n'épar-
gnoient pas plus ceux du païs que les
étrangers , avoient pillé des marchands
de Sardaigne ; Radirobane à son retour
de Sicile , en écouta les plaintes avec
plaisir, il regarda cette insulte de particuliers qui faisoient la profession de pi-

rates, comme une injure faite du confentement de toute la nation ; il envoïa auffi - tôt vers Hianifbé , pour la
fommer non-feulement de reftituer ce
qui avoit été pris, mais auffi de lui en
faire raifon par le fuplice de ceux qui
avoient exercé cette violence. Elle fit
réponfe qu'une pareille action n'avoit
point été faite de fon confentement :
que ceux qui étoient coupables , n'é-
toient point en fon pouvoir : qu'elle ne
les tenoit pas même au rang de fes fujets : que les Sardes pouvoient en tirer
vengeance , en quelque lieu qu'ils les
rencontraffent : que de fon côté elle
donneroit volontiers fes ordres pour les
faire chercher , & en faire un exemple.
Radirobane donna , en préfence des Sardes , un mauvais tour à la réponfe d'Hianifbé, il leur fit entendre que les Maures n'avoient pour eux que du mépris,
qu'on n'avoit rejeté fes plaintes que
parce qu'il ne les avoit point accompagnées de ménaces.

Il fe propofa fur le champ , comme
fi toute aliance eût été rompuë , non-
feulement de venger le tort qu'on avoit
fait aux marchands de fon Roïaume,
mais de reprendre encore les anciens
differends de fes prédeceffeurs. Les

Rois de Sardaigne avoient de tout tems prétendu, que la Mauritanie leur apartenoit, & même, pour s'affûrer ce droit, ils prenoient fouvent les armes, que fous les aparences de treves ou de paix, ils quitoient, pour les reprendre à la premiere occafion favorable. Ainfi les Rois Maures & ceux de Sardaigne pouvoient toûjours couvrir du prétexte d'équité les entreprifes dont leur animofité fecrete étoit le feul motif. Radirobane ne balança point à fe fervir de l'armée qu'il avoit ramenée de Sicile, & qui, fiere encore des avantages qu'elle y avoit remportés fur Licogene, auroit d'autant moins de peine à vaincre en Mauritanie, que c'étoit une femme qui y regnoit. Pour donner cependant quelque aparence de juftice à la violence qu'il fe propofoit d'exercer, il envoïa un heraut déclarer la guerre à la Mauritanie, tandis qu'on levoit des foldats dans la Sardaigne, pour rendre fes troupes plus completes. Le heraut arrivé à Lixe, fut conduit devant la Reine, & lui declara de la part de fon maître, avec la hardieffe que fembloit lui donner le titre dont il étoit revêtu, que fi elle ne quitoit la couronne, pour la remetre à Radirobane, ce Prince fe difpofoit

à venir avec une armée puiſſante ſoute-
nír ſes droits. La Reine quoique frapée de ce coup imprevû , répondit avec
fermeté, que le deſſein injuſte qu'avoit
formé Radirobane de la dépoſſeder , ne
pouvoit tourner qu'à ſa coufuſion ; qu'il
s'adreſſoit à une femme, craignant peut
être de meſurer ſes forces avec des
hommes : qu'en rompant une paix confirmée depuis tant d'années , ſans en
avoir de ſujet legitime, n'étant ſurvenu
aucun diférend entre leurs ſujets ce procedé tenoit de la perfidie : qu'on ne
pouvoit tromper les Dieux, qui pren-
droient ſa défenſe , & que le ſecours des
hommes ne lui manqueroit point : qu'il
eût à ſe reſſouvenir de Tomiris qui ne
feroit peut-être pas la ſeule qui ſçut
raſſaſier de ſang ceux qui en paroiſſoient
ſi avides. Après cette réponſe le heraut
ſe rendit ſur le rivage , où tenant un
javelot à la main , puiſque les Maures,
dit il , oſent troubler les Sardes dans
leurs droits , que loin de ſe déſiſter d'u-
ne prétention mal fondée , ils demeurent obſtinés dans leur injuſtice , je vous
avertis pour le Roi & pour la Sardaigne,
que je declare la guerre à la Reine & à
la Mauritanie ; il le lança en même temſ
ſur les terres ennemies , & remontant
　　　　　　　　　　　　　　　　dans

dans l'esquif qui l'avoit amené, il retourna vers Radirobane.

Ceux dans qui la Reine avoit le plus de confiance, lui représenterent son indiscretion, d'avoir laissé partir son fils, dont la présence étoit si necessaire : que c'étoit peut-être ce qui avoit déterminé Radirobane à en agir avec tant de hauteur : que l'ennemi regardoit comme un Roïaume denué de tout secours, celui dont les forces n'étoient point apuïées de la présence d'un Prince ; mais elle rejetoit ce malheur sur un caprice de la fortune qui venoit troubler, par une tempête subite, cette heureuse tranquillité dont joüissoit la Mauritanie. Elle leur dit que son fils n'étoit pas éloigné, & que sur la lettre qu'elle comptoit lui écrire, il seroit bien-tôt de retour : qu'il falloit promtement lever des soldats, & pourvoir à tout ce qu'exigeoit une occasion aussi pressante. Deux jours après, comme elle deliberoit dans son conseil, sur les mesures qu'elle avoit à prendre, on vint lui dire qu'un esclave de son fils, (il n'en avoit mené que deux avec lui) arrivoit dans le moment, & demandoit à lui parler. Tout le monde fut surpris, on parle de son fils, on voit arriver une personne

Tome III.   I

de fa part, qui, en aportant des nouvelles de fa fanté, pouvoit rendre compte
de l'endroit où il étoit.

Arcombrote qui, pour époufer Argénis, n'avoit plus befoin que du confentement de fa mere, & qui ne pouvoit trop-tôt joüir d'un bonheur dont il
n'avoit d'abord ofé fe flater, avoit dé-
pêché cet homme auprès d'Hianifbé,
après l'avoir chargé d'une lettre, telle
que peut l'écrire un jeune homme
amoureux, & qui veut rendre encore à
une mere les devoirs d'obéïffance & de
refpect qu'il lui doit. Arcombrote n'é-
toit connu dans la Mauritanie que fous
le nom d'Hiempfal, mais quand il s'embarqua pour la Grece, il crut devoir
prendre un nom moins étranger à cette
nation. Il marquoit par fa lettre, que
conformément aux ordres de fa mere, il
avoit conftamment caché fon rang & fa
naiffance, qu'au refte il fe préfentoit une
occafion fi favorable pour lui, qu'elle
furpaffoit fon atente, qu'il s'agiffoit de
l'aliance d'un Souverain des plus puiffans, de la poffeffion de la Sicile, & de
l'avantage d'époufer une Princeffe plus
recommandable encore par fon merite,
que par les droits qu'elle avoit fur une
couronne. Il fuplioit fa mere de lui per-

metre de declarer sa naissance au Roi, qui, sans le connoître, lui avoit donné tant de marques de bonté, de députer quelques Seigneurs des plus distingués, pour faire plus d'honneur aux nôces qu'il étoit prêt de conclure, & d'envoïer des présens & un équipage, qui, en répondant à sa naissance, pussent achever de lui gagner le cœur des Siciliens, qui devoient bien-tôt être ses sujets.

Cette lettre jeta la Reine dans une si grande surprise, qu'elle ne fut pas maîtresse de cacher son embaras. Les personnes qui en furent témoins, craignant déja que le Prince ne fût indisposé, demanderent à lesclave quelles tristes nouvelles il avoit aporté à la Reine. Il leur répondit que non-seulement son maître joüissoit d'une parfaite santé, mais qu'il étoit encore fort consideré chez les étrangers. Hianisbé s'aperçut que l'alteration de son visage avoit alarmé ceux qui étoient présens, elle se composa, parut plus gaïe, & leur dit que son fils, graces aux Dieux, se portoit bien, & qu'il arriveroit bientôt : mais quand elle fut seule avec l'esclave qui lui avoit remis la lettre, je crois, dit-elle, que mon fils vous a expressément défendu de declarer l'endroit où

il eft, je vous le défends pareillement,
que perfonne ici n'ait connoiffance de
ce fecret. Les circonftances préfentes
demandent que vous alliez promtement
le rejoindre, vous partirez demain du
grand matin; foïez fidéle à fes ordres,
& aux miens, & comptez que nous n'ou-
blierons jamais cette atention de votre
part. Elle fe retira dans fon cabinet avec
autant d'inquiétude fur la nouvelle propofition d'Hiempfal, que fur la guerre
que venoit de lui declarer Radirobane.
Faut-il, fe difoit-elle, que je me voïe
en proïe à tant de chagrins, que j'aïe à
craindre en même tems une aliance avec
la Sicile, & les armes de la Sardaigne?
Que vous foïez, mon cher Hiempfal,
à la veille de devenir le gendre de Meleandre? Quelle imprudence de vous
avoir laiffé partir pour un païs où trouvant votre perte, vous devenez encore
l'auteur de celle d'une Princeffe que
vous dites fi accomplie! je prie les Dieux
de détourner de deffus vos têtes un malheur dont mon indifcretion feule eft la
caufe. Infortunée que je fuis, je vais
donc être dépoüillée de mon Roïaume
par Radirobane, & privée de mon fils
par Argénis! Abandonnée à ces triftes
reflexions, elle lui écrivit en ces termes,

» Il faut , mon fils , que vous fça-
» chiez combien votre deſſein convient
» peu à l'état préſent de ma fortune.
» A peine le heraut, qui eſt venu me
» déclarer la guerre de la part de Ra-
» dirobane , étoit-il ſorti du palais, que
» j'ai reçu votre lettre. Elle m'aprend
» que vous êtes ſur le point de vous
» marier : je prends part à votre bon-
» heur , & ſuis touchée de l'impreſſion
» que vos vertus ont fait ſur l'eſprit de
» Meleandre, puiſque ſans ſçavoir qui
» vous êtes , il vous a fait l'honneur de
» vous choiſir pour ſon gendre ; mais
» ſongez que vous vous deshonnorez,
» ſi trop ſenſible aux charmes de l'a-
» mour, vous abandonnez votre mere
» & votre patrie aux fureurs de Radi-
» robane. Ne preferez point à l'empire
» de Mauritanie, celui de la Sicile que
» vous regardez déja comme un avan-
» tage aſſûré. Vous avez ici des droits
» plus legitimes , & que vous aurez
» peine à conſerver , ſi vous ne venez
» promtement. Il eſt plus aiſé de ſe
» maintenir dans un bien qui eſt encore
» en notre poſſeſſion , que de le recou-
» vrer, lorſqu'il nous eſt échapé. Quand
» vous aurez rendu le repos & la tran-
» quillité à votre mere , que vous au-

I iij

BIBLIOTHEQUE ROYALE

» rez triomphé de vos ennemis , & que
» vous vous ferez acquité de tous les
» devoirs , aufquels la pieté vous en-
» gage , vous aurez de juftes titres ,
» pour rechercher une aliance qui vous
» flate. N'imputez point à la guerre feu-
» le dont nous fommes menacez, l'em-
» pêchement qu'en qualité de mere ,
» je mets à votre mariage ; vous étes
» perdu, mon fils , fi vous ne me par-
» lez avant que d'époufer Argénis. Ve-
» nez inceffamment, vous vous fçau-
» rez gré de votre obéiffance, & vous
» avoüerez que votre atention aura été
» fuffifamment recompenfée. Pour vous
» aprendre mes dernieres intentions ,
» il eft fi effentiel , qu'avant les cere-
» monies d'un Hymen fi flateur , je vous
» inftruife d'un fecret qui ne peut mê-
» me fe confier au papier ; que fi dans
» cette occafion vous manquez à votre
» devoir, je ceffe d'être votre mere ;
» je me range du parti de Radirobane ,
» pour ne pas vous laiffer du moins l'a-
» vantage de joüir des biens & des de-
» poüilles d'une mere que vous aurez
» fait mourir de douleur. C'eft affez
» m'expliquer , cet ordre doit vous fuf-
» fire. Je connois vos heureufes difpo-
» fitions , l'éloignement ni la fortune

» n'ont pû y aporter de changement.
» Au reste pour vous prouver que le ca-
» price n'a point de part à des ordres,
» qui peut-être vous paroiſſent ttop ri-
» goureux, je ne m'opoſe plus à l'aveu
» que vous deſirez faire de votre naiſ-
» ſance, declarez à Meleandre que vous
» étes mon fils, & s'il vous deſtine la
» Sicile, comme à celui qui doit être
» ſon gendre, qu'il vous renvoïe ici
» avec des forces ſuffiſantes, pour com-
» batre les Sardes ; je vous laiſſerai la
» liberté de retourner en Sicile, quand
» vous m'aurez fait connoître que vous
» étes mon fils, & l'ennemi de Radi-
» robane.

Elle confia cette lettre à l'eſclave &
le chargea de dire à Arcombrote de ne
point s'arrêter, qu'il vint directement
en Afrique, & ſur tout qu'il fit atention
à tous les articles de ſa lettre. Cet homme prit congé de la Reine, après lui
avoir promis d'executer ponctuellement
ſes ordres. Il fut cependant obligé d'a-
tendre deux jours avant que de ſe mettre en mer, le tems n'étant point encore
ſûr. A peine fut-il embarqué que Gelanore arriva dans le palais, & prevint la
Reine ſur l'arrivée de ſon maître.

Hianiſbé qui atribuoit ce ſecours à

une protection particuliere des Dieux ;
voulut qu'on reçût Poliarque avec toute la distinction & la magnificence duës
à son rang. Si-tôt qu'elle le vit paroître,
elle vint au-devant de lui ; & croïant
ne pouvoir trop faire pour un Prince de
qui elle avoit déja reçu un service important, & qu'elle avoit encore tant
d'interêt de ménager dans les conjonctures présentes, elle le reçut avec toute
la tendresse d'une mere, & le respect dû
à un étranger de sa condition. Ce Prince
sensible aux bontés de la Reine, répondoit avec tant de grace & de modestie
aux loüanges qu'elle lui donnoit, que
les personnes témoins de cette entrevuë
s'adressoient aux Dieux, & faisoient des
vœux secrets que ce fût-là la mere & le
fils. Une partie de la noblesse du païs
étoit demeurée sur le rivage, pour recevoir les officiers & les soldats, qui furent
logés dans les maisons des particuliers.
Les Maures se faisoient un plaisir de publier que des étrangers, avec qui ils n'a-
voient aucun commerce, venoient se
déclarer leurs protecteurs au peril même de leur vie. On eut beaucoup d'é-
gards pour ces nouveaux soldats, chacun cherchoit à les prévenir. Les portes
étoient ornées de couronnes & de fes-

tons, le vin y étoit répandu avec pro-
fusion. Les Gaulois qui ignoroient encore que leur présence fût necessaire,
étoient surpris de voir qu'il y eût un
endroit au monde, qui l'emportât sur
la Gaule, pour la maniere de recevoir
les étrangers. Comme Poliarque entroit
dans le palais, la Reine lui adressa ainsi
la parole. Ce n'est pas d'aujourd'hui,
grand Prince, que nous avons le bonheur de vous connoître, il n'y a pas long
tems que ne voulant passer ici que pour
un homme privé, il ne nous fut pas difficile malgré votre déguisement, de reconnoître une naissance illustre. Quelles obligations ne vous eus-je pas dès-
lors ! vous me remîtes le petit coffre
que des corsaires m'avoient enlevé, &
qui m'étoit plus précieux que la vie.
Nous avons l'avantage de vous revoir
en ces lieux, y seriez-vous venu de votre propre mouvement ; où sont-ce les
Dieux qui vous y ont envoïé, pour m'assûrer la possession d'un bien que je ne
tiens que de vous ? Le Roi de Sardaigne
qui me croit dépourvûë de tout secours,
vient de me déclarer la guerre : nous
sommes tous les jours dans l'aprehension de voir paroître sa flotte sur ces
côtes. Il y a si peu de tems que nous en

fommes informés , qu'à peine avons
nous eû celui de raffembler des forces,
fuffifantes , pour nous défendre. Je ne
fuis qu'une femme , mon fils eft abfent ,
prenez-moi fous votre protection , votre gloire y eft intereffée. N'aïez point
à vous reprocher d'avoir abandonné
une Reine qui injuftement perfecutée ,
a eu recours à vous. Je vous fais le maître de tout , commandez ici en Souverain ; prenez notre défenfe , & qu'on
ne puiffe point parler des fureurs de
Radirobane , fans en même tems rendre
juftice à la generofité & au courage de
Poliarque. Quelque preffées que foient
les affaires qui vous ont fait fortir de
votre païs, & en quelque lieu que vous
aïez deffein d'aller , le fujet de votre retardement ne peut que vous faire honneur.

Ce difcours de la Reine , prononcé
avec un air de majefté , mêlé d'une trifteffe profonde , qui alloit prefque jufqu'aux larmes , devoit faire impreffion
fur Poliarque ; ce Prince étoit même
confus de ne pas accorder fur le champ
un fecours auquel fon honneur fembloit l'engager : mais le ferment que
l'amour lui avoit arraché , & la fituation où fe trouvoit peut-être reduite

Argénis, diminuoit une partie des fentimens que cette Reine affligée eût ex-
cités dans un autre tems , jufqu'à ce
qu'enfin , furpris que les Maures euffent
quelque chofe à aprehender des armes
de Radirobane , qu'il croïoit pour lors
en Sicile , il demanda où étoit ce Prince.
Aïant apris qu'étant parti de Sicile , il
devoit être dans la Sardaigne , à moins
qu'il n'eût déja fait voile vers l'Afrique ,
il craignit dans ce moment que ce Roi
perfide n'eût trahi Argénis, où qu'il ne
l'eût obtenuë en mariage. Madame, dit-
il , le Roi de Sicile n'en auroit-il pas
fait fon gendre ? Hianifbé qui fçavoit
certainement par les lettres qu'elle venoit de recevoir d'Arcombrote, qu'Argénis n'étoit point mariée , étonnée de
la demande de Poliarque, lui répondit
qu'elle pouvoit l'affûrer du contraire.
Poliarque ignorant à qui il avoit cette
obligation , & comment Radirobane
étoit déchu de fes prétentions, crut que
l'occafion n'étoit plus fi preffante de fe
rendre en Sicile avec fon armée, d'autant plus qu'il ne pouvoit s'imaginer
qu'après Radirobane , il y eût quelqu'un
affez temeraire , pour ofer élever fes
efpérances jufques à la Princeffe. Il fit
reflexion que de ne pas fe rendre aux

inſtances de la Reine , c'étoit la livrer
à un ennemi puiſſant , dont elle ſeroit
bien-tôt la victime ; qu'il deviendroit
lui-même reſponſable de toutes les ſuites de cet injuſte refus ; qu'il ſuffiſoit
d'envoïer à Argénis une perſonne ſûre
qui , en la conſolant de ſa part , lui rendît compte en même tems des raiſons
qui le retenoient auprès d'Hianiſbé :
que ſi cette guerre n'étoit promtement
terminée , il pouroit , du conſentement
même de la Reine , ſortir de l'Afrique ,
accompagné de peu de monde , laiſſant
dans la Mauritanie le gros de ſon armée.
Un motif le determinoit encore à accorder ce ſecours , l'envie de combatre
Radirobane , cet ennemi dangereux &
qui l'avoit toûjours traverſé , ſous le
pretexte de défendre Hianiſbé , il vouloit venger Argénis. Après ces idées diférentes qui ſe ſuccederent promtement ,
il dit à la Reine , Madame , ſi je n'ai pas
répondu d'abord à ce que vous m'avez
propoſé , n'attribuez point mon ſilence à
l'incertitude de ce que j'avois à faire ,
mais plûtôt à la ſurpriſe où m'a jeté le
procedé de Radirobane , que je dois punir pour pluſieurs raiſons , & auſſi à
quelques reflexions ſur mon bonheur
particulier , qui m'a conduit ſi à pro-

pos dans votre Cour. Si je confidere a juftice de votre caufe, fi je me ra- pelle les marques d'amitié, dont vous avez bien voulu m'honorer, je ne puis rien vous refufer, & je prefere l'a- vantage de vous fervir à mes interêts perfonnels. Difpofez donc des forces de mon Roïaume, & foïez convaincuë que je ne cederai point à votre fils, quand il s'agira d'obéïffance & de ref- pect, & que tant que je vivrai, Radiro- pane trouvera dans Poliarque le vengeur d'Hianifbé.

Cette réponfe calma les inquiétudes de la Reine, & fit tant d'impreffion fur les Seigneurs Maures, que plufieurs alle- rent au temple rendre graces aux Dieux de l'arrivée du Roi de Gaule. Hianifbé tou- chée de cette atention de fes fujets, crut pouvoir inviter Poliarque à l'y accom- pagner. Les dangers aufquels ce jeune Prince s'étoit trouvé expofé dans la der- niere tempête, avoient encore ranimé fa pieté; il fuivit volontiers la Reine, & fe rendit au temple, pour préfenter fes vœux à la Divinité qu'on y adoroit, & lui adreffer en même tems ceux de fon amour. Cette Divinité paroiffoit être ou Venus ou Junon; c'étoit la réprefenta- tion d'une femme, elle étoit traînée par un Lion, elle avoit les yeux levés vers le ciel, & sembloit par son atitude se disposer à y monter. Les Assiriens ont été les premiers qui aïent adoré Venus la celeste, comme une des trois Parques : ce culte passa aux Tiriens voisins des Assiriens, & de-là aux Afriquains, dans le tems qu'ils étoient sous la domination des Carthaginois. Les Maures paroissoient y avoir une grande devotion, ce qu'il étoit aisé de voir par un marbre qui étoit à l'entrée du temple, & sur lequel étoient gravés ces vers en l'honneur de la Déesse, & du païs.

Ah ! Déesse, pourquoi remonter dans les Cieux ?

Fixez votre séjour en ces aimables lieux ;

Ils vous sont consacrés, nos vœux & nos hommages

Seront de nos respects les infaillibles gages.

Votre auguste présence honorant nos autels,

Nous croïrons l'emporter sur les autres mortels.

Ces climats si fameux, où rempli de tendresse,

Transformé pour ravir une jeune Princesse,

Jupiter vint cacher les larcins amoureux,

Pouront porter envie à notre fort heureux,

Nous le difputerons, pour la riche abondance,

A ces peuples oififs, qui, par leur indolence,

Par de lâches plaifirs, mollement abatus,

Laiffent regner le vice, & languir les vertus :

Tout ici vous annonce un fort doux & tran-
    quille,

Où pourez-vous trouver un plus charmant afile?

Nérée en connoiffoit les fecretes beautés,

Quand foumife à ce Dieu, l'onde de tous cô-
    tés,

Par fon ordre, entoura ces lieux rempli de
    charmes ;

Tout y rit, tout y plaît, rien n'y caufe d'alar-
    mes.

Par les riches tréfors que Cerès y produit,

Jamais du laboureur l'efpoir n'y fut feduit.

Le Lion, l'Elephant prennent ici naiffance,

Mais leur éloignement nous laiffe en affûrance,

Retirés dans le fond des plus fombres forêts,

De nos fertiles champs ils n'aprochent jamais.

La terre pour s'ouvrir au fruit des Hesperides,

Cessa d'avoir ici des entrailles arides,

Et l'on y voit d'Atlas le sommet spatieux

S'affermir sous le poids de la voute des cieux.

C'est ici que Pallas voulut d'abord paroître,

Qu'en Belier Jupiter vint se faire connoître.

Mars, Mercure, Junon s'y declarent pour
* nous,*

Mais quelque soient ces biens, tout nous man-
* que sans vous.*

Présidez en ces lieux, soïez-nous favorable,

Vous aurez de nos cœurs le retour équitable ;

Si les chants des neuf sœurs y remplissent les airs,

Vos bienfaits y seront l'objet de leurs concerts.

Les prieres achevées, on emploïa le
reste du jour à donner les ordres neceffaires pour la guerre ; la flotte de Poliarque étoit compofée de cinquante vaiffeaux, qui contenoient plus de douze
mille hommes. Une partie de ces vaiffeaux maltraités par la tempête fe mit
à la rade, les autres furent envoïés avec
plufieurs galeres des Maures, pour gar-
                                    der

der le rivage, & s'opofer à l'entrée de
la flotte ennemie. On aportoit de tous
côtés des pieces de bois, des avirons,
des cordages, & tout ce qui pouvoit
être de quelque ufage en pareille occafion. On fit camper l'armée entre la mer
& la ville, & les Maures mêlés avec les
Gaulois mirent leurs enfeignes à la tête
du camp. Ils étoient, à la maniere du
païs, vêtus de grandes peaux de differens animaux, portant pour boucliers
des peaux d'Elephant repliées. Poliarque
ne voïoit qu'avec peine un fi petit nombre de foldats. Ils n'étoient que trois
mille, encore étoit-ce pour la plûpart
des habitans de la ville, gens peu propres à porter les armes. Ils n'avoient à
défendre que les murs & les ramparts.
Poliarque fe flatoit que les troupes qu'il
avoit amenées avec lui, fuffiroient pour
vaincre Radirobane ; mais il confideroit
auffi que cette guerre pouroit durer,
qu'elle ne feroit peut-être point terminée par un feul combat. Il étoit encore
incertain s'il ne devoit point aller en
Sicile : mais s'y rendra-t-il feul, ou accompagné de fes foldats ? Hianifbé n'en
avoit point d'autres pour fa défenfe.
Dans cette incertitude, il fe propofa
d'engager la Reine à augmenter le nom-

bre de ſes troupes , par une nouvelle
levée de gens de guerre , non qu'il crai-
gnît Radirobane , ou qu'il méditât ſon
départ , c'étoit , diſoit-il , pour être en
état de porter ſes armes juſques dans
la Sardaigne , ſi l'ennemi plus timide
n'oſoit paroître en Mauritanie.

Le jour ſuivant fut encore emploïé
aux mêmes preparatifs , & Poliarque
fit ſentir à la Reine la neceſſité qu'il y
avoit de lever promtement un tribut
ſur les Maures , pour être du moins en
état de ſoutenir les frais de cette guerre,
& d'engager par quelques récompenſes
les Numides ſes voiſins , à lui accorder
du ſecours. Le conſeil que vous me
donnez eſt très-ſage , reprit Hianiſbé ,
j'y avois déja ſongé , mais comment aſ-
ſembler le conſeil du païs , dont le conſentement eſt eſſentiel pour ce nouvel
impôt ? Poliarque élevé ſous une forme
de gouvernement bien diférente , fut
ſurpris de voir des Souverains dépendre
ainſi de leurs ſujets ; quoi , dit-il , l'autorité Roïale apuïée de la neceſſité preſ-
ſante de l'Etat n'eſt donc pas ſuffiſante ,
pour engager le peuple à païer ce tribut , il faut encore qu'il y donne ſon
conſentement par ſes députés ? Les nerfs
de l'Etat , je veux dire les deniers pu-

blics font donc en fa puiffance ? Il eſt
donc l'arbitre de toutes les affaires , le
Roi de fes Rois , & en droit de regler
par un pouvoir fi étendu , le confeil ,
les forces , & les projets du Prince ?
Poliarque repréfenta que c'étoit un abus,
qui , contraire aux veritables maximes
d'Etat , anéantiffoit en quelque forte le
titre de Souverain. Il exhorta la Reine
à fecoüer un joug fi funefte aux droits
de la couronne , & à l'avantage des peuples , infinuant que les circonftances
préfentes étoient trop favorables , pour
n'en pas profiter : que fes fujets dans
la crainte de la guerre qui les menaçoit
ne feroient aucune difficulté d'accorder
une fomme qui feroit emploïée pour
leur confervation. Ils ne croiront point ,
dit-il , que votre intention foit d'intro-
duire un nouvel ufage , ils envifage-
ront cette nouveauté comme un mal ,
auquel l'injuftice de Radirobane a donné lieu. Si cette entreprife reüffit , c'eft
toûjours un préjugé que , dans le cas de
neceffité , vous pouvez impofer un tribut fans le confentement du peuple : &
parce que les chofes , qui d'abord paroiffent odieufes , deviennent fuportables
par un ufage reïteré , vous verrez vos
fujets foufcrire dans la fuite fans mur-

mure à l'établissement d'un droit, qu'on
peut dire même leur être avantageux.
Ne se laissent-ils pas souvent abuser par
une fausse idée d'indépendance qui n'est
que l'ombre de la liberté ?

Je sçai, reprit la Reine, qu'en m'as-
fûrant ce degré d'autorité, je travaille
pour moi & pour mes Sucesseurs ; mais
n'y a-t-il pas du danger à vouloir l'entreprendre dans des conjonctures où je
ne dois songer qu'à ménager des sujets,
& à les encourager contre l'ennemi qui
est à nos portes ? Le mal se fait assez
sentir par une guerre étrangere, pourquoi vouloir l'augmenter par une dif-
corde civile ? Je les indispose contre
moi, & je leur verrai pour Radirobane
cette même affection, ce même zele que
je serois en droit d'exiger d'eux, en suivant les maximes que j'ai trouvées établies; d'ailleurs violer un droit aussi saint,
& qui, selon moi est fondé sur la justice, n'est-ce pas s'ataquer aux Dieux ?
Quel est donc ce droit si juste ? Reprit
Poliarque, c'est, dit Hianisbé, qu'un
Roi n'exige de son peuple aucun impôt,
que ce même peuple ne le juge neceffaire. Permetez, qu'oubliant pour un
moment le titre de Souveraine, je vous
raporte avec fidélité ce que j'ai oüi dire.

& les reflexions que j'ai faites fur ce
fujet, afin que je puiffe ou vous faire revenir de vos préjugés, ou fortir moi-
même de l'erreur ou j'aurois été fi vos
raifons me paroiffent plus folides. J'y
confens, dit Poliarque, défendez, s'il
eft poffible, la caufe de ceux qui ne
peuvent fe perdre que pour avoir trop
de liberté, ni fe conferver, que quand
ils feront contraints d'obéïr. Il fe dif-
pofa à écouter des raifons que fa vivacité fembloit déja rejeter. Il croïoit
qu'Hianifbé les raporteroit moins parce qu'elle en étoit convaincuë, que pour
couvrir d'un pretexte de juftice les bornes étroites dans lefquelles fon pouvoir
fe trouvoit refferré; comme fi ce devoit
être pour elle une efpece de confolation de reduire les autres Souverains à
la malheureufe condition, où elle fe
croïoit elle même reduite.

La Reine prit ainfi la parole. Nous
n'ignorons point les motifs qui ont engagé les peuple à fe choifir des Rois ;
il falloit prévenir des violences qui ne
refpectoient aucun droit, & qui redui-
foient des nations entieres fous la domination de ceux qui, comme plus puiffans, étoient plus en état de les y contraindre. Il étoit neceffaire de trouver

quelqu'un, qui, l'autorité en main, pû
faire obferver les loix de la nature &
de la raifon. Or une des premieres regles que la nature nous prefcrit, c'eſt
que chacun joüiſſe en liberté des biens
que ſon induſtrie lui a procurés : d'un
autre côté la raifon veut que nous ſça-
chions diſtinguer ce qui nous apartient
d'avec ce qui apartient à autrui. Je
crois pour moi que c'eſt détruire l'un
& l'autre que de prétendre augmenter notre épargne des biens que no
fujets ont gagné avec peine & pa
leur travail. Si nous avons la liberté
d'exiger d'eux ce qui nous plaît, ce pou
voir ſi abfolu ne jete-t-il pas dans le
biens des particuliers une confuſion, qu
empêche de connoître le droit du Prin
ce & celui des fujets ? Ils fatisferont
un premier tribut qu'on leur aura im
pofé, & ne peuvent compter fur ce qu'
leur reſte, le Prince pouvant encor
en exiger une partie par de nouvelle
impofitions. Pour être convaincu du d
fordre que caufent ces biens mêlés
confondus, il ne faut que jeter les yeu
fur tant de jurifdictions diférentes : c
intereſts communs entre plufieurs, d
viennent la fource de mille affaires. L
amis, les freres ne fe connoiſſent plu

ls femmes mêmes veulent qu'on dif-
 tingue leurs biens d'avec ceux de leurs
maris. Un Prince veut-il s'en tenir aux
lix que dicte la nature, chaque famille alors reconnoît ses droits & en même
tems ses obligations. L'espérance d'obtenir quelque chose de part & d'autre
entretient l'union parfaite qui doit se
rencontrer entre le chef & les membres.
Les sujets préviendront le Prince, sans
attendre qu'il se serve avec severité de
l'épée qui lui a été confiée. Ils iront au-
devant de ses volontés, & de crainte
qu'il ne s'engage dans une entreprise
funeste à l'Etat, qu'il ne se voïe obligé
de faire une paix honteuse, ou qu'il ne
donne les premiers postes à des personnes qui en seroient indignes, ils rem-
pliront volontiers le trésor public de
leurs deniers. C'est par ces aplaudissemens sinceres qu'ils éleveront les vertus du Prince, c'est ainsi qu'ils reconnoîtront les bienfaits qu'ils ne tiennent
que de lui, & qu'ils tâcheront d'en meriter dans la suite de nouveaux. Un Roi
de son côté doit avoir des menagemens
pour des sujets qui cesseroient peut-être
d'accorder même ce qui est legitime.
Ce font-là ces freins sûrs, qui retenant
le Prince & les sujets dans de justes bor-

nes , les empêchent de s'abandonner
à la violence , & à l'injustice.

Vous me direz qu'il faut des revenus fixes pour la dépense des Rois , &
que ce n'eft fouvent que par leur magnificence que les étrangers jugent des richeffes , & des forces d'un Roïaume ;
comment, fans ce fecours , établir des
garnifons dans les places effentielles ;
comment entretenir une flotte , ce qui
demande des fonds fi confiderables ?
J'en conviendrai avec vous , l'experience ne le prouve que trop , auffi ne pre-
tends-je pas reduire un Souverain à
des revenus mediocres ; il doit conferver l'Etat & foutenir fa dignité ; mais
les revenus atachés à la couronne ,
doivent fuffire , s'ils font bien ména-
gés. Les fermes , d'autres droits felon
les ufages diférens des païs , raportent
affez à un Prince qui veut regner feul ,
& ne point partager ces revenus immen-
fes avec des courtifans avides aufquels
il fe fera livré aveuglément. Si fon caractere le porte à ravir , & à diffiper
les biens d'un Etat, tant d'impôts injuftes , & qui n'auront d'autre fondement
que fa volonté, joints au droits les plus
legitimes , ne pouront jamais fatisfaire
fa cupidité. Que les fujets portent dans
le

le tréfor public ce qu'ils fe font ménagé par leurs peines, & par leur travail ; le Prince femblable à cet Erificton, connu même des enfans, manquera de tout, parmi tant de richeffes ; formant fans ceffe de nouveaux defirs, il fe trouvera toûjours épuifé. Son avidité croîtra d'au-tant plus, qu'il fe flatera de voir bien-tôt rentrer dans fes coffres par ces moïens, l'argent qui ne vient que d'en fortir. Faut-il donc s'étonner fi des fujets, portés dans un cas de néceffité à fa-crifier ce qu'ils ont amaffé pour eux & pour leurs enfans, refufent de l'ac-corder quand ces mêmes biens ne fer-vent qu'à irriter les defirs infatiables du Prince, ou ceux des courtifans trop in-tereffez qui l'obfedent ? N'arrive-t-il pas fouvent que parmi les nations qui femblent fuporter ces impôts avec plus de patience, les Rois agiffent contre leurs propres interêts. Le peu d'opofi-tion qu'ils rencontrent dans ces fortes d'exactions détruit infenfiblement le bien qu'ils tiennent de leurs ancêtres : ils ne fe font point une peine de dé-membrer leur domaine ; ces biens qu'ils poffedent comme Souverains, leur pa-roiffent de peu de confequence, ou trop difficiles à conferver : ils les cedent à

leurs favoris, par des achats feints ou
veritables. Ainfi les Rois perdent leurs
droits les plus legitimes, pour ufurper
ceux que la juftice leur refufe; & dans
cet échange plûtôt que dans l'augmen-
tation de leurs biens, on les voit s'en
prévaloir comme d'un butin remporté
fur l'ennemi.

Quelle difference enfin metrez-vous
entre un Roïaume où tout fe gouverne
felon les regles de la juftice, & un autre
où la feule tiranie a lieu, fi les fujets
dans l'un & l'autre Etat, n'ont de bien
que ce que leur en laiffe la volonté du
Prince, & fi quelquefois les meubles
des pauvres malheureux hors d'état de
païer, font expofez à l'encan? Ce que
j'avance eft fondé fur le témoignage de
ceux qui ont voïagé dans les païs où le
Prince à cette autorité abfoluë. Encore fi
les taxes étoient proportionnées, les
riches ne feroient pas à plaindre, & le
païfan, le laboureur ne fe verroient
point, comme ils le font fouvent, reduits à n'avoir pas même dequoi fe re-
pofer, après toutes les fatigues qu'ils
ont effuïées dans le cours de la journée. Qu'auroient-ils à redouter de plus
de l'ennemi victorieux?

Cette derniere raifon fit tant d'im-

...ression sur Poliarque, que sans laisser
à Hianisbé la liberté de continuer, il lui
dit. Je voudrois, Madame, que ceux
qui vous ont fait un pareil récit, n'euf-
sent point déguisé la verité, sur un fait
qui intéresse si fort l'honneur des Souverains. Les Rois n'ont jamais cette intention d'exercer les cruautés dont vous
venez de parler. Si les personnes com-
mises pour imposer, ou pour lever ces
subsides n'écoutent que leur caprice, s'ils
les exigent avec trop de févérité, faut-
il condamner le Prince? Doit-on se ré-
volter contre des droits, les nerfs d'un
état, & les seuls capables de le faire
subsister? Quand il seroit vrai que ceux
qui taxent les particuliers, manque-
roient à leur devoir, & que, par une
suite d'injustice, ils poursuivroient
avec trop de rigueur le païement d'un
tribut imposé sans raison, supofons
même que le Prince les soutienne de
tout son pouvoir, l'autorité du Prince
en général cesse-t'elle d'être legitime?
Peut-être veut-on que les loix ne soient
utes, que par la maniere de s'en servir,
& que leur qualité naturelle dépende
des vertus ou des vices de ceux qui les
appliquent bien ou mal. Si le peuple,
par exemple, foufcrit à ce qu'on exige

L ij

de lui, rien de plus jufte que ce tribut;
mais, fi pour le lever, on ufe de trop de
rigueur, cette derniere injuftice chan-
ge-t'elle l'efpece de l'impôt que le peuple a d'abord ratifié? Tout Souverain peut
fans le confentement du peuple, déclarer la guerre ou conclure la paix. S'il fe
fait fans raifon des ennemis pour les
combatre, ce procédé injufte ne fera-
t-il pas plus funefte au peuple que tous
les impôts dont on pouroit le charger?
Ce droit cependant de faire ou la guerre
ou la paix, eft de l'aveu de tout le monde un droit legitime; qu'on ne juge donc
pas de l'equité d'un droit établi, par le
bon ou par le mauvais ufage qu'on en
peut faire.

Vous avez ajoûté que le peuple ref-
pecte toûjours les vertus de fon Prince,
& que dans les néceffités preffantes, il
fe fait un plaifir de témoigner fon zele
& fon atachement. Vous ignorez aparemment quels font les Princes pour qui
le peuple a le plus de refpect; il mé-
prife fouvent la vertu la plus folide
pour ne faire atention qu'à de fauffe
vertus, ou à des vices éclatans. Son
affection eft fouvent détachée du bien
public, il faudroit, felon vous, avoir
des ménagemens pour une populace

& n'entreprendre rien que par son con-
tentement, un Prince alors pouroit se
flater de trouver un veritable retour.
Non, non, Madame, permetez moi de
vous desabuser; pour une somme mé-
diocre que le peuple aura donnée, il se
croit en droit d'être plus insolent, &
devient bien-tôt la cause de sa propre
ruïne. Dans les afaires publiques, les
Rois doivent avoir égard aux conseils
de personnes d'honneur, & jamais aux
idées vagues & incertaines d'une multitude qui n'écoute pour l'ordinaire que
son caprice.

Plus on puise dans les puits & dans
les citernes, plus les eaux en deviennent salutaires; les laisse-t'on tranqui-
les, elles se corrompent? Il en est de
même de ces naturels féroces & grossiers dont le peuple se trouve composé;
agitez-les, il se fortifient; usez de ménagement, l'oisiveté les perd. Un Roi
prudent est comme un puissant aiguillon,
il excite des sujets à une mâle vigueur,
& les empêche de croupir dans la mo-
lesse. Ces tributs sont la voïe la plus
sûre; car si lâches & paresseux ils ai-
ment mieux mener une vie frugale, &
se contenter de peu, que d'acquerir du
bien avec beaucoup de peines, forcés

par la neceffité, ils voudront au moins
gagner dequoi fatisfaire à ce qu'ils doivent au Roi ou plûtôt à l'Etat, l'habitude de travailler pour autrui, les fera
travailler pour eux mêmes, & bien-tôt
leur induftrie & leurs peines, leur pro-
duiront plus qu'il ne fera néceffaire pour
eux & pour le Prince. Les arts fleuriront,
les corps & les efprits en auront plus
de vigueur, les provinces en feront plus
riches, non pas de ces richeffes fuper-
fluës, mais de celles qui font réelle-
ment le foutien d'un Etat. La populace groffiere, les laboureurs élevés dans
les peines & dans les travaux de la campagne, n'en fentiront que mieux leur
condition, & reconnoîtront qu'ils font
nés pour fervir, & non pour commander. Dans les païs où ces fortes d'impôts ne dépendent pas de la volonté du
Prince, le peuple, les gens de campagne, pour la plûpart fiers & infolens, ne
deviennent-ils pas la pefte d'un Etat?
N'étant point exercés par la vertu, leur
penchant, les occafions les entraînent,
ils fe livrent aux vices, femblables à
une terre qui n'eft point cultivée, & qui
fe confume ordinairement en mauvaifes herbes: mais fupofons qu'il y ait des
loix établies pour l'oifiveté; fupofons

même que le peuple se porte au travail
de lui-même , qu'il agisse par raison , &
qu'il assiste volontiers le Prince , quand
l'occasion l'exige , à quoi servira cette
heureuse disposition , s'il survient une a-
faire qui ne laisse pas le tems de delibe-
rer ? Pendant qu'on exposera au peuple
l'état de la chose, & qu'on choisira des
deputés , des mois entiers se passeront,
& un mal qu'on auroit prévenu , si ces
sommes eussent été prêtes , se trouvera sans remede , parce qu'on les aura
demandées dans un tems où on devoit
les emploïer. Votre experience , Madame, doit vous en convaincre. Voici
une guerre à soutenir , l'argent n'est
pas moins necessaire que les armes ;
l'ennemi sera peut-être à vos portes ,
que le peuple ne sera point encore assemblé, & comment subvenir aux frais ?
Comment entretenir une armée , &
demander à vos alliés le secours neceffaire ?

　　Outre les affaires qui regardent l'E-
tat en general , il peut en survenir aux
Souverains de particulieres , & qu'ils
ont interêt de tenir secretes ; peuvent-
elles l'être , s'il faut avoir recours à
une assemblée du peuple ? Vous aurez
formé le dessein de surprendre l'enne-

mi ; vous voudrez reprendre fur luï
un païs qu'il avoit envahi , ces entreprifes ne doivent venir à la connoiffance de perfonne : quand il faudra demander au peuple de quoi les executer ,
lui expoferez-vous vos motifs ? Et fi
tout le fuccès d'un deffein déja formé ,
dépend abfolument du fecret, quelles
raifons aporter dans ces affemblées ,
pour impofer de nouveaux tributs ?
De quels moïens fe fervir , pour contraindre des fujets à y fatisfaire ? Croïez-
vous que durant ce tems , les ennemis qui font autour de vous , que ceux
qui ont interêt que vous ne faffiez aucun mouvement , demeurent oififs , &
ne foient pas bien-tôt informés de vos
démarches ? Ceux que vous euffiez ai-
fement furpris , en vous fervant d'un
droit fi legitime , previendront vos deffeins , & les feront fûrement échoüer.

S'il arrive, comme cela n'eft que
trop ordinaire, que les fujets manquent
de foumiffion : fi par haine ou par mépris pour un Souverain, ils cherchent
à l'offenfer , s'il rejetent les propofitions qu'on leur fait , quelque juftes
qu'elles foient , quelle trifte fituation
pour un Etat ? On peut comparer ces
rebelles à des perfonnes qui voulant fe

fervir d'armes qu'ils ne fçavent pas manier, s'enferrent dans le moment qu'ils
croïent fraper leur ennemi. Ils s'entre-
déchireront, & pour avoir refufé ce
qu'exigeoient les befoins de l'Etat, ils
fe verront eux mêmes accablés fous le
poids des malheurs qu'ils preparoient à
leur Prince.

En quoi, Madame, faites-vous donc
confifter cette autorité, que ceux mêmes
qui ont de la peine a s'y foumettre,
reconnoiffent pour être la plus abfoluë?
Ne conviendrez-vous pas qu'elle feroit
plus bornée que celle dont joüiffent les
autres puiffances : car parmi les nations
où l'autorité réfide dans un Senat, on ne
confulte point le peuple, les magiftrats
s'affemblent, deliberent, arrêtent &
commandent ; ils ne veulent pas que
le peuple ait la moindre part à un pouvoir dont ils fe croïent les feuls dépo-
fitaires. Or pourquoi un Senat auroit-
il ce privilege fur les Souverains s'ils
n'ont pas moins celui d'établir des loix
que les premiers magiftrats d'une Re-
publique, fi leur puiffance eft auffi
étenduë pour la mort & pour la vie des
fujets, pour declarer la guerre, ou pour
faire la paix (ce qui eft le plus effentiel) pourquoi n'auront-ils pas comme

eux, le droit de lever des impôts ?
Quelles loix, quelles raisons pouroient
les en priver ? Il est vrai que des Princes trop interessez peuvent abuser de ce
droit, & traiter le peuple avec trop de
rigueur, mais ils peuvent aussi abuser
de leur autorité en mille autres occasions, cessent-ils pour cela de l'avoir ?
Des armes quelque pures, quelque justes qu'elles soient, ne peuvent-elles pas
quelquefois être souïllées dans le sang
innocent, par la fureur de celui qui les
porte ? Mais, me direz-vous, ils épui-
seront bien-tôt l'Etat par les sommes
qu'ils auront la liberté d'exiger à leur
volonté. C'est un mal, je l'avoüe, mais
qui arrive rarement, & qui d'ailleurs ne
peut être de longue durée. Il y a peu
de Rois qui se plaisent à amasser des
trésors inutiles. Ce vice est ordinairement si oposé à leur caractere, qu'il n'y
à presque point d'exemple que cette
avarice sordide se soit rencontrée dans
deux Princes de suite. Pour ceux qui exi-
geant tous les jours de nouvelles sommes, les prodiguent ensuite sans discer-
nement, quoique cette dispensation injuste fasse tort a la plus grande partie
d'un Etat, on a au moins, dans ce malheur public, la consolation de voir

que, comme la mer rend à la terre en pluïes, & en broüillards une partie des eaux que les fleuves aportent dans son sein, de même aussi ces Princes, par le moïen des grands qu'ils comblent de biens, rendent en quelque façon au peuple ce qu'ils en ont tiré. Je conviendrai qu'un moïen sûr pour entretenir la tranquillité dans un Etat, c'est de ne point l'accabler par des impôts excessifs ; cependant, quand on voudra y faire atention, on trouvera qu'il y a beaucoup moins de revoltes parmi les sujets de qui le Prince exige des tributs selon sa volonté, que parmi ceux qui n'ont point encore reconnu cet usage. Tant il est vrai que la liberté d'un peuple trop à son aise, est souvent plus contraire au repos public, que l'injuste rigueur des Princes les plus durs.

Hianisbé eut honte d'avoüer qu'elle eût si-tôt changé de sentiment, elle reprit la dispute d'un ton plus moderé ; & renduë aux raisons de Poliarque, elle se proposa d'établir par degrés ce nouvel usage. Elle fit assembler les principaux officiers de la ville de Lixe, & après leur avoir exposé en peu de mots la situation où les reduisoit une guerre qu'ils n'avoient pas prévûë, elle leur

commanda de lever cent talens dans
la ville de Lixe. Le peuple prévenu du
danger qui le menaçoit, ne fit aucune
difficulté de l'accorder ; & par une heureufe diligence, cet argent aïant été
livré en deux jours, les autres villes, à
l'exemple de Lixe, fe firent un point
d'honneur du même devoir. Ce qui
acheva de déterminer les Maures à porter ces fommes dans le tréfor public,
fut le jour de la naiffance d'Hianifbé.
Ce jour, quoique dans un tems d'alarmes, fut celebré avec ces excés qui ne
doivent, ce femble, avoir lieu que dans
une parfaite tranquillité. Ce n'étoit
que feftins au milieu du camp, & dans
la ville ; les chofes même allerent fi
loin que Gelanore qui commandoit dans
le camp, fe crut obligé de prévenir Poliarque fur la débauche outrée des foldats. Poliarque s'y rendit promtement;
il fçavoit qu'en tems de guerre, il faut
éviter de donner prife à la fortune, qui
fe plaît à faire naître des accidens fu-
bits, & à fe venger de ceux qui fçavent
fi mal la ménager; mais il trouva une partie des foldats affoupis par la débauche,
& étendus fur les vaiffeaux, d'autres
qui, plus éveillés, mais hors d'état d'o-
béïr, chantoient & fe livroient aux plai-

firs. Voilà l'état où étoient reduits les Maures & les Gaulois. Poliarque laissa le soin du camp & de la sentinelle à Gelanore, & à ceux qui avoient encore quelque raison : comme il étoit naturellement gai, il se fit un plaisir, en retournant dans la ville, de lire quelques vers qu'un Druide venoit de composer à cette occasion.

Que la coupe à la main, le lierre sur la tête

Chacun vienne à l'envi celebrer cette fête.

Bacchus ce Dieu vainqueur, de pampres couronné,

Sur son char triomphant par des Tigres traîné

Se fait voir en ces lieux brillant de sa victoire,

Que les jeux, les festins, en consacrent la gloire :

Et que d'un pas leger une folâtre cour,

Y danse au son bruïant du fifre & du tambour.

Mais déja quels effets a produit sa présence !

Tout ressent de ce Dieu l'aimable violence.

Quelle foule d'objets dans ces cerveaux troublés !

D'animaux bondiſſans & de monſtres aîlés ;

L'un dans le haut des cieux s'enforme la figure,

Un autre ſous la treille admire la nature ;

Quelques-uns agités des premieres vapeurs

Ecoutent volontiers d'innocentes fureurs.

Ils vont le thirſe en main ſe diſputer la gloire

de ſçavoir mieux gouter le charme de bien
boire.

Ces plaiſirs quoique vifs n'ont rien de dangereux,

Ils ne retracent point le deſtin malheureux

De Penthée accablé ſous l'effort des Bacchantes,

Ils ne ſont point ſoüillés par des horreurs ſan-
glantes :

D'une prodigue main répendant ſes pavots ,

Morphée y fait enfin ſucceder le repos :

Ces Heros de Bacchus , peut-être ailleurs timi-
des

Echaufés par le vin deviennent intrépides;

Dans les premiers inſtans d'un ſecours paſſa-
ger ,

Ils vont par tout ſans crainte affronter le danger ;

Que vous avez d'atraits, agréables chimeres !
Mais helas vos faveurs ne font que paffageres !

Les matelots ne fe fentirent pas
moins de cette débauche , ils étoient
pour la plûpart fi fort plongés dans le
vin & dans le fommeil, qu'à peine le
danger , dont ils fe trouverent tout-à-
coup menacés , fut capable de les éveiller. Radirobane arriva cette même nuit
avec fa flotte , il entra dans le fleuve ,
& aïant forcé le peu de gardes qui veil-
loient , il fe rendit maître de tout le rivage. Une partie des foldats abandonnerent les vaiffeaux, & s'enfuirent dans
le camp ; d'autres troublés coururent
aux portes de la ville, qui fe trouverent
fermées & pour eux , & pour l'ennemi ;
les autres dans des galeres s'avancerent
du côté où regnoit un plus grand filence,
croïant y trouver plus de fûreté. Radirobane fit auffi-tôt débarquer fes troupes , & fur l'efpérance qu'aïant jeté
l'épouvante dans la ville, tout y feroit
en défordre, il laiffa quelques foldats ,
pour garder le rivage , & envoïa les
autres pour dreffer promtement les
échelles , & donner l'affaut : mais les
Maures & les Gaulois qui étoient dans

le camp, ne furent pas fi effraïés, ni fi
maltraités, que ceux qui s'étoient trouvés fur les vaiffeaux. Gelanore qui avoit
entendu beaucoup de bruit du côté du
fleuve, avoit auffi-tôt donné ordre
qu'on éveillât tout le monde. Le fommeil avoit diffipé les fumées de quelques-uns, & le danger préfent avoit
rapellé les autres à leur fang froid ;
après avoir donc difpofé les fentinelles,
dont il remit le commandement à Micipfa, chef de l'armée des Maures, il
alla avec une partie des Gaulois joindre
l'ennemi qui regardoit déja la victoire
comme affûrée. Radirobane trouvant
encore quelque réfiftance, ne jugea pas
à propos d'avancer, craignant qu'il n'y
eût trop de danger pour des foldats qui
ne venoient que d'arriver, & qui ne
connoiffoient point le païs ; d'ailleurs
la nuit étoit fort obfcure, il crut que
c'étoit affez que d'avoir à fon arrivée
vaincu fur mer, & fe flata de fuivre le
lendemain une entreprife dont les commencemens avoient été fi heureux,
ignorant qu'il eût à combatre contre
Poliarque & les Gaulois. Gelanore content de fon côté d'avoir empêché l'ennemi d'aprocher de la ville & du camp,
ne voulut point hafarder de le forcer
dans

dans ses retranchemens, ni combatre de nuit, en l'absence du Roi, & sans son ordre.

Le jour commençoit à paroître, & Poliarque qui ne voïoit qu'avec colere la perte qu'il avoit faite la nuit précedente, fit promtement assembler tous les soldats Maures & Gaulois. Après s'être plaint de la lâcheté de ceux qu'on avoit postés pour garder le rivage, il commanda aux Gaulois qui avoient pris la fuite, de metre bas les armes, & il voulut même qu'ils fussent décimez, pour être punis de mort ; la Reine usa envers les Maures de la même severité : mais comme on les conduisoit au suplice, la Reine demanda grace pour les Gaulois, & Poliarque pour les Maures. On changea leur peine (il étoit trop essentiel de ne pas laisser cette lâcheté impunie) on tira du sang du bras de quelques-uns, d'autres nuds jusques à la ceinture, furent conduits à la tête du camp, & les autres dans le même état exposés à la vuë du peuple, on les y laissa le jour entier, quoiqu'on eût besoin de soldats, pour leur faire à eux mêmes toute la confusion qu'ils meritoient, & retenir les autres dans leur

devoir, par la crainte du même châti-
ment.

Poliarque vêtu d'un habit d'écarlate,
montoit un cheval de Numidie, il jetoit des regards fiers de tous côtés, fa
préfence imprimoit le refpect, & rem-
pliffoit déja tous les rangs de l'efpérance de la victoire. Aïant laiffé du
monde pour la garde du palais, & pour
la défenfe des murs & des portes de la
ville, il fe rendit au camp accompagné
du refte de fes troupes, pendant que
Gelanore étoit occupé à faire retirer les
foldats fous leurs enfeignes ; car il y
avoit déja eu de part & d'autre de lege-
res efcarmouches, & Radirobane commençoit à ranger fon armée en bataille. On remarquoit beaucoup plus d'é-
motion fur fon vifage depuis qu'il eût
apris par les prifonniers, qu'il y avoit
dans la ville un Roi de Gaule qu'on
nommoit Poliarque (ce Prince avoit voulu retenir dans cette occafion un nom
fous lequel il étoit fi connu) Radirobane fe remit que le jeune homme pour
qui la Princeffe de Sicile avoit témoigné tant d'amour, & qui lui avoit été
preferé, s'apelloit ainfi : mais il doutoit fi c'étoit ce même Poliarque ; ce
nom pouvoit être commun à plufieurs

& Seleniſſe ne lui avoit point parlé de
Poliarque , comme d'un Souverain ;
cela même ſupoſé , pourquoi ſe trou-
voit-il en Afrique ? Quel Dieu avoit
ainſi pouſſé deux ennemis irreconcilia-
bles , à ſe voir , pour ſe combatre ?
Quel ſort fatal le conduiſoit , pour rencontrer en Mauritanie celui qui avoit
renverſé tous ſes projets en Sicile , par
le droit qu'il s'étoit établi ſur le cœur
d'Argénis ?

    Il étoit ſur le point de livrer bataille ,
quand ces diférentes reflexions , auſquelles il s'étoit abandonné , ſe tour-
nerent en fureur. Il y avoit une grande
plaine entre ſon camp , & celui de
Poliarque. Les armées étoient déja ran-
gées , & les enſeignes deploïées : les
deux Rois commandoient la droite de
leur armée , Virtigane commandoit la
gauche des Sardes , & Poliarque avoit
fait aux Maures l'honneur de confier la
ſienne au vieux Micipſa , homme d'une
grande réputation dans le païs. Gelanore lui fut donné pour ſecond , afin
de ſupléer par la vigueur de ſa jeuneſſe
à ce que le grand âge auroit pû refuſer
à Micipſa. On remarqua dans l'armée
de Poliarque , comme un préſage certain du bonheur de cette journée , que

peu de foldats Maures ou Gaulois mirent ordre à leurs afaires avant le
combat , dans l'efpérance qu'ils avoient
non feulement de remporter la victoire , mais même de faire un butin confiderable. Si-tôt qu'on eut donné le fi-
gnal , les arbalêtriers commencerent
l'ataque , mais s'étant trop avancés ,
les deux armées fe joignirent de fi près
que les fleches ni la fronde n'eurent plus
lieu , ceux qui étoient armés de pi-
ques , ne pouvoient s'en fervir , les
chevaux même avoient de la peine à
fe tourner. Chacun des deux partis donna des preuves d'un véritable courage ;
mais perfonne n'égaloit la valeur de
Poliarque , quoique Radirobane par
émulation combatît avec beaucoup de
bravoure , & que plufieurs officiers , à
l'exemple de leurs chefs , fe diftinguaf-
fent auffi par leur intrepidité. Plufieurs ,
quoi qu'innocens , fe virent condamnés
à expier la folie de peu de perfonnes ,
& (trop funefte effet de la guerre) on
tuoit fes femblables fans les haïr , fans
en avoir été offenfé , uniquement parce que la fortune les préfentoit aux
coups.

Il y avoit déja beaucoup de fang répandu , & le foldat échaufé ne refpiroit

que le carnage, mais les Dieux ne purent souffrir tant d'horreurs, le jour
fut à l'inftant obfcurci par des nuages
épais ; cette nuit imprevûë jeta l'effroi
par tout, le bruit du tonnerre prefque
continuel, les éclairs qui menaçoient à
chaque inftant, changerent en fentimens
de crainte & de religion cette fureur
étrange de s'entr'égorger. Quelques-uns
héfitoient encore, s'ils devoient obéïr
aux Dieux en ces funeftes momens,
quand les deux armées furent feparées
par des Elephans qu'Hianifbé avoit commandé de pouffer au combat, avec leurs
pronteaux, leurs crêtes & leurs tours.
Ces animaux pris nouvellement à la
chaffe, n'avoient point encore quité
leur naturel feroce ; ils étoient peu connus en Europe. Leur figure eft monf-
trueufe & tout-à-fait difforme ; leurs
membres font prefque confondus en une
même maffe, leur tête placée fur deux
larges épaules a la figure d'une boule,
excepté par l'endroit d'où fort la trompe, qui, à la couleur près, repréfente
un long & gros ferpent ; elle eft compofée de plufieurs cercles nerveux qui
fe fuccedent tellement les uns aux autres, qu'elle peut aifément fe racourcir,
ou s'alonger. Leurs oreilles plattes &

pendantes leur couvrent les deux côtés
de la tête : & sous un front extrêmement large , sont cachés deux petits
yeux. Deux longues défenses qui sont
la véritable yvoire, ce qui rend cet animal précieux , sortent des extrêmités
de sa machoire, elles ressemblent à un
cor, avec cette diférence, qu'elles se
terminent par une pointe plus aiguë.

Les Sardes contre qui l'on fit marcher
ces animaux, n'en furent pas seuls épou-
vantés , les Gaulois ne virent qu'en
tremblant ce qui sembloit être pour
leur secours. Le ciel étoit couvert de
nuages , le tonnerre grondoit de tous
côtés , quand un éclair plus vif frapant
les yeux de l'Elephant qui marchoit à
la tête des autres, fit une si forte impression sur cet animal , que devenu plus
animé, il se jeta où la rage l'emporta ;
les autres prirent aussi-tôt la fuite, &
renverserent ceux qui les conduisoient.
Ne se sentant plus retenus, ils penetre-
rent jusques dans le centre des deux
armées indiféremment , où ne trouvant
aucun passage , ils se précipitoient au
milieu des armes. Les Gaulois rompirent leurs rangs , les Sardes effraïés coururent en desordre, tandis que ces bêtes furieuses fouloient aux pieds , ou

jetoient en l'air avec leurs trompes tout
ce qui se trouvoit à leur rencontre.
La figure monstrueuse de ces animaux,
leur force dont on voïoit des effets sur-
prenans jeta la confusion par tout. La
plûpart des soldats, à la vuë de cet
animal, prenoient ouvertement la fuite ; ceux qui étoient plus éloignés, dans
ce trouble de leurs camarades, ne sçavoient eux-mêmes ce qu'ils faisoient ;
les chevaux dont la peur s'étoit aussi em-
parée, & qui ne pouvoient soutenir l'o-
deur forte de ces animaux, emportoient
leurs maîtres, malgré qu'ils en eussent,
par des sentiers impraticables, ou parmi les ennemis.

Quelle bisarerie du sort ! Treize bêtes
(il n'y en avoit pas davantage) metent
en déroute deux puissantes armées, ce
qui prouve que les forces du corps n'ont
pas plus de pouvoir que les passions de
l'esprit, & que la crainte peut dompter
aussi aisément les plus fermes courages,
que la force même des armes. Poliarque craignoit quelque surprise de la part
de l'ennemi, & ne prevoïoit que trop
la difficulté qu'il auroit de rallier ses
troupes, s'il se présentoit une occasion
de combatre ; les Sardes avoient la
même crainte. On commença, par l'or-

dre des officiers, à séparer ceux de dif-
ferent parti, qu'une peur generale avoit
confondus. En effet quantité de soldats
de part & d'autre se trouverent dans
l'armée ennemie, soit qu'ils y eussent
été emportés par leurs chevaux, où
qu'ils s'y fussent eux-mêmes precipités
en fuïant, & ils couroient le risque
d'être pris ou tués, s'ils étoient reconnus. Le peril où se trouva Radirobane
fut des plus remarquables. Il montoit
un cheval excellent pour un combat,
mais quand il avoit pris l'épouvante,
ce qui lui arrivoit rarement, il entroit
dans une espece de fureur, & rien n'é-
toit capable de le retenir. Dans le moment que les Elephans parurent, il eut
une si grande fraïeur, que ne connois-
sant plus de maître, & comme enragé,
il se porta au milieu des escadrons ennemis. Poliarque faisoit faire retraite à sa
cavalerie, pour être plus à portée de
rentrer dans la ville. Ceux qui s'é-
toient trouvés auprès de Radirobane
dans le fort du combat, avoient profité, pour se retirer, de la confusion des
deux armées, croïant que le Prince lui
même avoit pris ce parti. Radirobane
se voïant seul, & fort éloigné de son
camp, oublia toute sa colere, pour ne
                                    s'occu-

s'occuper que du danger préfent. Il ne
ſçavoit à quoi ſe déterminer ; prendra-
t-il la fuite environné de tant d'ennemis ? Se rendra-t-il priſonnier ? Offrira-
t-il une rançon, qui ne ſervira peut-
être qu'à le faire connoître ? Ou enfin
doit-il ſe ſacrifier, en combatant avec
tant d'inégalité ? Il regardoit où étoient
les enſeignes, il ſe propoſoit de s'y rendre, mais la diſtance, un gros de cavalerie dont il étoit envelopé, ne lui laiſſoient pas la liberté de les joindre. Pendant qu'animé de fureur, il ſe plaignoit
de ſa malheureuſe deſtinée, le péril
augmentoit, l'eſcadron où ſon cheval
l'avoit emporté, étoit déja aux portes
de la ville, & il ne voïoit d'autre moïen
pour ſe ſauver, que de ſe dire ſoldat de
Poliarque, ce qui lui étoit d'autant plus
facile, qu'au commencement du combat, pour faire avec moins de riſque le
devoir de capitaine & de ſoldat, il avoit
quité les marques de ſa dignité, la ca-
ſaque de pourpre, & le caſque environné du diadême, qu'il donna à un
nommé Megaloſthenes. Par un ſtrata-
gême juſqu'a lors favorable, il entra
dans la ville avec trois cens cavaliers
qui ſuivoient Poliarque ; mais que va-
t-il devenir ? Les ſoldats avoient leurs

logemens ou leurs tentes, s'il se mê
loit à quelque compagnie, cette frau
de ne pouvoit lui reüssir, & il n'y étoit
plus avec la même sûreté que parmi le
grand nombre ; d'un autre côté se reti
rer, c'étoit se rendre suspect.

Tandis que ces troupes furent dans la
place publique, où ils devoient rece
voir l'ordre, il ne se crut point en dan
ger à cause de la multitude ; mais peu
de tems après un cavalier arriva de la
part de Poliarque, pour déclarer à la
cavalerie, qu'elle eût à prendre ses lo
gemens, & demeurer dans Lixe tou
te la nuit pour la sûreté de la Reine.
Cet ordre pensa désesperer Radirobane
les cavaliers se partagerent, pour se
rendre dans les maisons indiquées : i
se vit seul, allant cependant comme s'il
eût cherché son logement. Il ne sçavoit
qui il évitoit, chaque personne étoit
pour lui un nouveau sujet de fraïeur,
convaincu de la haine dont les Maure
étoient animés contre lui, sûr d'un
autre côté qu'il n'y auroit que le pri
excessif de sa rançon qui pouroit le ti
rer d'un pas si dangereux. A peine put
il dans cette occasion retenir les mou
vemens de sa colere, qui augmentoi
avec sa peur. Quelquefois il prenoit

résolution de se déclarer ennemi, & de se précipiter au milieu de ceux qui étoient en sentinelle à la porte de la ville, ou pour se sauver ouvertement, ou pour y périr avec honneur. Si quelqu'un venoit à sa rencontre, si on le regardoit, il demeuroit saisi.

Aïant déja fait plusieurs tours dans la ville, sans cesse livré à de nouvelles alarmes, & n'aïant plus à diserer à prendre un parti, il aperçut un grand nombre de valets qui menoient abreuver des chevaux, il les suivit, comptant passer avec eux, & de-là gagner le fleuve. Voici quelle étoit la situation de la ville. Du côté qui conduisoit à la mer, & où campoit l'armée ennemie, étoit le fleuve de Lixe, éloigné de deux ou trois cens pas de la ville; de l'autre côté un grand lac, large au moins de six stades, & long de douze, en batoit les murs, on y menoit abreuver les chevaux comme dans l'endroit le plus à l'abri, l'ennemi ne pouvant s'y rendre qu'avec des bateaux. A l'entrée du lac étoit une des portes de la ville, mais toûjours bien gardée; on ne l'ouvroit que deux fois le jour pour les chevaux, les bagages & autres commodités des habitans. Plusieurs cavaliers s'y rendirent, Radirobane se mêla parmi eux, & considerant cette étenduë immense d'eau, il désespera d'abord de pouvoir la traverser à la nage, mais le danger présent lui faisant mépriser tous les autres, il adressa ainsi ses vœux à Neptune, comme il l'a raconté depuis aux Seigneurs de sa Cour. O vous, le plus puissant des Dieux qui habitent les mêmes élemens que les hommes, vous, qui commandez aux fleuves, aux fontaines & aux lacs, faites que ces eaux où je vais m'exposer, me deviennent favorables; permetez qu'après m'avoir porté, elles me rendent sain & sauf au bord que je desire. Donnez à ce cheval vous, qui en fites sortir un de la terre en la frapant de votre trident, les forces dont il aura besoin; & puisque son ardeur m'a porté jusqu'au milieu de mes ennemis, que cette même ardeur me delivre de leurs mains. Je ferai construire, des dépoüilles des Maures, un monument éternel, que je placerai sur le rivage de Calaris, proche le bois & le temple que mes Prédecesseurs vous ont consacré. J'y ferai metre une table d'airain où seront gravées les preuves de vos bontés & celles de ma reconnoissance. Après s'être engagé par ce vœu secret, il avance dans l'eau, fait boire son cheval, & le pousse. Ceux qui étoient avec lui, l'avertissoient que le lac étoit fort profond dans l'endroit où il alloit, il profita de cet avis, & considera où le lac plus étroit sembloit lui livrer un passage plus aisé ; il donna plusieurs coups d'éperons à son cheval, qui hérissant ses crins, s'abandonna à la merci des eaux du côté où le conduisoit Radirobane. Les Maures qui étoient sur le rivage crurent que ce qu'entreprenoit ce Prince, étoit une imprudence de quelqu'un de leurs cavaliers, ils le prévenoient sur les endroits où il y avoit moins de risques, mais il avançoit toûjours. Ceux qui étoient présens disoient ce qu'ils pensoient, comme il arrive dans un cas extraordinaire & imprévû ; ils ne doutoient point que ce cavalier ne fût près de sa perte : un moment après comme il étoit fort éloigné, ils crurent qu'il avoit péri & que ce qu'ils apercevoient n'étoit plus qu'un corps sans mouvement, que les eaux portoient encore.

Si Radirobane trembloit à la vûë d'un si grand peril, les forces du cheval vigoureux qui le portoit, lui laissoient encore quelque espérance ; souvent il l'excitoit de la voix , & par le mouvement de la bride. La tranquillité des eaux facilitoit ce paſſage , mais le lac étoit ſi large que les forces commençoient à manquer à ſon cheval ; il rencontra heureuſement un gravier qui le diſpenſa de nager davantage. Il n'avoit de l'eau que juſqu'aux ſangles ; hors d'haleine il s'arrêta , & ſembloit ſe delaſſer , en conſiderant la penible cariere qu'il venoit de fournir : mais il y avoit à craindre que ſes nerfs fatigués par le grand mouvement ne vinſſent à ſe roidir dans l'inaction , Radirobane ne lui laiſſa qu'un moment pour ſe repoſer , & profitant d'un inſtant ou les jarets étoient encore ſouples , il le pouſſa à coups d'éperons. Le cheval eut aſſez de vie pour arriver à bord , mais le mouvement qu'il s'étoit donné , les efforts qu'il avoit fait en nageant , le laiſſerent étendu ſur le ſable ; à peine ſon maître , qui ne vit qu'avec horreur le danger auquel il venoit d'échaper , eut-il le tems d'en deſcendre. Ce Prince temeraire s'étoit trouvé dans la ville au milieu de ſes ennemis , il venoit de traverſer un lac fort large & fort profond ; & pour ſauver ſa vie , s'étoit expoſé à des dangers plus affreux que la mort-même ; mais quoiqu'en sûreté, il n'étoit point sans inquiétudes. Il paroïoit avoir toûjours l'ennemi à ses côtés, il craignoit ou qu'on ne le fît prisonnier, ou que, s'il refusoit de se rendre, on ne lui ôtât la vie, car son camp étoit encore éloigné ; mais la nuit qui survint sembla le rassûrer.

Poliarque aïant fait loger dans la ville une partie des soldats, renvoïa l'autre au camp, où il se rendit lui-même après une legere conférence qu'il eut avec Hianisbé, ne voulant laisser échaper aucune occasion de nuire à l'ennemi. La nuit même ne l'eût point empêché d'agir, si les mouvemens confus des Gardes, qui cherchoient leur Roi, ne s'eussent retenu ; car on ignoroit encore les raisons de ce bruit extraordinaire, qui se faisoit entendre du camp des ennemis ; & de ces feux alumées qu'on voïoit de tous côtés. Les officiers qui s'étoient rendus à la tente de Radiropane, ne l'y aïant point trouvé, s'étoient d'abord demandé où il étoit ; s'il n'étoit point passé de l'autre côté du camp ; qui étoient ceux qui l'a-voient accompagné au combat, ou qui avoient chargé l'ennemi, pendant qu'il se reritoit de la mêlée. Chacun en par-

loit diféremment , jufqu'à ce que tous,
enfin , par un même preffentiment , craignirent qu'il n'eût été ou tué , ou fait
prifonnier. La difpute même s'échau-
foit , quelques - uns prétendoient que
certains officiers , s'ils avoient fait leur
devoir , auroient confervé le Roi , ou,
pouroient dire du moins ce qu'il étoit
devenu. Mais le plus grand défordre
étoit parmi les foldats , qui par affection pour leur Prince , fans avoir égard
aux ordres de leurs capitaines , qu'ils ne
confideroient que par raport à lui ,
rompirent leurs rangs. Les uns alloient
dans la campagne , pour le ramener au
camp , s'il s'étoit égaré : les autres avec
des flambeaux examinoient les corps
étendus fur le champ de bataille , &
aprehendoient d'y trouver celui qu'ils
cherchoient. Tout le camp retentiffoit
des cris effroïables , on y voïoit des
feux de tous côtés , & les foldats dans
un mouvement continuel. Poliarque
qui de fon camp apercevoit tout ce qui
fe paffoit dans celui de l'ennemi , s'i-
magina d'abord que ces courfes pouvoient être quelques ceremonies des
Sardes , qui lui étoient inconnuës.Crai-
gnant auffi que ce ne fût une rufe de
guerre , il fe tint toûjours dans fes retranchemens.

Durant tous ces mouvemens, le bruit se répandit que Radirobane étoit de retour dans sa tente. Ce Prince n'eut pas plûtôt gagné le bord du lac, qu'aïant encore la liberté, par le peu de jour qui lui restoit de voir la situation des lieux, il fit atention au chemin qu'il devoit suivre ; il côtoïa d'abord le rivage, afin de pouvoir se cacher parmi les roseaux, s'il étoit poursuivi ; ensuite, par des sentiers detournés, il gagna la tête du camp. Ce qui lui causa quelque fraïeur en y arivant, fut de voir une multitude de soldats, des flambeaux à la main, courir de toutes parts, & remplir l'air de leurs cris. Il n'osoit encore se flater d'être l'objet de cette alarme generale, il évitoit la rencontre de leur lumiere. Il se rendit enfin à sa tente. On donna ordre aux soldats de cesser toutes ces courses inutiles : sensibles à la joïe d'avoir retrouvé leur Roi, ils vinrent le saluer, & se retirerent après dans leurs quartiers. Virtigane & les principaux Seigneurs se jeterent aux genoux de Radirobane, & lui demanderent les larmes aux yeux quel hasard, ou quel dessein les avoit privés si long-tems de sa présence. Le Roi se fit un plaisir de leur raconter son avanture ; un peril si

marqué les jeta dans une extrême furprife ; & tandis que les uns rendoient
graces aux Dieux, que les autres donnoient des loüanges au Roi comme
vainqueur du deftin & de la fortune,
un Poëte, ami de Virtigane fit fur le
champ des vers, où il comparoit Radirobane au foleil, dont le retour diffipe
la triftefle & la langueur qu'avoit caufé fon abfence.

Par quel ordre fecret, nuages envieux,

Avez-vous donc ofé dérober à nos yeux

De notre aftre brillant les feux & la lumiere?

Que ne lui laiffiez-vous achever fa cariere!

Sur la voûte azurée envain le cherchons-nous?

Peut-être, helas! fa fœur, dans fes tranfports
    jaloux,

Pour ternir fon éclat des plus funeftes ombres

Opofe de fon corps les voiles les plus fombres.

Ce Dieu, fur l'horifon, fi long tems atendu,

Peut-être dans fon temple, à Cirrha s'eft ren-
    du.

Que de pleurs, de foupirs nous caufe fon ab-
    fence!

Vous, qui dans la Phocide avez pris la naiſ-
    ſance,
Mortels reconnoiſſans, nous pouvons aujour-
    d'hui,
L'emporter ſur l'amour que vous avez pour lui:
Et aſtre nous a vû dans nos juſtes alarmes
Accompagner nos vœux des plus ſinceres lar-
    mes;
Et par des ſoins, l'effet d'un vif empreſſement,
Lui prouver de nos cœurs le tendre atachement.
Revenez en ces lieux, Divinité brillante,
La juſtice ſans vous y ſeroit languiſſante;
Le vice profitant de cette obſcurité
Bien-tôt regneroit ſeul en toute liberté.
Depuis votre départ, dans la triſte nature,
Déja tout a paru prendre une autre figure:
Quels nuages épais raſſemblés dans les airs!
Le Ciel voudroit-il donc inonder l'univers?
Mortels, raſſurez-vous, banniſſez vos alar-
    mes.

Votre aftre reparoît , & vous rend tous fes
   charmes ,

Jamais en ces climats vit-on un plus beau
   jour !

Déja de fes raïons l'agréable retour

Nous invite à lui rendre un hommage fincere,

Ah ! déformais fixé deffus cet hemifphere ,

Regnez-ici, foleil , exercez - y vos droits,

Votre fœur a les fiens , qu'elle erre dans les
   bois ;

Par des jours plus fereins votre aimable préfence

Peut feule réparer les maux de votre abfence.

Les deux armées avoient fait une
perte fi confiderable , que l'ardeur de
combatre fe trouva le lendemain ral-
lentie de part & d'autre. Poliarque feul
eût fouhaité en venir aux mains ; la
haine fecrete qu'il portoit à Radirobane , & l'impatience de fe rendre en
Sicile , étoient de puiffans motifs ; mais
il fut obligé d'accorder quelque délai
aux prieres d'Hianifbé. Il ne voulut rien
entreprendre ce jour-là contre l'ennemi , qui de fon côté ne fit aucun mou-

rement. On fut furpris de voir que la
Reine commençât à fe défier du fuccès
de cette guerre, & que la temerité de
Radirobane fe tournât en inquiétudes.
Ces fentimens parurent par les facrifi-
es extraordinaires, aufquels les Sardes
& les Maures eurent recours. Hianifbé
avoit déja donné ordre qu'on choifît un
infant des plus beaux, pour l'immoler
à Saturne. Cette efpece de Sacrifice devoit fon origine aux Tyriens qui avoient
tranfmis aux Carthaginois cette exe-
crable coutume. Hianifbé, dans ces
conjonctures, crut devoir fuivre cette
étrange & barbare fuperftition. Telle
eft la foibleffe des mortels ! font-ils
plongés dans l'affliction, ou tourmen-
tés de vives inquiétudes, ils croïent
plus préfens & plus fûrs les remedes
les plus violens & les moins connus.
Tout étoit prêt pour ce cruel Sacrifice,
& la victime ornée de fleurs étoit déja
aux pieds du Sacrificateur, quand Poliarque qui en fut informé, fe rendit
auprès de la Reine : Madame, lui dit-il,
fi vous prétendez vous ménager quelque avantage fur vos ennemis par une
fi lâche cruauté, fouffrez que je forte
de vos Etats. Les forces que je comptois emploïer à votre fervice, ont trop

peu de raport avec cette odieuse superſtition. Je ne ſouffrirai jamais qu'on reproche à mes ſoldats d'avoir mis leur confiance, dans une Divinité, qui exige pour ſes Sacrifices le ſang d'une pareille victime ; ce n'eſt pas à ce prix que je veux obtenir la victoire de ces Dieux ou qui ne ſont pas ceux qui meritent nos homages, ou qui deteſtent cette fureur des mortels. Delivrez l'enfant de ſes liens, Madame, ou je pars. Quoiqu'Hianiſbé redoutât Saturne Poliarque étoit préſent, en falloit-il davantage ? On mit l'enfant en liberté ce qui ne ſervit qu'à relever le courage des Maures, Poliarque rejetant un remede que leur ſuperſtition leur faiſoit regarder comme certain. Ils croïoient qu'un auſſi grand capitaine devoit ſçavoir que les armes étoient journalieres, & que s'il n'étoit aſſûré de la victoire, il ne ſe feroit aucune peine de l'acheter des deſtins au prix du ſang d'un enfant.

A peu près dans le même tems, comme ſi les deux partis opoſés euſſent dû ſe reſſentir d'auſſi vaines ſuperſtitions il arriva qu'un vieillard nommé Sitalce officier fort connu chez les Sardes homme d'executien dans ſon tems

mais alors recommandable par ses conseils, vint se présenter à Radirobane,
qui avec les premiers chefs s'entretenoit de la guerre présente. Sitalce lui
offrit sa tête comme un prix suffisant,
pour obtenir la victoire des Dieux in-
fernaux. Il importe peu, dit-il, que je ne
sois qu'un homme privé, il suffit, grand
Roi, aïant le bonheur d'être votre sujet, que vous me destiniez à être sacri-
fié pour l'Etat. Quand après les ceremonies usitées en pareille occasion,
vous m'aurez devoüé à la mort, j'irai,
accompagné de quelques soldats, défier l'ennemi, je le braverai dans ma
fureur : ignorant que de ma mort dépend sa défaite, il tournera contre moi
tous ses traits, Radirobane goutoit par
avance le plaisir d'une victoire qui sembloit se présenter d'elle-même, il sçavoit que cette résolution de donner sa
tête pour la cause publique, étoit dans
l'Italie regardée comme un moïen sûr
de vaincre. Après avoir loüé Sitalce sur
cette démarche genereuse : puisque vous
voulez, lui dit-il, nous assûrer la victoire par votre mort, & que vous ne
pourez vous même recevoir le prix d'u-
ne action si glorieuse, soïez sûr au
moins que je la reconnoîtrai dans vos

defcendans par des récompenfes fi confiderables, qu'il n'y aura perfonne entre mes fujets, qui ne donnât volontiers fa vie, pour procurer à fa maifon
les honneurs que je veux dans la fuite
accorder à la vôtre. Perfiftez dans un
fi noble deffein, & par une mort qui
n'eft que paffagere, meritez une gloire
immortelle. On fit venir un Prêtre de
l'armée pour faire les ceremonies de ce
vœu, felon la coutume des Hetruriens.
Sitalce revêtu d'une longue robe, &
la tête voilée, mit à terre fon javelot,
s'affit deffus, & tenant fa main fous fon
menton, fuivit mot à mot les paroles
du Prêtre, qui livroit aux Dieux in-
fernaux les troupes ennemies des Maures & des Gaulois, & Sitalce lui-même.
Cette ceremonie achevée, il eft tems,
dit-il, que j'aille dans leur camp y porter la terreur & la mort ; je n'ai befoin que de quelques foldats armés à
la legere, j'irai à leur tête, pour atirer au combat les gardes avancées des
Gaulois. Ceux qui m'auront accompagné fe retireront, je m'avancerai pour
lors, & me préfenterai feul aux coups.
Ma mort doit caufer la ruine des ennemis, vous les vaincrez fans peine.

Ce difcours de Sitalce fit effet fur la
plû-

lûpart des Sardes, qui, en élevant son courage, reprirent une nouvelle confiance. On lui donna quelques arbalêtriers, pour engager l'ennemi au combat ; mais un domestique qui depuis long-tems étoit à son service, & qui préferoit la vie de son maître au salut de la patrie, regarda comme un excès de folie, de se voüer ainsi à la mort. N'aïant pu le détourner de ce dessein temeraire, il se rendit secretement au camp de Poliarque, pour le prévenir. Je viens, lui dit-il, trahir ma patrie, & détourner les malheurs qui ménacent votre armée, je n'exige aucune récompense de la demarche que je fais, si non que vous conserviez la vie à celui dont la mort ne peut que vous être funeste. Il lui exposa en peu de mots le dessein de Sitalce. Poliarque qui ne croïoit pas que la mort volontaire d'un désesperé, pût être la cause de la déroute entiere d'une armée, eut moins d'horreur d'un tel Sacrifice, par l'effet qu'on vouloit lui atribuer, que par l'impression qu'il pouvoit faire sur l'esprit des soldats naturellement superstitieux. Il promit de récompenser ce domestique ; il lui fit donner un habit Gaulois, & envoïa ordre sur le champ qu'il y

eût des soldats prêts à marcher , afin
que si les Sardes , comme l'avoit raporté le domestique , aprochoient du
camp , ils fussent repoussez. L'ordre
s'étendoit aussi à combatre plûtôt de
ménaces que d'effet , de crainte de blef-
ser celui qu'il vouloit conserver , & Poliarque s'engagea de rendre la liberté
à Sitalce & au domestique , si dans le
combat il designoit son maître. A peine ces mesures étoient-elles prises ,
qu'on vit paroître une troupes de Sardes ; les sentinelles posées à la tête du
camp firent bonne contenance ; les Sardes prirent la fuite , & laisserent Sitalce , qui ne cherchoit que la mort , &
dans cette espérance supléoit par sa valeur au défaut de ses forces. Le domestique cria dans l'instant que c'étoit-
là celui que Poliarque vouloit qu'on
épargnât : on environna de tous côtés
ce furieux , les soldats couverts de leurs
armes se présenterent à ses coups , &
l'aïant enfin saisi , ils le desarmerent.
Sitalce refusoit de se rendre , il cherchoit même à les animer par toutes les
invectives que pouvoient lui suggerer
son desespoir & l'envie de mourir ; ils
l'amenerent au camp : Poliarque en le
voïant lui dit, vous ferez mieux avec

nous qu'avec les Divinités du Cocite :
ne nous accufez pas de cruauté , nous
ne voulons que vous contraindre à vivre. Au reste cette guerre ne fera pas
plûtôt terminée, que nous vous laisse-
rons la liberté de mourir , si vous avez
encore le même dessein ; mais je ne
prétends pas que vous alliez parmi les
ombres vous faire honneur d'une déroute que nos ennemis ne devroient
qu'au coup que nous vous aurions im-
prudemment porté.

Poliarque fit aussi-tôt venir un prisonnier, & lui rendit la liberté, à condition qu'il iroit avertir Radirobane ,
que Sitalce étoit dans le camp des Gaulois , joüissant d'une parfaite santé ;
qu'il n'eût aucune inquiétude à son occasion , & qu'il vivroit au moins jufques à la fin de la guerre , la terre &
les enfers aïant refusé le prix d'une
victoire qu'ils ne pouvoient accorder.
Radirobane ne put digerer une raillerie aussi piquante, & quoiqu'il ne fût
pas encore certain si Poliarque, Roi de
Gaule étoit le même pour qui Argénis
avoit témoigné tant d'amour, un triste
pressentiment soutenu d'une haine fecrete qu'il fentit croître dans son cœur,
confirma ses soupçons. Il refolut de s'é-

claircir de la verité par une lettre équivoque, qui ne devoit faire aucune impreſſion ſur un autre, mais qui devoit exciter la colere & la jalouſie de celui que Seleniſſe avoit trahi. Sans perdre de tems il lui écrit, & charge de ſa lettre un priſonnier Gaulois, qui, ignorant les calomnies atroces dont elle étoit remplie, la remit entre les mains de Poliarque. Radirobane n'y avoit épargné ni Argénis ni la Reine Hianiſbé; il marquoit qu'il étoit fort ſurpris, que Theocrine, après les faveurs qu'elle avoit obtenuës d'Argénis, oſât s'atacher à la Reine de Mauritanie; qu'il étoit juſte qu'aïant abuſé une jeune Princeſſe, l'amour s'en vengeât, en la faiſant tomber dans les pieges d'une femme de l'âge d'Hianiſbé; qu'il ſe trouvoit dans un païs, où Radirobane étoit à portée de venger la Sicile, à qui il avoit déja deſtiné la tête de cette feinte Pallas. Poliarque tranſporté de colere, & voïant l'interêt particulier qu'il avoit dans cette guerre, ne rendit compte à perſonne de la lettre qu'il venoit de recevoir; mais il parut ſi fort agité tout le ſoir, qu'on jugea qu'il avoit quelque grand deſſein. Outre les termes injurieux de la lettre, le

noms de Theocrine , & de Pallas le
troublerent , il cherchoit à démêler
comment ce fecret avoit été découvert,
quand fe rapellant fon dernier entretien
avec Argénis , & les plaintes de cette
Princeffe fur la perfidie de Seleniffe, il
conjectura que cette malheureufe les
avoit trahis. Animé dans ce moment
d'une égale fureur contre Radirobane
& Seleniffe , il fe propofa de fe venger
de l'un & de l'autre.

A peine le jour commençoit à paroître, que ne voulant repouffer les injures
du Roi de Sardaigne que le fer à la
main , il fit ranger fon armée en bataille. Il avoit prévenu Hianifbé de tenir les portes de la ville fermées , non
qu'il doutât de la victoire , mais afin que
ceux des Maures ou des Gaulois affez lâches pour prendre la fuite , ne puffent
trouver d'afile. Jamais il ne parut avec
un air fi content. Il animoit les foldats
par des motifs convenables aux uns &
aux autres ; il repréfentoit aux Gaulois l'honneur qui leur reviendroit d'a-
voir prêté leur fecours à la Reine de
Mauritanie ; il excitoit les Maures par
la haine dûë à un tiran qui venoit dans
leur païs y violer ce qu'ils avoient de
plus faint ; il flatoit les uns & les au-

tres de l'efpérance d'un butin confidê-
rable. La Sardaigne , dit-il , n'eft pas
éloignée , & fi nous remportons aujour-
d'hui la victoire (tout femble nous la
promerre) nous traiterons nos ennemis
avec auffi peu de ménagemens qu'ils
en ont eu pour nous. Ces paroles que
Poliarque prononça d'un ton affûré &
plein de confiance , firent l'impreffion
qu'il fouhaitoit. Radirobane de fon côté envifageant dans cette victoire plufieurs triomphes à la fois , cherchoit
à encourager les Sardes. Il ne doutoit
plus que ce Poliarque ne fût l'époux
d'Argénis , puifqu'il s'étoit fi-tôt pré-
paré à combatre , dans le deffein aparemment de punir l'auteur de la lettre
écrite le jour précedent. Il confideroit
avec une joïe fecrete , qu'en facrifiant
ce rival , il feroit affez vengé du mépris d'Argénis : qu'il fe rendroit maître de la Mauritanie , & qu'après cette
victoire qui lui affûroit une nouvelle
couronne, il pafferoit dans la Sicile, où
perfonne ne feroit affez hardi pour re-
fifter , & refufer de lui obéïr. Rempli
de ces vaftes deffeins, il fit marcher fon
armée contre Poliarque , qui de fon
côté venoit pour l'ataquer. Chacun faifoit dépendre de ce combat la deftinée

de toute la guerre. Les citoïens au milieu de leurs efpérances, étoient tra-
verfés de mille craintes ; les vieillards
tremblans fe rendoient confufément fur
les murs de la ville , pour être au
moins les fpectateurs d'un combat ,
auquel ils étoient fi fort intereffés ; les
femmes, comme le fexe le plus timide , chargées de leurs enfans , fe con-
tentoient de repréfenter aux Dieux leur
innocence , les fupliant de préferver un
âge fi tendre des fureurs de l'ennemi.

Les frondeurs des Ifles Baleares commencerent le premier choc. Poliarque
donna ordre auffi-tôt à la Cavalerie
Gauloife d'avancer, afin de leur laiffer
moins d'efpace , & fit dire aux Numides de quiter la tête de l'armée , pour
prendre en flanc l'ennemi, & l'obliger
à rompre les rangs. Radirobane , par
une autre manœuvre , fit avancer les
Sardes fur la pointe de l'armée ennemie, pour fe féparer enfuite, & prendre en queuë ; il avoit auffi détaché
plufieurs foldats qui parloient Gaulois
& Africain , pour crier de tous côtés ,
comme s'ils en euffent reçû l'ordre de
Poliarque , que la victoire fe déclaroit
pour les Sardes ; que les Maures & les
Gaulois euffent à fe retirer , que les

portes de Lixe étoient ouvertes pou
les recevoir : mais ce ftratagême n
reüffit point, il leur fut répondu qu'
une pareille lâcheté ne pouvoit conve
nir qu'aux Sardes. On ne diftinguoit
plus d'efpace entre les deux armées
elles fe trouvoient jointes de fi près
qu'il falloit ou vaincre ou mourir. L
bruit des armes mêlé avec les plainte
des bleffés & avec le cri des officier
qui encourageoient, fe faifoit enten
dre jufques dans l'enceinte de la ville
Les Gaulois étoient plus forts pour l
cavalerie, mais les Ligurieus & les Sar
des étoient mieux fervis pour l'infan
terie. Il étoit aifé, malgré l'animofit
des deux partis d'en diftinguer les deux
chefs. D'un côté Poliarque cruel pa
occafion ; devenoit inflexible aux plain
tes de ceux qui demandoient la vie
foit que l'ardeur du combat, ou qu
la colere qui l'animoit contre Radi
robane, le rendiffent fourd à la voi
de tant de malheureux. Radirobane d
fon côté s'engageoit dans la mêlée, &
fouvent feul, comme aïant déja oublié
fa premiere faute. Les Sardes fuccom
boient fous les efforts de Poliarque
tandis que Radirobane qui n'écoutoi
que fon courage preffoit les Gauloi
&

& les Numides ; mais Poliarque étoit
animé d'une trop vive colere , pour
s'éteindre dans un fang ordinaire ; il
n'y avoit que celui de ce Prince info-
lent , qui avoit accablé d'injures fi fan-
glantes Argénis & Hianifbé , capable
d'affouvir fa fureur. Il chercha parmi
les efcadrons ennemis celui , qui , par
fon rang , fembloit être plus digne de
fes coups , criant que s'il ofoit , & qu'il
eût affez de courage , pour accepter le
défi , il falloit remetre le fort de cette
guerre fur la tête de l'un & de l'autre.
Ce cri plufieurs fois reïteré vint enfin ,
malgré le bruit confus des armes , jufqu'aux oreilles de Radirobane , qui ne
fut plus maître de lui , honteux feulement d'avoir été prévenu dans cet apel.
Il quite promtement tout autre combat , & fe faifant un paffage à travers
l'ennemi , il va joindre fon rival ; l'A-
frique même où ils étoient n'avoit jamais nourri dans fon fein de Lions animés de tant de fureur. Quelques paroles accompagnées de menaces précede-
rent le combat. Enfin te voilà , infâ-
me brigand , dit Poliarque , tu vas recevoir de ma main le prix de tous tes
forfaits : quand ta mere t'auroit plongé
dans les eaux du Stix , & qu'elle auroit

pris plus de précautions encore , pour
te rendre invulnerable , que n'en prit
celle d'Achille , tu ne m'échaperas pas ,
je veux t'immoler aujourd'hui à ma juste
colere ; c'eſt-là , Princeſſe , le Sacrifice
que je prétends vous offrir , quelque in-
digne que ſoit là victime. Pour toi ,
reprit Radirobane , tu ne fais que ſortir d'entre les bras des femmes , amant
effeminé , la mort que je vais te donner , cachera au moins les abominations
de ta vie. Viens avec courage , s'il te
reſte quelque ſentiment , préſenter la
gorge au coup qui t'eſt deſtiné.

C'étoit trop de paroles pour deux
rivaux livrés à tout ce que la colere
peut inſpirer. Cette paſſion , qui d'ordinaire ſemble prêter de nouvelles forces , étoit dans l'un & l'autre ſi animée , que leurs premiers coups furent
preſque ſans effet. Ils pouſſerent dans
l'inſtant leur chevaux , ſe joignirent , & ſe
heurterent avec la même violence que
deux rochers pouſſés l'un contre l'autre
par un tourbillon ſubit qui les a déraci-
nés. La fortune ne voulut point encore
ſe déclarer , l'avantage ne fut d'aucun
côté , il n'y eut que leurs chevaux de
bleſſés. Ils s'en ſervirent cependant , &
tournant bride , il ſe lancerent un ja-

velot , mais ils en parerent le coup
avec leurs boucliers. Pour ne pas emploïer inutilement le dernier, qui leur
reſtoit, ils cherchoient des yeux & de
la main l'endroit qu'ils devoient fraper. Quand Radirobane regarda comme un moïen ſûr de tuer le cheval de
ſon ennemi : Poliarque eut la même
idée , & frapa auſſi à la tête celui de
Radirobane : craignant la chûte de leurs
chevaux, ou que devenus furieux , ils
ne priſſent la fuite , ils mirent promtement pied à terre , ſe ſaiſirent de la
hache penduë à l'arçon de leurs ſelles ,
& s'avancerent pour ſe porter un coup
qui pût enfin terminer le combat : mais
l'affection du ſoldat prévint ce coup
infortuné. Les Gaulois & les Sardes
vinrent pour ſéparer leur Prince, qui rejetant un ſecours qu'ils n'avoient point
demandé, donnerent des ordres précis
de ſe retirer. On leur laiſſa le champ
libre , ils s'armerent de nouveau , jeterent leurs haches , & prirent leurs
boucliers de la main gauche, & de la
droite une lance. Poliarque eut l'adreſſe d'éviter le coup de ſon ennemi ; le
ſien porta , il fit une large bleſſure à
Radirobane : ils tirerent enſuite leurs
épées , & ſe joignoient ſouvent de ſi

près, qu'ils ne pouvoient s'en frape
que de la garde. Il n'y avoit aucun défaut de leurs cuirasses qu'ils n'eussent
fondé. Les officiers des deux partis ne
voïoient qu'avec peine deux Princes si
braves ainsi exposés, tandis que le soldat ne couroit aucun risque. Plusieurs
se détachent encore une fois pour les
séparer, mais Poliarque & Radirobane
regardent cette démarche comme une
injure, demandent, & même avec colere, si l'on croïoit qu'ils fussent déja
vaincus, pour venir ainsi les défendre,
ou les détourner du combat.

Chacun s'éloigna, ils retournerent
pour la derniere fois terminer une querelle qui demandoit la vie de l'un ou
de l'autre. Leurs forces affoiblies par
leurs blessures ne répondoient point au
courage qui les animoit ; ils étoient
hors d'haleine, & leurs coups devenoient inutiles, quand Poliarque à qui
il restoit plus de forces, pour avoir
perdu moins de sang, se rapellant de
nouveau le sujet de la haine qu'il portoit au Roi de Sardaigne ; sûr d'ailleurs qu'Argénis expireroit, s'il ne sortoit vainqueur du combat, porta plus
haut son épée, qui entra obliquement
dans la gorge de son ennemi par le

défaut qui se trouvoit entre le casque
& la cuirasse. Radirobane sentant aprocher la mort, voulut profiter de ces
derniers instans, il se jeta avec violence sur Poliarque, & par la pesanteur
de son corps, le renversa par terre,
de maniere cependant que Poliarque
l'entraîna avec lui. L'air retentit aussi-
tôt du cri des soldats; les uns crurent
Poliarque vaincu, les autres Radirobane. Quelques-uns se persuaderent
qu'ils avoient enfin l'un & l'autre succombé, & sur ce que Poliarque dans
cette chûte se trouva dessous, les Gaulois & les Maures prirent l'alarme.
Dans cette premiere aprehension quelques cavaliers se détacherent, & se
rendirent promtement au palais, pour
aprendre à la Reine la triste nouvelle
de Poliarque tué par Radirobane. Les
soldats des deux armées quiterent leurs
rangs, l'ordre de leurs capitaines n'é-
toit plus capable de les retenir, chacun se crut obligé de se rendre auprès
de son Prince pour le retirer, soit qu'il
fût péri, ou qu'il fût le vainqueur:
peu s'en fallut que Poliarque ne fût
étouffé dans cette tumultueuse occasion, mais degagé des bras de son ennemi, il cherchoit encore à faire de

nouvelles blessures à un rival qui venoit de rendre les derniers soupirs. Les
Maures & les Gaulois voïant que Poliarque vivoit , & qu'il s'étoit relevé
de lui-même , transportés de joïe , se
jeterent sur ceux des Sardes qui s'é-
toient le plus avancés , pour défendre
le corps de Radirobane , & ataquer Poliarque. Ce Prince ne fut pas long-
tems exposé au danger , la joïe qu'il
ressentoit de sa victoire lui donna de
nouvelles forces , & les Gaulois se
trouvoient à portée de le secourir. Les
Sardes crurent qu'après une perte si
considerable , il y auroit de la gloire à
ne pas fuir ouvertement , ils songe-
rent à faire une retraite honorable , &
laisserent à Poliarque , qui demeura
maître du corps de Radirobane , & de
ses riches dépoüilles , tout l'avantage
de la victoire.

☞ C'est ainsi qu'en peu de jours fut terminée une guerre qui tendoit à la ruine
de deux puissans Roïaumes , si les deux
Princes entre qui elle étoit alumée ,
n'eussent servi la cause publique aux
dépends de leurs propres destinées. Les
Sardes laisserent les Gaulois & les Maures maîtres du champ de bataille ; ils
perdirent peu de monde dans la re-

traite qu'ils firent, à cause du bon ordre qu'ils y obferverent ; d'ailleurs Poliarque qui fentoit fes forces diminuer
par les bleffures qu'il avoit reçuës ,
fongeoit moins à les pourfuivre qu'à
rentrer dans la ville. Tandis que les
chirurgiens étoient occupés à arrêter fon
fang par les remedes les plus promts ,
il fit couper une branche d'un arbre
voifin , y fit atacher les armes de Radirobane , & voulut porter lui-même
ce trophée. Avec ces marques de fon
triomphe , il monta dans un char atelé
de quatre chevaux blancs, & fe rendit
accompagné de fes foldats au temple
de Mars (on ne connoiffoit point en
Afrique Jupiter le Pheretrien) le peuple fe porta volontiers à tout ce qu'u-
ne occafion auffi fubite lui permit de
faire. Les uns tenoient de grandes bran-
ches , les autres jonchoient de feüilles
& de fleurs le paffage du Prince ; l'air
ne retentiffoit que des loüanges qu'on
donnoit au vainqueur , chacun s'aplaudiffoit d'être enfin delivré de l'ennemi
de l'Afrique. Hianifbé qui étoit déja
aux portes du temple, reçut Poliarque
à la defcente de fon char , & lui dit :
Permetez grand Roi, que je fufpende
pour un moment ces preuves de votre

reconnoiſſance , & que je me ſerve
pour vous remercier , des termes que
vous allez vous même emploïer auprès
des Dieux. C'eſt par votre ſecours que
nous avons été delivrés de tous nos maux,
c'eſt vous qui nous avez rendu la liberté,
qui avez aſſûré à mes ſujets la joüiſſance
paiſible de leurs biens , de leurs parens ,
de leurs amis , de leurs Dieux domeſtiques. Vous venez d'affermir ma
couronne , vous m'avez conſervé un
fils abſent ; exigez maintenant tout ce
qu'il vous plaira , nous ne pouvons rien
vous offrir qui ne ſoit au-deſſous des
obligations que nous vous avons. Mais,
que vois-je , Poliarque bleſſé ! falloit-
il votre ſang , pour terminer une guerre
à laquelle j'étois ſeule intereſſée ? Etoit-
ce à un prix ſi haut que nous devions
acheter notre repos & notre tranquill-
lité ? Voilà donc enfin Radirobane , ce
Roi ſi redoutable à toute l'Afrique ,
dont vous triomphez ſous la repréſen-
tation de ſes armes , ſpectacle pour nous
d'autant plus agréable, que nous étions
plus près du danger. Venez , jeune heros , aprochez - vous d'un temple où
vous devez avoir place un jour ; ata-
chez , ſi vous voulez , ces dépoüilles
précieuſes aux ſacrés lambris , & con-

sacrés par-là aux Divinités de l'Afrique
ces illustres témoignages de votre valeur ; ou , si vous l'aimez mieux , envoïez aux Dieux de la Gaule un si
memorable trophée. Votre memoire ne
m'en sera pas moins présente ; je vous
 érigerai des autels ; vous y aurez vos
Sacrificateurs ; j'ordonnerai un jour so-
lemnel où nous puissions vous offrir
nos vœux & nos hommages. Je prie
cependant les Dieux de prolonger une
vie qui doit être si glorieuse. Ce discours de la Reine fut suivi des aplaudissemens du peuple. Poliarque après
avoir répondu dans les termes que la
modestie lui suggera , se présenta aux
portes du temple. Il n'étoit pas permis
de s'aprocher de l'autel ni de sacrifier
aux Dieux , qu'on ne fût auparavant
purifié du sang du combat ; Poliarque
se contenta de présenter au Prêtre le
trophée qu'il avoit aporté, & du vestibule du temple où il étoit demeuré ,
il adressa ses vœux au Dieu Mars , le
supliant de vouloir bien accepter l'of-
frande qu'il lui faisoit des dépoüilles de
son ennemi, & de lui accorder la grace
d'en présenter souvent de pareilles :
pendant qu'il faisoit cette priere , il se
sentit fort afoibli des blessures qui n'a-

voient-pas d'abord été panfées , & qui
s'étoient enflamées ; cependant de peur
d'alarmer la Reine & les troupes , il
diffimula , autant qu'il lui fut poffible ,
la douleur qu'il reffentoit , & dit fim-
plement qu'il étoit fatigué , & qu'il
avoit befoin de repos.

Il fe rendit au palais , fuivi des Gaulois & des Maures qui étoient encore
en habit de combat , la Reine voulut
auffi l'y accompagner. Il n'étoit qu'à la
premiere porte , qu'on vint lui annoncer les Députés des Sardes. Ils fe re-
prochoient leur peu d'atention & de
courage à défendre la vie de leur Prince, & vouloient au moins après fa mort
lui rendre les derniers devoirs , & enlever fes cendres pour les renfermer
avec celles des Rois fes Prédeceffeurs.
La crainte que fon corps ne fût expofé
aux infultes de l'ennemi , avoit fait hafarder à quatre Seigneurs des plus diftingués de fe préfenter devant Poliarque ; ils s'étoient contentés de communiquer leur deffein aux principaux
officiers de l'armée , & vinrent à Lixe
fous le titre d'ambaffadeurs, qu'ils s'é-
toient eux-mêmes donné. Poliarque
voulut bien écouter leurs propofitions ,
mais leur donna audience à l'entrée du

palais , pour témoigner le peu d'état
qu'il faisoit d'une députation si mal
concertée. Celui qui fut chargé de porter la parole , représenta dans des termes qui convenoient à la majesté de
celui à qui il parloit , qu'il devoit user
avec clemence de sa fortune ; qu'il ne
meprisât pas les Dieux de Sardaigne ,
ou qu'il ne s'atirât pas la colere de ceux
de la Gaule , par un traitement trop rigoureux envers un ennemi qui venoit
d'expirer ; qu'ils redemandoient son
corps ; qu'il n'y avoit pas moins de
gloire à pardonner après la victoire ,
qu'à vaincre en combatant : qu'il son-
geât que le titre de Roi qu'avoit Radirobane sembloit lui assûrer une se-
pulture après sa mort ; que s'il se proposoit l'exemple de Thesée , ce grand
Prince n'avoit pû souffrir que l'ombre
de son ennemi fût errante & vagabon-
de ; que s'il se proposoit celui d'Achille ,
les Sardes étoient prêts à racheter par
des sommes considerables le corps de
Radirobane. Ce discours étoit accompagné de prieres entrecoupées de ces
soupirs qu'il est permis aux hommes de
pousser. Poliarque répondit avec fierté,
que le même genie , & les mêmes
Dieux qui lui avoient accordé la vic-

toire, lui infpireroient ce qu'il devoit
faire, après l'avoir remportée ; qu'au
refte ceux, qui par leur crime avoient
merité la mort, meritoient auffi d'être
privés de la fepulture, fi ce n'eft peut-
être que les Dieux qu'ils auroient re-
clamés dans les derniers inftans, n'euffent pardonné à leurs ombres ; qu'on
ne pouvoit fe rapeller qu'avec horreur
le procedé de Radirobane, qui fous
d'indignes pretextes avoit cherché à
rompre une paix folemnellement jurée :
mais la grace que vous me demandez,
ajoûta-t-il, ne dépend pas de moi, c'eft
à la Reine à ufer, comme elle le jugera
à propos, de feverité ou de douceur ;
c'eft pour elle que nous avons combatu, le corps de Radirobane eft en fa
difpofition, comme le refte de la victoire. Les Deputés prefque fans efpérance d'obtenir leur demande, fe tour-
nerent vers la Reine, mais elle refufa
de fe fervir d'un droit que Poliarque
s'étoit acquis aux depends de fon fang.
Les douleurs que ce Prince reffentoit,
ne lui permetant pas de diférer plus
long-tems à répondre ; prévenu d'ailleurs que tout le mérite d'une grace
confifte à l'accorder promtement, il
en fit encore l'honnêteté à la Reine, qui

se preſſoit ou d'accorder aux Sardes leur
demande, ou de les remetre à un autre
cour. Enfin, dit-il, Madame, je vois
votre intention. Si votre deſſein étoit de
venger ſur ce corps, qu'on redemande
avec tant d'inſtances, l'injure que vous
avez reçuë, vous voudriez que ce ne fût
qu'à vous que cette rigueur fût imputée,
mais vous êtes genereuſe, & diſpoſée
à accorder une grace, vous voulez que
j'en partage la gloire avec vous. Que
ces Sardes enlevent donc le corps de
leur Roi, qu'ils le jetent dans des flam-
mes, qu'il ne ſentira plus, & qui, avec
juſtice, auroient dû le conſumer vivant.
J'y conſens volontiers, dit Hianiſbé.
Que les Sardes aprennent que ce n'eſt
point ici une ſeconde Thebes, que c'eſt
Poliarque & non pas un Creon, qui eſt
vainqueur; qu'ils ſe ſouviennent ſur
tout, quand ils metront une inſcription
ſur le tombeau de leur Roi, de citer
entre ſes exploits les plus fameux, celui d'être entré deux fois dans la ville
de Lixe.

   Elle accompagna ces paroles d'un
ſouris amer, & tourna le dos aux Deputés, à qui par l'ordre de Poliarque,
on rendit le corps, dans l'état où il
étoit, depoüillé de ſes armes. Poliarque

donna encore quelques momens aux
afaires les plus preffées : ne pouvant
prefque fe foutenir, il fut porté dans
l'apartement qui lui étoit deftiné. Il ne
laiffa pas à fa fuite le tems de le des-
habiller , & fe jeta fur fon lit. Ses medecins étoient préfens , mais comme il
avoit auffi beaucoup de confiance dans
ceux d'Hianifbé , qui l'avoient gueri
parfaitement des bleffures qu'il reçut
dans le combat contre les corfaires, il
les fit apeller. La confultation fe fit entre deux Maures & deux Gaulois, qui
voïant que les bleffures étoient plus
profondes qu'on n'avoit d'abord con-
jecturé, n'ofoient dire leur fentiment.
Celle qui leur parut le plus de confequence, étoit au côté ; ils craignirent,
en la fondant, que le coup n'eût porté jufqu'aux parties nobles. La Reine
impatiente voulut abfolument fçavoir
leur décifion. Ils convinrent tous , &
lui dirent en fecret que le Roi étoit en
danger. Elle diffimula fon embarras , &
leur défendit d'en parler , de crainte
que cette nouvelle n'excitât quelque
mouvement parmi fes troupes, ou celles de l'ennemi. Elle les engagea par
promeffes à emploïer tout ce que leur
fidélité & l'art pouvoient exiger, & eu-

le courage d'être préfente à toutes les
operations qu'on fit au Prince. Il avoit
déja perdu beaucoup de fang, car dans
le moment qu'il fe jeta fur fon lit, fes
plaïes fe rouvrirent. Les medecins lui
tâtoient fouvent le poulx, ils le trouvoient foible & inégal, ils en étoient
allarmés, mais ils s'engagerent à y donner tous leurs foins. Un d'entre eux,
originaire d'Afrique, nommé Temifon,
de mine affez baffe, mais habile dans
fa profeffion, & fort eftimé par de
grands fuccés, dit, ce que nous faifons n'eft point à mon avis, fuffifant:
je crains un autre mal que celui qui
provient de l'ouverture des plaïes. Ne
croïons pas que tout le fang extravafé
foit forti du corps, celui qui refte dans
les veines eft extrêmement échaufé, il
s'épaiffira, & ne circulant qu'avec peine, il ôtera au Roi la liberté de refpirer, & metra fa vie en danger. Je
ferois d'avis, pour prévenir cet accident, qu'on le faignât: les veines étant
degagées, le fang ne s'y corromproit
pas fi aifément. Cet avis fut d'abord regardé comme un arrêt de mort; comment tirer du fang d'un corps fi affoibli, & qui ne fembloit vivre que par le
peu qui lui en reftoit ? Il fut néanmoins

fuivi , le medecin foutenant toûjours
que c'étoit l'unique moïen de fauver
le Roi. On lui ouvrit la veine , non fans
une veritable inquiétude de la part des
autres medecins. On apliqua les remedes propres pour chacune des plaïes ,
& ils fe féparerent , après avoir recommandé que de toute la nuit , on ne le
laiffât parler à perfonne ; à peine même
laifferent - ils à Hianifbé la liberté de
refter dans la chambre. Elle étoit affife
dans un fauteüil auprès du lit de Poliarque , & dans l'aprehenfion qu'il n'eût
rendu le dernier foupir , ce qu'elle ne
pouvoit plus connoître que par fa ref-
piration , elle s'en aprochoit fouvent ,
elle prévenoit auffi les foins & les atentions de ceux qui étoient reftés pour
le fervir , & rendoit toute forte d'offi-
ces à une perfonne qui n'avoit prefque
plus de fentiment , & qui pouvoit à
peine reconnoître celle qui l'affiftoit
avec tant de generofité.

La nuit étoit déja avancée , quand
Hianifbé , à la follicitation de fes femmes , fe retira pour prendre quelque repos. A peine fut-elle endormie , que
plufieurs Seigneurs entrerent dans fon
apartement, & la firent éveiller, impatiens de l'informer , de ce qu'ils venoient

ſaoient d'aprendre , & en même tems
pour recevoir ſes ordres. Comme on
avoit entendu toute la nuit un bruit
confus dans le camp des Sardes , &
que ſur le point du jour , on ne vit
plus de vaiſſeaux ſur le fleuve, ni de ſoldats dans les retranchemens , Micipſa détacha ſur le champ quelques cavaliers , qui raporterent que les Sardes étoient déja fort éloignés ; qu'ils
s'étoient contentés d'emporter ce qu'ils
avoient de précieux , laiſſant encore
aux vainqueurs de quoi ſe dédommager
des travaux qu'ils avoient eſſuïés. Le
jour venu on aperçut les derniers vaiſſeaux de leur flotte. Ce qui avoit donné lieu à cette fuite précipitée ,, fut la
perte qu'ils faiſoient dans la perſonne
de Radirobane. Virtigane & les premiers officiers de l'armée avoient non-
ſeulement déſeſperé de remplir les vaſ-
tes deſſeins de ce Prince ,, car pour
qui , & ſous les auſpices de qui auroient-ils combatu , reduits ou à craindre , ou à deſirer pluſieurs choſes à la
fois ? Mais ils n'oſoient même ſe flater
de pouvoir , quoique retranchés dans
leur camp , reſiſter aux forces de l'ennemi. Ils ſongerent à retourner dans la
Sardaigne , où les guerres civiles auſ-

quelles ils prévoïoient que la mort de
Radirobane alloit donner occafion, ra
pelloient toutes les troupes. Il y avoi
en effet deux prétendans, tous deux
fils de deux oncles de Radirobane
l'un s'apelloit Herficora ; il étoit de la
branche cadette, & fondoit fon droi
fur ce qu'il étoit plus âgé. L'autre
nommé Cornius étoit beancoup plus
jeune, & prétendoit que l'âge n'étoi
point à confiderer, mais plûtôt le droi
de leur pere. Les maux qu'ils envifa
geoient dans leur païs, & le peu de
fuccès qu'ils devoient atendre dans ce
lui où ils étoient, obligerent les pre
miers officiers à faire avertir fecrete
ment par tout le camp, qu'on fe difpo
fât à s'embarquer au plûtôt, & à l'in
fçû des Africains.

Les Seigneurs les plus diftingué
étoient entrés chez la Reine pour lu
faire part de cette heureufe nouvelle
Plût aux Dieux, s'écria-t-elle, que celu
qui nous a procuré ce bonheur, fût lu
même en état d'en joüir, & que la joi
que je devrois reffentir de la défaite de
mes ennemis, ne fût point traverfée pa
les inquiétudes que me caufe la trifte f
tuation du vainqueur. Elle fe rend
dans l'apartement de Poliarque accom

pagnée de peu de Dames & de quelques
Seigneurs. Il étoit affoupi, & dans une
langueur, qui donnoit les plus funeftes
préfages. On ne lui entendoit cependant pouffer ni plaintes ni foupirs ;
cette conftance, dont il avoit donné des
preuves dans toutes les occafions, ne
le quita point en ces funeftes momens.
Sa voix étoit fi extenuée, qu'il avoit de
la peine à fe faire entendre, même de
ceux qui étoient le plus près de fon lit.
Si-tôt qu'il eut aperçû la Reine ; quoi,
dit-il, Madame, y a-t-il quelque nouvelle entreprife de la part des ennemis ?
Je les en ferai repentir, fi les Dieux
prolongent mes jours : fi je meurs, mon
ombre même aura de quoi les effraïer.
Donnez en atendant, le commandement
de votre armée à Micipfa ; & Gelanore, fi vous le trouvez bon, commandera
aux Gaulois. Le ton dont il profera ces
paroles, étoit fi foible, qu'à peine put-
on les entendre, mais le courage dont
il les dit fupléa, à fon peu de forces, fon
vifage en parut plus animé. Non,
grand Roi, répondit Hianifbé, nous
n'avons rien à craindre, une victoire
que vous avez remportée, laiffe-t-elle
à l'ennemi la liberté de rien entreprendre ? Hier vous terminâtes heureufement

Q ij

cette guerre , quand vous en fîtes perir
l'auteur. Les Sardes ont profité de l'obfcurité de la nuit pour prendre la fuite ;
ils ont laiffé les corps de leurs foldats
étendus fur le champ de bataille qu'ils
ont auffi abandonné. Poliarque fentit
renaître dans fon cœur un nouveau
courage , il ne voulut point que le danger ou il étoit fût un obftacle à la re-
joüiffance du peuple , qui couroit déja
au temple & fur le rivage , & qui cherchoit par toute forte de marques de joïe
à fe dédommager des inquiétudes paffées. Il pria Hianifbé de ne point atendre qu'il fût entierement retabli , pour
ordonner une fête publique. Tous les
habitans fe rendirent au camp de l'ennemi , & firent mille imprécations contre ceux qui fuïoient devant eux. Il
s'éleva des difputes à l'occafion du butin ,
à peine même en referva-t-on les pré-
mices aux Dieux .

Le moment étoit venu de vifiter les
plaïes de Poliarque , & lever le premier
apareil ; ceux qui lui étoient le plus atachés s'aprocherent du lit , atentifs à la
contenance des medecins. Celui qui le
jour d'auparavant avoit ordonné la fai-
gnée , s'y trouva : ce fut lui qui leva
l'apareil , qu'on avoit mis fur la plaïe

qui avoit paru la plus dangereuſe. Il
vit que le ſang corrompu s'y étoit amaſ-
ſé. Enfin, dit-il hautement, les Dieux qui
ont ſecondé notre intention ; que ceux
prennent part à la ſanté du Roi, leur en
témoigne aujourd'hui leur reconnoiſſance, il ne me ſouvient point d'avoir
jamais vû des marques ſi certaines, ni
ſi promtes d'une parfaite guériſon. Le
Roi eſt ſans fievre, il n'y a aucune in-
flammation dans la plaïe, & même,
ce qui n'arrive ordinairement qu'après
un tems conſiderable, ce qu'il y a de
ſuf ſemble reſoudre l'humeur corrompuë. Cette réponſe fut reçuë, comme
celle d'un oracle qui eût prédit les choſes les plus avantageuſes. Les uns,
dans l'excès de leur joïe, ne purent
retenir leurs larmes ; les autres embraſ-
ſerent ceux qui ſe trouverent à leurs
côtés ; pluſieurs ſe proſternerent pour
prier Apollon, Eſculape & Hygia, de
vouloir bien achever ce qu'ils avoient
commencé : mais perſonne n'y parut
plus ſenſible qu'Hianiſbé. Elle fit un
vœu dans le moment d'offrir à Pallas
une Hécatombe, & ordonna une fête
de trois jours. Ce fut pour lors qu'elle
commença à joüir du plaiſir de la victoire. Nicopompe fit à cette occaſion

une Piece que je raporte ici , quoi qu
elle n'ait été composée que long-tems
après ; l'auteur qui étoit en Sicile ,
n'aïant pû être si-tôt informé de cette
victoire : il y parle néanmoins comme
un homme , qui , poussé d'un enthousias-
me subit celebre un triomphe , dont il
vient d'être le témoin.

Oüi grands Dieux , il vivra , ce Prince ge
 nereux.

Les astres empressés en vain d'accord entre eux

Veulent lui diférer un honneur qu'il merite

Et les Manes errants au-delà du Cocite

En vain comptent joüir aux champs élisi en

Dès charmes de sa vüe & de ses entretiens

Il vivra , le destin qui préside à la guerre

Veut qu'il fasse long-tems le bonheur de l
 terre :

Que tous ses jours marqués par dé nouveau
 exploits

Relevent à jamais les fastes des Gaulois.

Dans le riant séjour des ames innocentes

Retraites des Heros de mille atraits brillants

Dans ces bois toûjours verds, des ombres si cheris

Que ne troublent jamais les plaintes ni les cris,

Erroient de tous côtés , par des routes faciles,

Des guerriers renommés les ames plus tranquilles,

Qui se desalterant dans les eaux du Lethé

Avoient tout oublié jusques à leur fierté.

Ces Heros éloignés de ces lieux redoutables

Où le Dieu des enfers fait punir les coupables,

Goutoient mille plaisirs , qu'un si charmant sejour,

Au gré de leurs souhaits , leur offroit tour à
tour ;

Quand parurent soudain sur les rivages som-
bres

De soldats mutilés les effraïantes ombres.

Elles représentoient les horreurs du trépas ,

Et marquoient encor mieux la fureur des combats ;

Toutes teintes de sang , respirant le carnage,

Elles faisoient bien voir leur feroce courage.

Ces Heros contemploient de leurs bords enchantés

Ces hommes mutilés, ces corps enfanglantés ;

Ils font furpris de voir ces profondes bleßures

A la tête, aux côtés ces larges ouvertures :

Les eaux du Simoïs, ce fleuve fi fameux ,

Qui, teint du fang des Grecs, n'offroit rie
que d'affreux,

Purent-elles jamais en laver de pareilles ?

Mais à qui, dirent-ils, raporter ces merveilles

Quels font donc les mortels, dont fur terre
après nous,

Les bras ont fçû porter de fi terribles coups ?

Nous devons leur ceder, qu'ils croiffent, e
leurs armes

Dans l'Olimpe bien tôt repandront mille ala-
mes.

Chacun aplaudiffoit à ces braves Heros,

Quand du Stix agité les redoutables eaux

Reçoivent en tremblant une ombre moins vu
gaire,

La barque, fous un poids qui n'eft point ord
naire,   I

Ne va que par secousse, elle enfonce souvent,

Et met enfin à bord ce fardeau si pesant.

On lisoit dans ses yeux la fureur homicide,

Le bandeau souverain ceignoit sont front livide,

De la pourpre des Rois l'inutile splendeur

D'un rang qu'il n'avoit plus annonçoit la grandeur,

Un glaive étincelant armoit sa main tremblante;

Une large blessure encor toute fumante,

Qui le couvrant de sang, laissoit juger à tous

De quel bras il avoit ressenti le courroux.

On prend sans égard cette ombre remarquable,

Et traîne au tribunal du juge formidable.

Minos, l'urne à la main, en ces affreux momens,

A tous les criminels fait cesser les tourmens:

Dans la juste fraïeur qu'imprime sa présence,

Les Manes en tremblant, observent le silence.

Ce Juge, qui des morts tient le sort en ses mains,

Ne prononce jamais ses arrêts souverains

Tome III.   R

Que l'ombre ne lui trace une histoire suivie

De tout ce qu'elle a fait dans le cours de sa vie.

Le Monarque encor fier d'un rang si redouté,

Vers son juge atentif leve un œil de fierté,

Il parle ; le bruit cesse aux cavernes profondes

Le Stix retient le cours de ses bruiantes ondes.

    Tu vois Radirobane, & ce nom si connu

Jusqu'en ces bords sans doute est déja par-
venu.

Dans l'ardeur des combats, ennemi redoutable,

J'ai souvent fatigué la Parque inexorable:

Son ciseau, la terreur & l'effroi des humains,

Emploié trop de fois se lassoit dans ses mains.

Sans cesse je volois de victoire en victoire,

Sur des titres pompeux j'établissois ma gloire

La Sardaigne soumise à mes suprêmes loix

Voïoit alors en moi le plus grand de ses Rois

Vingt peuples belliqueux, jaloux de ma puissance,

Ont souvent de mon bras éprouvé la vengeance.

Mais, que servent helas ! ces triomphes passés :

Que servent ces lauriers l'un sur l'autre entas-
    ses ?

Ici sont confondus, le sceptre & la houlette,

On n'y sçait distinguer qu'une vertu parfaite.

Sans elle . . . . mais, ô ciel ! quels flambeaux
    odieux

De leur triste lueur épouvantent mes yeux ?

Differez vos tourmens, arrêtez Eumenides,

Je vais faire l'aveu de mes projets perfides.

Au milieu des grandeurs, enïvré de plaisirs,

Tout sembloit reüssir au gré de mes desirs,

Je suivois les conseils d'une aveugle puissance,

Je goûtois des flateurs la lâche complaisance :

J'étois jeune, & déja maître absolu des loix,

Je voulois qu'on n'eût plus d'autres Dieux que
les Rois.

A cette douce erreur mon ame abandonnée

Jetoit les remords dont elle étoit gênée

R ij

Et pour les étouffer, par de nouveaux projets

Je voulus signaler mon nom & mes forfaits.

J'entrepris d'enlever Argénis, Meleandre :

J'allai dans la Lybie & voulus la surprendre ;

Tout contre moi conspire, & c'est-là, Dieux
  vengeurs !

Que j'ai reçu de vous le prix de mes fureurs.

De ses sanglots alors la trop grande abondance

Fait expirer sa voix, & le force au silence ;

Mais son juge qui sçait que les superbes cœurs

Ne font qu'en frémissant l'aveu de leurs vainqueurs,

Pour son premier suplice, exige qu'il l'informe

Quelle main a donc pû porter ce coup enorme.

C'est un Heros, dit-il, tel que sous le soleil

Les Dieux n'en ont jamais fait naître de pareil:

Par son auguste sang, & sa vertu sublime

Il étoit des Gaulois Monarque legitime ;

Mais il a ressenti qu'un sang tel que le mien

Ne pouvoit se verser qu'en repandant le sien.

Ce vainqueur étendu, sans jöuir de sa gloire,

A perdu par la mort le fruit de sa victoire.

Mais pourquoi le premier suis-je ici descendu ?

A ces mots il se tait, & d'un air éperdu,

Promenant ses regards dans le Roïaume sombre,

Du Prince qu'il croit mort, il cherche la grande ombre,

Quand son juge élevant sa redoutable voix,

C'en est trop, lui dit-il, tant d'horreurs à la
fois

Exigent de mes soins une promte justice,

De Tantale affamé va souffrir le suplice.

A ces mots foudroïans par Minos prononcés,

Megere en secoüant ses serpens herissés,

L'entraîne vers cette eau qui sans cesse présente

Excitant le desir, trompe toûjours l'atente;

Bien-tôt la renommée en ces heureux climats

Du Prince de la Gaule annonce le trépas.

Les Heros empreſſés ne pouvant ſe contraindre,

Semblent en même tems eſperer & ſe plaindre.

Ils partagent entre eux les differens honneurs,

L'un de lui raconter les charmantes douceurs

Qu'à toute heure on éprouve en cet heureux
    empire;

Dans les plus beaux reduits l'autre veut le
    conduire;

Ce l'aurier doit briller ſur le front du Heros,

Et ce tendre gazon ſervir pour ſon repos;

De ces tranquilles eaux la ſource vive & pure

Doit faire ſes plaiſirs par ſon plus doux mur-
    mure.

C'eſt ainſi qu'à ſon Roi, l'abeille fait ſa cour,

On la voit inquiete atendre ſon retour;

Paroît-il? Dans l'inſtant cette troupe-legere

Se hâte de lui rendre un homage ſincere...

Pollux ſe diſpoſoit à quiter ces bas lieux,

Déja Caſtor cédoit ſa place dans les Cieux,

Pour reprendre à ſon tour la commune cariere,

Mais conſervant toûjours un reſte de lumiere,

Ses yeux brilloient encor de feux étincelans,

Il avoit du Dieu Mars les traits vifs & per-
 çans.

Les Ombres, qu'agitoient de trop justes alarmes,

Croïent voir Poliarque, en voïant tant de
 charmes,

Et viennent prodiguer leurs aplaudissemens :

Quand Castor offensé de ces empressemens,

Qu'il s'aperçoit bien-tôt de voir à leur méprise,

Par de plus fiers regards témoigne sa surprise.

Les Heros détrompés en sont plus curieux,

Castor, lui dirent-ils, vous étiez dans les
 Cieux,

Daignez, heureux témoin, de ce combat terrible

Nous instruire du sort d'un Monarque invin-
 cible.

Ce Prince, de la Gaule & l'honneur & l'apui,

Sur ces bords enchantés viendroit-il aujour-
 d'hui ?

Ce Dieu paroît d'abord frapé d'incertitude,

Mais se rendant aux vœux de cette multitude

Il veut bien diſſiper une vaine fraïeur,

Il reprend cet éclat, cette vive ſplendeur,

Qui toûjours au pilote eſt d'un heureux préſage,

Et ſçait rendre le calme au milieu de l'orage.

Manes, écoutez-moi, leur dit-il, c'eſt en vain

Que vous eſperez voir ce jeune Souverain.

De la vertu, les Cieux étant la récompenſe,

Les Dieux s'étoient flatés de la même eſpérance.

Oüi j'ai vû ce Heros, plein d'une noble ardeur,

Païer de tout ſon ſang le titre de vainqueur :

A l'inſtant chaque Dieu chercher dans l'em-
     pirée

Où l'ame du Heros devoit être adorée :

En quel endroit des Cieux le celeſte flambeau

Recevroit plus d'éclat de cet aſtre nouveau.

Non, non, dit Jupiter, il eſt encor ſur terre,

D'autres monſtres à vaincre, & mon juſte
     tonnerre

Ne ſçauroit leur porter de plus funeſtes coups,

Il n'eſt pas encor tems de l'apeller à nous.

Quelle noble fierté ! quelle douceur extrême !

Tout marque un Souverain digne du diadême,

De la fiere Pallas , raßemblant tous les
    traits,

Il eſt fait pour la guerre, ainſi que pour la paix.

Quel ſang vous a formé , Monarque trop aima-
    ble,

Celui des Dieux eſt-il plus pur,plus reſpectable?

J'aurois voulu moi-même , en vous donnant la
    jour ,

Repoſer à Junon ce fruit de mon amour :

Cette épouſe ſans doute à mes vœux moins re-
    belle ,

Eût , pour vous alaiter , témoigné tout ſon zele;

Et dans les vains tranſports d'un dépit odieux

Son lait n'eût point formé de traces dans les
    Cieux.

Gaule heureuſe , jeüis d'un ſi juſte avantage ,

Des jours purs & ſereins vont être ton partage;

Les Parques , pour ton Roi , ſont d'accord avec
    nous,

Et n'oſent ſe ſervir de leur ciſeau jaloux.

Qui ce Prince comblé de bonheur & d'années ,

Avant que de remplir le cours des destinées,
Instruira ses enfans à regner après lui,
Et placé parmi nous, leur servira d'apui.
Vous, mon fils, de votre art emploiez tous les
    charmes,

De la Gaule aujourd'hui dissipez les alarmes
Servez-vous de ces sucs pris en differens lieux
Dont ont senti l'effet les hommes & les Dieux
Mars lui-même & Venus blessés par Diomede
N'ont-ils pas éprouvé ce souverain remede ?
Ah ! sauvez ce Heros, je vous remets son sort
Vainqueur de son rival, qu'il le soit de la mort
Qu'à se joindre avec vous Esculape s'empresse
Et ne redoute plus ma foudre vengeresse.
Apollon que son art rend maître du destin,
Sous les trompeurs dehors de simple medecin
Du Prince languissant vient laver les blessu-
    res,

Leur aplique ces sucs, dont les vertus sont sûres
Pour reparer le sang de ce Prince épuisé,
De beaume, d'ambrosie il fait un composé

Qui dans la veine alors du sang prenant la
  place,

Chasse le froid mortel de ce corps tout de glace.

Le Prince languissant, mais certain de son sort,

Voit déja loin de lui les ombres de la mort,

Reconnoît des Dieux la suprême puissance,

Ses premiers mouvemens sont de reconnoissance;

La force lui revient, il ouvre enfin les yeux,

Et ce foible regard d'abord s'adresse aux Cieux.

Chantez, Manes, heureux le triomphe & la
  gloire

D'un Roi qui sur la mort remporte la victoire,

Soit qu'à l'avenir sa vertu dans les Cieux

Lui prépare le rang qu'y tiennent ses aïeux,

Soit qu'après les beaux jours que la Parque lui
  file,

Il doive partager avec vous cet azile;

Manes, que ce Heros si grand, si vertueux

Est toujours le sujet de vos plus tendres vœux:

Ainsi parle Castor, les Ombres aplaudissent,

Et mille cris confus les enfers retentissent

Et l'on n'entend par tout que chants melé
  dieux,

Que repetent la terre, & la mer, & le
  Cieux.

On paſſa pluſieurs jours dans les fêtes
& dans les plaiſirs, rien n'en avoit in
terrompu le cours, & la ſanté de Poliarque, qui ſe rétabliſſoit plus promtement qu'on n'eut oſé l'eſperer, ſemblo
même les animer, quand la fortune, ſui
vant ſes caprices ordinaires, vint trou
bler cette premiere tranquillité par le
lettres qu'Argénis avoit confiées à A
ſidas.

SOMMAIRE
DU
DIXIE'ME ET DERNIER LIVRE.

GOBRIAS & Arsidas cherchent Poliarque
après la tempête: l'un va en Sicile, & l'autre du côté de l'Afrique. Arcombrote reçoit les lettres d'Hianisbé, & se prépare à par-
tir de Sicile. Qualités essentielles pour un Ambaßadeur. Gobrias arrive en Sicile, il y voit Ar-
gis. Arsidas arrive en Mauritanie. Le Gouverneur du port où il descend le reçoit avec distinction, & lui rend compte de la victoire remportée par le Roi de Gaule sur Radirobane. Phorbas vole Arsidas. L'adresse de ce voleur pour tirer un second profit de son larcin. Arsidas se
rend à la Cour d'Hianisbé, il va trouver Poliarque. Sa surprise lui voïant entre les mains les
lettres d'Argénis que Phorbas lui avoit volées.
Poliarque veut retourner en Sicile. Arcombrote
sous le nom d'Hiempsal arrive en Afrique. Pre-
mière entrevûë du Roi de Gaule & d'Hiempsal.
Leur haine éclate. Alarmes d'Hianisbé à ce sujet. Poliarque prêt à sortir du palais, y est retenu par la Reine. Le sujet de ce départ precipité.
Anonide qui étoit venu avec Arcombrote, en
qualité d'Ambaßadeur du Roi de Sicile, fait
son entrée separément, voit la Reine, & dissipe
les inquiétudes où l'avoit jetée l'entrevûë des
deux Princes. Poliarque & Arcombrote écri-

vent à Meleandre & à Argénis. Arfidas est
chargé des lettres de Poliarque, & Bocchus de
celles d'Arcombrote. Arcombrote profite de la
fituation où fe trouve la Sardaigne pour y porter
fes armes. Il fait la conquête de ce Roïaume, il
vifite le temple de Jupiter le célefte. Entretien
d'un des Prêtres du temple avec Arcombrote.
La Sardaigne eft reünie à la Mauritanie. Arcombrote de retour en Mauritanie préfente à
Hianisbé cette feconde couronne. Le Roi Aneroeft
eft reconnu par un foldat Gaulois. La jóie de Poliarque à l'occafion de cette découverte. Recit
des avantures d'Aneroefte. Son difcours fur les
douceurs d'une vie retirée. Poliarque & Arcombrote fe difpofent à partir pour la Sicile. Meleandre reçoit des nouvelles de Poliarque, i
commence à former des foupçons contre Gobrias.
Les lettres d'Arcombrote le jettent dans de nouvelles inquiétudes. Poliarque & Arcombrote
avant que de defcendre dans la Sicile, envoient
leurs Ambaffadeurs à Meleandre. Preparatifs
à la Cour de Sicile pour recevoir les deux Princes. Ils préfentent au Roi les lettres d'Hianisbé.
Trouble de Poliarque dans cette occafion. De-
noüement heureux qui donne occafion à des rejoüiffances publiques. Le Roi fait convoquer une
affemblée generale. On y fait la lecture des lettres d'Hianisbé. Poliarque époufe Argénis, &
Arcombrote la fœur de Poliarque. Aneroefte
infpiré des Dieux prédit aux Princes toute
forte de profperités.

L'ARGÉNIS
DE
BARCLAY.

LIVRE SIXIE'ME.

OBRIAS & Arſidas avoient paſſé la nuit ſur le rivage où la tempête les avoit jetés ; que faire , quelle route te- Ils avoient une flotte & des ſoldats; vaiſſeaux avoient été maltraités , & ſoldats impatiens ne reſpiroient qu'a- leur Prince. Ils étoient dans un en- défert & abandonné , qui man- it de tout. On prit tous les ſoins ne- ſaires pour l'équipage , on fit eau à fontaine qui couloit aſſez proche

de là , ce qui se rencontre rarement en
Afrique ; il y avoit beaucoup de ge-
nêts , on s'en munit pour le besoin.
Les vents étoient apaisés , mais où aller ? De quel côté faire voile ? Sur quelle
côte chercher Poliarque ? Ils étoient
dans une veritable inquiétude , quand
Arsidas qui cherchoit à sortir de la sien-
ne , prévint ainsi Gobrias. Trop de fidelité à garder le secret qu'on nous a
confié , est un crime dans cette occasion.
Les circonstances nous autorisent à parler , elles exigent même que vous me
fassiez part des desseins du Prince qui
vous envoïe , & que de mon côté je
vous rende compte du sujet qui me
conduit vers lui , afin que nous puissions prendre ensemble les mesures
necessaires , pour procurer aux maîtres
que nous servons un bien qu'ils atendent de nous. Pourquoi vouloir , par un
vain scrupule , dissimuler une chose qui
ne nous est plus cachée ? Avoüez-le,
Gobrias , cette flotte ne tend-elle pas
vers la Sicile ? Et vous , Arsidas , reprit
Gobrias , qui se sentit engagé par cette
premiere ouverture , ne venez-vous
point de la part d'Argénis ? C'étoit en
dire assez. Ils confirmerent par de nouveaux embrassemens cette mutuelle confiance

-fiance. Gobrias avoüa qu'il y avoit peu d'officiers qui fçuffent le deffein de Po-liarque, d'aller en Sicile ; la plûpart comptant qu'il s'agiffoit d'une plus lon-gue courfe, mais qu'il étoit le feul à qui le Roi eût communiqué le veritable motif de fon voïage : que cette flotte, dont il ne voïoit qu'une partie, faifoit voile vers la Sicile : que Poliarque fe propofoit avec ces forces d'obtenir Ar-génis, foit qu'il fallût abroger la loi du païs, qui défendoit expreffement toute aliance avec les Gaulois, ou qu'il eût à combatre contre le Roi de Sar-daigne, qui recherchoit cette Princeffe par les voïes même les plus indignes. Arfidas lui fit entendre qu'il n'y avoit rien à craindre de ce Prince, qui étoit forti de la Sicile avec fon armée, mais que Poliarque avoit un rival beaucoup plus dangereux dans la perfonne d'Ar-combrote : que Meleandre lui avoit promis la Princeffe : qu'il n'y avoit que les armes des Gaulois capables de dé-tourner ce malheur : qu'il fongeât à fe rendre au plûtôt en Sicile avec fes trou-pes, que pour lors Argénis apuïée d'un fecours fi confiderable, atendroit Po-liarque avec moins d'inquiétude, ou prendroit le parti de la fuite, fi l'occa-

Tome III. S

fion preffoit ; mais je ne doute pas ajoûta-t-il , que Poliarque ne vous ait déja
prévenu , ou du moins qu'il n'arrive fort
peu de tems après vous. Si vous arri-
vez le premier, vous feindrez de vouloir faire voile vers la Grece , vous
envoïerez un heraut vers Meleandre ,
pour lui demander permiffion de jeter
l'ancre fur les côtes de Sicile , jufqu'à ce
que le refte de la flotte écarté par la
tempête fe trouve raffemblé. J'écrirai
à Argénis , il faut que ce foit vous qui
lui remetiez ma lettre. Les circonftances , le lieu , & votre propre invention
vous feront trouver affez de pretextes
pour la voir , & pour l'entretenir. Si
vous lui rendez ce fervice , comptez en
rendre un très-effentiel à votre Prince.
Je fuivrai votre confeil, reprit Gobrias,
mais pourquoi ne pas venir vous-même?
Vous me ménageriez l'accès auprès de
Meleandre , je ferois fûr de voir la Princeffe. Je ne puis vous accorder ce que
vous exigez , laiffez moi-feulement une
galere, je parcourrai les côtes d'Afrique,
je chercherai Poliarque dans tous les
endroits , où la tempête peut l'avoir jeté ; fi je fuis affez heureux pour le rencontrer , je lui remetrai les lettres qu'-
Argénis m'a confiées : je veux outre cela

l'informer de vive voix de l'état où j'ai laissé ses afaires en Sicile.

Ces mesures prises, Arsidas partit dans une galere propre à côtoïer le rivage, il suivit la route qu'il s'étoit proposée. Gobrias avec quinze vaisseaux de guerre, montés de deux mille deux cens hommes outre ceux qui étoient pour la manœuvre, fit voile vers la Sicile. Ils eurent l'un & l'autre un vent favorable, non pas qu'ils l'eussent en poupe, mais il soufloit d'Oüest, de maniere que ceux qui cherchoient l'Afrique, & ceux qui alloient en Sicile, l'avoient également de côté. Les destins sembloient aussi dans ce même tems presser l'arrivée d'Arcombrote en Afrique, il y venoit avec des troupes choisies, & plusieurs vaisseaux de guerre, équipés autant que le pouvoit permetre un départ aussi precipité. Il avoit reçû en diligence les lettres d'Hianisbé qui lui marquoit que Radirobane étoit sur le point de debarquer en Afrique, qu'en qualité de mere elle s'oposoit à son mariage avec la Princesse de Sicile, jusqu'à ce qu'il eût paru en Afrique, & qu'il en eût conferé plus particulierement avec elle. Quoiqu'Arcombrote fût agité de vifs sentimens de colere contre les Sardes, & de chagrin de voir son

mariage differé, cependant l'amour
qu'il avoit pour Argénis faifoit fon pré-
mier foin, l'Afrique ne lui étoit rien en
comparaifon ; il étoit plus occupé de la
cruauté de fa mere, qui fembloit lui enlever toutes fes efpérances, que de la
maniere dont il pouroit la défendre de
fes ennemis prêts à envahir la Mauritanie. Incertain des fentimens que Meleandre & Argénis auroient pour lui à fon
retour, confiderant fur tout que les dé-
lais, dans des afaires auffi effentielles,
les font prefque toûjours manquer, &
qu'un bonheur qu'on n'a pas fçû faifir
à propos, fouvent s'eft évanoüi pour jamais, il ne fe poffedoit plus, & laiffoit
même échaper des plaintes contre les
ordres trop rigoureux d'Hianifbé. Mais
enfin ces premieres impreffions de fureur & de trifteffe étant diffipées, ré-
folu de faire fentir à Radirobane toute
fa colere, excitée déja par tant d'autres
motifs, il alla trouver Meleandre, &
lui parla en ces termes. J'aurois fouhaité
avoir découvert à votre Majefté qui je
fuis, fans atendre une occafion qui
peut être à charge à la Sicile ; faut-il
que ce foit l'injure d'autrui qui tire de
moi cet aveu ? Je viens vous déclarer
mon nom & ma naiffance, j'ofe même

vous demander le secours qui m'est né-
cessaire pour soutenir l'un & l'autre.
Hianisbé, Reine de Mauritanie est ma
mere, je viens d'en recevoir des lettres,
par lesquelles j'aprends que l'ennemi de
l'Afrique vient de lui déclarer la guerre.
Quoique la perte d'un Roïaume dût
m'être sensible, le danger d'une mere,
dont je suis éloigné, l'auteur de ses alarmes, sont tout ce qui m'anime. Ce même
Adirobane, ce Roi perfide, dont les
destins vous ont délivré dans le tems
qu'il meditoit la plus noire trahison,
ose aujourd'hui porter ses fureurs contre une femme qu'il croit hors d'état
de les repousser. Son nom ni son armée ne me feroient rien craindre pour
la Mauritanie ; mais ne lui aïant pas
donné le tems de se préparer, il sur-
prendra ce païs. J'irai donc si vous le
trouvez bon, sous le titre de gendre du
Roi de Sicile, & avec une partie des
forces de votre Roïaume, j'espere en
tirer la même vengeance que de Lico-
mene : j'assujetirai la Sardaigne à la Mauritanie, & la Mauritanie sera sujete de
la Sicile. Cette guerre doit précéder
notre mariage ; la nécessité de combatre, l'évenement incertain des armes
pourroient troubler nos premiers plai-

firs : fi je reviens vainqueur , la pompe
du triomphe rendra plus brillantes les
cérémonies de l'himenée ; fi les deftins
difpofoient autrement de mon fort, je
ne voudrois pas vous donner, & à la
Princeffe , le chagrin & la honte d'une
aliance fi malheureufe.

Ce difcours ne fit pas moins d'effet
fur l'efprit de Méleandre, que les lettres d'Hianifbé en avoient fait fur celui
d'Arcombrote. Méleandre aprend qu'Arcombrote eft fils de la Reine de Mauritanie , on lui demande du fecours contre Radirobane , le mariage d'Argénis
qu'il fouhaite avec ardeur , fe trouve
differé par ces fâcheux contre-tems. Livré à mille penfées confufes de crainte &
de joïe , il embraffa Arcombrote qu
lui fut encore plus cher , après ce qu'il
venoit d'aprendre. Le Rôïaume de Mauritanie vafte & riche païs , où, jeune
encore, il avoit été fi bien reçû, parle-
rent en fa faveur. Méleandre fentit croître les fentimens d'eftime & d'amitié
qu'il avoit déja pour ce jeune homme
& ignorant les ordres précis qu'il venoit de recevoir d'Hianifbé, il atribuoi
à une fuite des fentimens genereux d
ce Prince , l'envie qu'il témoignoit d
fecourir une mere, avant que de te

iner un mariage pour lequel il avoit
ru avoir tant d'empreſſement. Le
oi convaincu de toute la haine que
 portoit Radirobane, regardoit,
mme un avantage, d'avoir à le com-
tre dans la Mauritanie plûtôt que dans
Sicile. D'ailleurs, les maux dont il
oit menacé, un païs qui de droit apar-
noit à Arcombrote, & l'amitié de ce
ince qu'il ſe ménageoit par ce ſervice
portant, l'engagerent aiſément à
endre les armes. Il promit à Arcom-
ote le ſecours qu'il pouvoit atendre
ns cette conjonĉture, & lui rendant
ja les honneurs dûs au ſang dont il
rtoit, il ne diſſimula plus le déſir qu'il
oit d'en faire ſon gendre; il congra-
la même Argénis d'être deſtinée pour
Prince ſi accompli. La Princeſſe pen-
t bien differemment ſur cette aliance:
e ne la regardoit que comme le pré-
ge d'une mort certaine, & ne trou-
it de ſoulagement à ſa vive douleur
e dans le départ d'Arcombrote. Que
 mortels ſont peu conſtans dans leurs
ées ! Argénis commence à faire ſecret-
ment des vœux pour Radirobane; elle
 ſçait bon gré de la guerre injuſte qu'il
treprend en Afrique, elle offre même
ur lui ſes prieres aux Dieux; elle ne

leur demande point qu'il forte vainque
du combat ; mais elle craint fa défait
elle aimeroit mieux les fçavoir péris l'
& l'autre.

Quand le bruit fe fut répandu qu'A
génis étoit promife à Arcombrote,
que la guerre qu'il alloit faire en Af
que, étoit l'unique caufe du retard
ment des nôces, les Seigneurs les pl
diftingués vinrent fe préfenter au jeu
Prince avec des hommes & des cl
vaux ; chacun offrit fes fervices,
voulut l'accompagner, à fes prop
dépens, dans une expedition fi g
rieufe. Argénis feule étoit infenfibl
tout ce qui regardoit Arcombrote ; e
ne recevoit qu'avec dépit les comp
mens qu'ön lui adreffoit fur cette ali
ce, l'atention & la complaifance
ceux qui vouloient élever le mérite
Prince, ou qui formoient des vœux p
le voir inceffamment de retour, étoi
pour elle infuportables. Quelques P
tes exercerent leur veine fur ce fuj
Un entre autres engagé par Timoclé
compofer quelque piece, ignor
l'effet de fon préfent, remit ces v
à la Princeffe, qui en fut outrée de
lere.

L'

L'Himen qu'à son secours le tendre amour apelle,

Prêt d'unir deux amans d'une chaîne éternelle,

Est forcé de céder à tes vives fureurs,

Cruel Dieu des combats, détourne ces horreurs,

Ah trouble, cette guerre, en ce jour est un crime,

Puisqu'Himen le premier en devient la victime.

Mais pourquoi ces regrets? Est-ce un bonheur perdu?

Il sera-t-il moins grand pour être suspendu?

Aux vœux les plus ardens Venus craint de se rendre,

L'amour, avec dessein, souvent se fait atendre,

L'obstacle irrite un feu que l'on veut renfermer.

Le peu d'eau qu'on répand ne sert qu'à l'alumer.

Hé bien, puis-qu'il le faut, de tes funestes armes,

O Mars, que la Libie éprouve les alarmes,

Mais du plus grand dès Rois les destins précieux

Evitent la faveur du plus vaillant des Dieux

Tome III.   T

Amours, laissez ici présider votre mere,

A la voix d'un Heros volez, troupe legere,

Quitez pour quelque tems ces reduits en-
chantés,

Que le Prince toûjours vous voïe à ses côtés?

Vous possedez des traits, mais pour en faire
usage

Ne prenez pas un tems de guerre & de car-
nage,

Laissez agir de Mars le courage & les soins,

Contentez-vous, enfans, d'en être les témoins,

Vous aurez votre tour après cette victoire,

Ici l'on vous reserve une plus douce gloire.

Ces préparatifs ne laissoient plus à Arcombrote la liberté de s'occuper de son
amour, ni de son chagrin. Il aplaudissoit à ces nouveaux soldats, il excitoit
leur courage, il leur faisoit faire l'exer-
cice, & donnoit déja les postes; à l'un le
soin des vivres, à l'autre le détail de la
marine. L'avantage de ce secours consistoit principalement à user de diligence, & Arcombrote vouloit faire voir en
même tems à sa mere & à la Princess

e quoi il étoit capable. Il fe trouva en
ort peu de tems trente galeres en état,
: vingt bâtimens pour les munitions &
équipage de guerre.

Meleandre fe propofa d'envoïer en
qualité d'ambaffadeur une perfonne fûre
capable, pour accompagner le jeune
Prince. Il comptoit par ce moïen être
informé des deffeins de l'ennemi, de
ceux de la Reine & d'Arcombrote. La
viciffitude continuelle des afaires, un
regne long & prefque toûjours traverfé
de nouveaux malheurs, avoient rendu Meleandre un Prince confommé. Il
croioit ne pouvoir aporter trop d'atention au choix des perfonnes qu'il en-
voioit dans les Cours étrangeres, per-
fuadé que des ambaffadeurs font les veux
d'un corps politique, dont les habi-
tudes bonnes ou mauvaifes, caufées par
les impreffions qu'on prend en differens
climats, peuvent influer la vie, ou la
mort dans un Etat. Il fçavoit par experience que ces perfonnes, fouvent plus
attachées à leurs interêts qu'au Prince,
trahiffent l'Etat & le devoir de leur charge ou par un filence prémedité, ou
par un confentement donné avec trop
de précipitation. Que d'autres naturellement violens, ou ignorans préfomp-

T ij

tueux, parlent avec trop d'aigreur, ou
augmentent le mal dans le raport qu'ils
font, & occasionnent par là des dissen-
tions & des troubles, qui, negligés
dans les commencemens comme choses
de peu de conséquence, deviennent enfin si funestes par l'animosité qui croît
entre les deux partis : que s'ils n'ont en
vûë que la paix & l'équité, c'est un autre inconvenient, à moins qu'ils n'aïent
de la fermeté, quand l'occasion l'exige,
& beaucoup de penétration, étant in-
capables, sans ces qualités essentielles,
de découvrir les pieges qu'on peut leur
tendre ; qu'il arrive de-là que surpri
eux-mêmes par des égards & par des
ménagemens dont leur simplicité les
empêche d'aprofondir les motifs, il
trompent leurs maîtres à leur tour. Méleandre avoit aussi la prudence de n'emploïer dans les négociations, que ceux
qu'il sçavoit pouvoir aisément s'accom-
moder à l'humeur & au naturel des
Princes ou des Nations où ils sont envoïés ; convaincu que la conformité de
génie est le moïen le plus sûr auprès des
Grands pour obtenir leur amitié,
qu'on a pour l'ordinaire moins de défiance de ceux qu'on aime davantage.
Suivant ces maximes il trouvoit moïen

e difficulté dans le choix des personnes
à qui il vouloit confier les principales
forces de son Roïaume, que dans celui
de ses ambassadeurs. Il n'avoit pour lors
aucun égard à l'amitié ni aux recom-
mandations de ses favoris, il témoignoit
même sa colere à ceux qui osoient,
dans le doute où il pouvoit être, insis-
ter en faveur de leurs parens ou de leurs
amis.

Mais sur qui dans cette conjoncture
faire tomber son choix ? Il vouloit une
personne qui lui fût plus atachée qu'à
Arcombrote, regardé déja comme l'heritier presomptif de la couronne de Si-
le. Deux jours se passerent dans cette
secrete deliberation ; il jeta enfin les yeux
sur Timonide, l'envoïa chercher, &
lui dit ; si je n'étois sûr de votre fidélité,
je ne vous chargerois pas d'une commission aussi importante que celle qui se
présente. Vous sçavez les devoirs d'un
Ambassadeur, vous n'ignorez point le
juste retour qu'exige de lui la confiance
de son Prince, il faut accompagner Arcombrote en Afrique, & saluer de ma
part la Reine Hianisbé. Vous demeu-
rerez auprès d'elle, jusqu'à ce que vous
receviez de nouveaux ordres ; Cleobule
vous expliquera mes volontés, j'ai seu-

lement à vous avertir de ne préferer
les interêts de qui que ce soit à ceux de
votre Roi , & de m'informer exacte
ment de ce que peuvent & veulent l
Reine de Mauritanie & son fils. Ne crai
gnez point que l'atachement & le zel
que vous me témoignerez , en m'écri
vant ce qui seroit peut-être contre le
intentions de personnes que vous n
voudriez point offenser , vous fassen
jamais tort auprès d'elles, je connois c
qui est dû au dépôt du secret. Timonid
n'eut pas moins d'inquiétude de la con
jonĉture délicate où l'on vouloit l'em
ploïer, qu'il ressentit de joïe de la con
fiance particuliere du Roi. Il étoit li
trop étroitement avec Arsidas & Nic
pompe , pour ignorer le peu de reto
qu'Argénis avoit pour Arcombrote ;
prévoioit qu'en faisant son devoir ,
devoit necessairement desobliger l'u
ou l'autre , & que l'offense seroit pl
profondément gravée dans le cœur c
la personne offensée , que le bienfa
dans celui de la personne qu'il auro
servie. Il dit au Roi : Sire , j'aurois to
de douter de la discretion de votre M
jesté, je ne crois pas aussi qu'Hianisbé
les Maures me donnent occasion de vo
écrire rien qui demande le secret , ma

la fortune a ses caprices , les circonstances peuvent changer , les hommes.. .
En un mot vous êtes Roi , s'il se présentoit quelque chose de la part d'Arcombrote , ou d'Hianisbé à vous faire sçavoir , mon destin ne dépendra pas seulement de vous , mais encore de Cleobule , à qui comme dépositaire des secrets de l'Etat , les ambassadeurs doivent adresser leurs dépêches. Ce n'est pas que j'aïe la moindre défiance d'un homme aussi integre , mais un autre peut-être honoré de cette commission , & peut lui-même s'en raporter à ceux qui travaillent sous ses ordres ; j'ose le représenter à votre Majesté , il suffit que ce malheur puisse arriver , pour me donner de justes alarmes. Votre crainte est legitime , reprit le Roi , & si vos lettres contenoient quelque chose de particulier , vous pouvez , pour plus grande sûreté , me les adresser directement : je l'avoüe , reprit Timonide, mais ce détour ne donnera t-il pas quelque ombrage , & Cleobule lui-même n'auroit-il pas raison de se formaliser d'une conduite qui ne doit avoir lieu qu'avec des personnes suspectes ?

Le Roi se promena seul quelque tems , occupé de ce que lui avoit dit Timo-

nide , il fentoit que ce qu'avançoit ce
Favori pour fa propre fûreté , faifoit
celle des Rois. Ce ne fut pas fans une
fecrete horreur qu'il confidera le pouvoir trop étendu d'un homme , qui par
fon pofte , fe trouvoit le premier informé des afaires les plus importantes :
qu'il en étoit comme l'arbitre , & ne
raportoit au Roi que ce qu'il jugeoit
à propos. Avec une autorité fi abfoluë,
quel traité ne romproit-il pas , s'il le
vouloit ? Quelles injuftices , quelles
fraudes ne feroit-il pas valoir , s'il fe
laiffoit gagner ? Que fi aïant plus d'a-
dreffe & de politique , il ne donnoit
point ouvertement dans des perfidies
dont on pût le convaincre , n'avoit-il
pas au moins la liberté , en raportant
les afaires, de leur donner le tour qu'il
voudroit , & d'en augmenter ou diffimuler les fuites , affectant en cela d'entrer dans les vûës de l'ambaffadeur qui
lui écrit , de maniere que les inftruc-
tions de l'ambaffadeur , & le raport du
miniftre , fous l'aparence d'une même
chofe , en feroient deux tout à fait
opofées. Un moment fuffit pour faire
changer de face à une afaire , un ton de
voix plus ou moins élevé , un gefte
donne quelquefois une premiere idée

que rien n'eſt enſuite capable de détruire. Les Princes alliez , pour mieux
reüſſir dans leurs entrepriſes , ont coutume de gagner ces perſonnes puiſſantes,
ou par des préſens proportionnés aux
ſervices qu'ils en atendent , ou (ce qui
eſt un moïen plus ſûr) par des amitiés
qui flatent leur vanité. Ces indignes miniſtres pour lors aveuglés par l'ambition, ne s'aperçoivent point de la hon-
teuſe ſervitude où ils s'engagent , ils
tombent malheureuſement dans des
pieges qu'on leur tend avec trop d'a-
dreſſe , ou du moins leur fidelité ébran-
lée ne leur laiſſe plus la liberté de reſiſter ouvertement à des Princes qu'ils
craignent de déſobliger. Si un ambaſſadeur entrevoit ces ſecretes intelligen-
ces , comment les decouvra-t-il au Roi ?
Adreſſera-t-il ſes lettres à celui qu'il y
accuſera ? Quelle aparence que l'accu-
ſé aille lui-même ſe déclarer coupable !
mais un ambaſſadeur à des relations
avec les principaux Seigneurs de la Cour,
peut, par leur entremiſe , informer
ſon Prince de ce qui ſe paſſe , il eſt vrai ,
mais quelle commiſſion plus délicate !
puiſque ſouvent il y va de la vie, ou pour
la perſonne accuſée , ou pour celle qui
accuſe. Il ſeroit plus naturel de confier

un fecret de cette importance au papier
qui eft muet, que le Roi feul peut lire
& fuprimer enfuite, que de s'adreffer
à des perfonnes à qui, quoique difcre-
tes, il peut cependant échaper quelque
chofe de ce qu'on leur a confié ; le
crime outre cela peut-être plus ou moins
confiderable ; l'ambaffadeur ira-t-il,
fans être bien éclairci, détruire par un
odieux raport la réputation d'un miniftre auprès des perfonnes à qui il fe fera
adreffé pour le dénoncer. Il n'y auroit
rien de fixe dans les afaires, ni aucune
fûreté pour ceux qui fe trouveroient
dans ces premieres charges : peut-être
même un ambaffadeur écouteroit-il
moins fon devoir, qu'une animofité
fecrete. Il refte encore un inconvenient,
le miniftre honnête homme, & fidéle à
fon Prince peut être d'un avis diférent
de celui de l'ambaffadeur ; or comment
le Roi poura-t-il s'en apercevoir, fi
l'ambaffadeur n'a d'autre interprête que
ce favori, qui, ataché à fon fens, crain-
dra d'apuïer un fentiment contraire ?

Meleandre qui avoit fait ces reflexions
à l'occafion du détail où Timonide étoit
entré prefque fans deffein, ne s'occupa que des moïens de prévenir ces abus.
Cleobule avoit trop de droiture & de

probité, pour n'être pas à l'abri du moindre soupçon, mais un Prince ne doit pas moins considerer l'avenir que le présent, quand il s'agit de la sûreté d'un Etat. Il doit, autant qu'il peut, retrancher toutes les occasions d'un mal qui s'introduiroit. N'est-ce pas être l'esclave du merite d'un favori que de lui donner pour récompense une autorité absoluë dans une charge où il doit avoir des successeurs qui ne lui ressembleront peut-être point. Il arriveroit qu'en voulant récompenser la probité d'un sujet fidéle par ce pouvoir sans bornes, on fourniroit des armes à l'insolence de ceux, qui, ambitionnant le même poste, pouroient dans la suite l'obtenir par brigues & par surprise. Il resolut de faire expedier un ordre pour les ambassadeurs, par lequel ils seroient tenus, toutes les fois qu'ils écriroient au ministre, d'adresser aussi au Roi un paquet dont les lettres seroient moins circonstanciées, à moins que l'afaire ne demandât un détail exact. Ainsi le Roi n'auroit pas la peine de faire la lecture des lettres plus courtes, qui ne renfermeroient rien de consequence ; & le ministre ignorant ce qu'elles contiennent, raporteroit toûjours fidélement

ce qu'on lui auroit écrit à lui-même.
D'ailleurs cette coutume non suspecte
d'écrire souvent au Roi , laisseroit à
l'ambassadeur la liberté de mander tout
ce qu'il verroit, & d'accuser même le
ministre, s'il en donnoit l'occasion. Ce
moïen paroissoit le plus sûr , l'ambassadeur ne craignoit point de devenir
la victime de sa sincerité, & le Roi informé de tout , étoit plus en état de
pourvoir au bien public : mais ce n'étoit
que par degrez , & sans donner aucun
sujet de défiance à Cleobule , qu'il falloit établir cet usage. Le Roi trouvoit
dans le départ d'Arcombrote une occasion favorable, il ne doutoit point qu'on
n'atribuât à l'affection qu'il avoit pour
ce jeune Prince, l'ordre qu'il donna à
Timonide de lui adresser directement
les nouvelles de la santé d'Arcombrote.
Il l'avertit secretement de le prévenir
sur tout ce qui pouroit se passer d'essentiel , & , pour ne laisser aucun soupçon
sur ces lettres adressées par extraordinaire , de lui écrire toutes les fois qu'il
écriroit à Cleobule. Timonide instruit
de ce qu'il avoit à faire , sortoit de l'a-
partement , quand Cleobule y entra ;
le Roi réïtera en sa presence l'ordre secret qu'il venoit de donner à Timonide

l'écrire souvent, non-seulement à Cleobule, mais à lui-même fur ce qui con-
cernoit la fanté & les afaires d'Arcombrote. Il vouloit prendre de-là occafion
de donner les mêmes ordres aux ambaffadeurs qu'il envoïeroit dans les autres Cours, jufqu'à ce que cette coutume fût enfin établie, pour l'avantage
même des ambaffadeurs, qui devoient
fe trouver honorés, d'avoir, par le
moïen de leurs dépêches, une relation
directe avec le Prince.

Tout étant prêt pour l'embarquement,
Arcombrote ne crut pas devoir partir,
fans prendre congé de la Princeffe, &
fe rendit dans fon apartement, pour la
prier d'excufer un départ qu'il n'étoit
pas le maître de diférer. La Princeffe
au defefpoir de voir qu'Arcombrote pe-
netrât fi mal fes veritables fentimens,
& que fur les fauffes idées que chacun
s'étoit formées d'un amour qui n'étoit
point réciproque, fon ennemi eût fçû
lui ménager fur les Siciliens tant d'avantages & un fi grand credit, lui répondit, même avec un air de mépris,
qu'elle trouvoit bon qu'il retournât auprès de fa mere, qu'on ne pouvoit être
mieux que chez foi. Une réponfe auffi
vive, le ton, l'air dédaigneux de la

Princeſſe déconcerterent Arcombrote ;
mais le tems & le lieu ne lui laiſſoient
pas la liberté de faire éclater ſes plaintes & ſon dépit. Il feignit de ne pas
comprendre le ſens de ces mots qui
ſembloient le congedier pour toûjours,
& répondit qu'il s'eſtimoit beaucoup
plus heureux dans le païs où une Princeſſe auſſi accomplie avoit pris naiſſance , que dans celui où il étoit né. Meleandre arriva dans ce moment, Argénis l'aperçut , & ménagea un peu plus
ſes termes , donnant en aparence à
Arcombrote, une ſatisfaction que ſon
cœur lui refuſoit. Ce Prince fit offrir ſur
le rivage les Sacrifices ordinaires , &
s'embarqua. Après s'être entretenu quelque tems avec les principaux Seigneurs
qui étoient ſur ſon vaiſſeau , il ſe retira
dans la chambre auprès de la poupe,
ſous le pretexte d'avoir beſoin de repos,
mais en effet pour s'y livrer avec plus
de liberté à ſes peines & à ſon chagrin.
La réponſe de la Princeſſe lui étoit revenuë dans l'idée ; pourquoi un mépris
ſi marqué ? Il ne ſçavoit encore comment interpréter cette réponſe ; ſi ce
conſeil de ſe retirer dans ſon païs n'é-
toit pas plûtôt un tendre reproche ſur
ſon départ, qu'une ſuite de ſon aver-

mon pour lui. Rapellant dans fa memoire les traitemens bons ou mauvais qu'il
en avoit reçûs , il fe trouvoit partagé
entre la crainte & l'efpérance , & fur
ce que les Augures avoient raporté que
les Dieux lui feroient favorables dans
le cours de fa navigation. Helas fe difoit-il , quel peut être le fens de cette
réponfe ! Peut-être les Dieux veulent-
ils , en facilitant mon départ d'un païs
qui m'eft fi cher, m'en interdire pour
jamais le retour. Occupé de ces trifles
réflexions , Poliarque lui revint dans
l'efprit ; les premiers foupçons qu'il
avoit eus de fes fentimens pour la Princeffe , s'étoient confirmés par tout ce
qu'il avoit apris depuis, & que la perfidie de Seleniffe avoit rendu public. Il
fe regardoit pour lors comme l'amant
le plus malheureux, mais bien-tôt la faveur de Meleandre, qui lui avoit propofé cette aliance, fembloit le raffûrer.
Qu'à donc remarqué Argénis dans ma
perfonne, s'écrioit-il, qui puiffe fi fort
la choquer ? Ou plûtôt quel homme a
pû fi bien s'emparer de fon cœur,
qu'elle devienne infenfible pour tout
autre ? C'eft Poliarque fans doute , fi
mon bonheur me le faifoit rencontrer,
je j'emploirois beaucoup plus volon-

tiers contre ce rival , cette main , cette
épée déja deſtinées à faire périr Radirobane ; mes maux & mes chagrins ,
ceux d'Argénis n'en ſont-ils pas des motifs aſſez puiſſans ? Par quel charme ſecret dédaigne-t-elle une aliance comme la mienne ? Quelles raiſons l'obli-
gent à refuſer un Prince qui lui préſente
une couronne , après lui avoir donné
tant de preuves de ſon amour, & même
(qu'il me ſoit au moins permis de le
penſer) de ſon courage ? Mais où trouver ce rival qui eſt en ſûreté , parce
qu'il eſt inconnu ? Où le chercher ? Il
ſçait combien il eſt au-deſſous de ſes
vûës ambitieuſes , cette raiſon l'empêche de paroître , il craint Meleandre ,
il me redoute. Que mon ſort eſt à plaindre ! peut-être qu'en le ſacrifiant à ma
colere , comme l'honneur & mon amour
l'ordonnent , j'acheverai d'atirer ſur
moi toute la haine d'Argénis , que dis-
je , elle n'aime Poliarque que parce qu'il
vit , ſa mort doit me fraïer un chemin
au cœur de la Princeſſe ? Lui expiré ,
qu'en poura-t-elle atendre ? Elle ſe verra au moins obligée de rendre juſtice à
la valeur de celui qui aura vaincu un
rival ſi redoutable.

Arcombrote , malgré toute ſon ani-
mo-

nofité, balançoit encore, il falloit
étoufer certains fentimens qui s'éle-
voient dans le fond de fon cœur, enfin il fe plaignoit de fa malheureufe deftinée qui le forçoit à fe déclarer contre
Poliarque autrefois fon ami. Les vents
ne lui avoient point encore fait perdre
de vûë la Sicile, lorfque Gobrias jeta
l'ancre près de Siracufe, ce Seigneur
avoit détaché une chaloupe, pour fçavoir où le Roi faifoit pour lors fa refi-
dence. Aïant apris qu'il étoit à Epeircté,
forterefſe fituée fur bord de la mer, il
fe rendit à Siracufe avec une feule galere, fous le pretexte d'y faire les pro-
vifions neceffaires, & envoïa à Meleandre quelques-uns des premiers officiers,
pour lui repréfenter qu'une flotte confiderable paffant par la Grece, pour
fe rendre en Afie, avoit été difperfée
par la tempête : que plufieurs vaiffeaux
jetés fur les côtes de Sicile, y atendoient
des nouvelles de ceux dont ils avoient
été feparés : que le capitaine demandoit
qu'il lui fût permis de parler au Roi,
& que fi cette grace lui étoit accordée,
il regarderoit ce contre-tems plûtôt
comme un effet de fon bonheur, que
comme un coup de la fortune contraire.
Meleandre naturellement affable ne

refula pas de l'entendre. Gobrias parut
à la Cour accompagné de quelques amis,
& de plufieurs domestiques. Eurimede
député pour le recevoir, le conduifit
d'abord dans fa maifon, & lui fit tout
l'acüeil poffible ; lui aïant reconnu un
vrai merite, il en fit au Roi un raport
avantageux. Le lendemain Gobrias fut
introduit dans le palais, où il foutint
la bonne opinion qu'en avoit donnée
Eurimede. Cependant le Roi qui lui
avoit demandé d'où il étoit, & pourquoi
la Gaule avoit armé une flotte fi confiderable, s'étant aperçû qu'il varioit
dans fes réponfes, entra en quelque
défiance, & lui donna une garde honnête, mais fûre, pour examiner toutes
fes démarches.

Gobrias avoit d'autres inquietudes:
il ne voïoit encore aucune aparence de
pouvoir entretenir fecretement Argénis,
quand fongeant qu'il avoit dans fon vaiffeau une piece d'écarlate de la teinture
de Gaule, qui paffe pour la plus vive &
la plus belle, il l'envoïa chercher pour
en faire préfent à la Princeffe, comme
par reconnoiffance du bon acüeil qu'on
lui avoit fait. Argénis de fon côté occupée de mille foins, quelquefois fe flatoit que ces vaiffeaux avoient été en-

voïés par Poliarque, qui se disposoit lui-
même à venir avec une armée plus considerable : mais trouvant trop peu de
fondement à ce bonheur imaginaire,
elle retomboit dans sa premiere langueur, elle se reprochoit même le peu
de joïe que cette idée flateuse lui avoit
d'abord causée. Mais pourquoi Arsidas
emploïoit-il tant de tems dans la commission dont elle l'avoit chargé ? Pourquoi Poliarque n'avoit-il pas encore
satisfait à sa parole ? Devoit-elle en
accuser le hazard ou la négligence de
ce tendre amant ? Le tems qu'il s'étoit
lui même prescrit étoit déja expiré. Elle
vivoit, mais ce n'étoit point par son
secours, c'étoit plûtôt par le malheur
d'Arcombrote que les soins d'une guerre
apelloient en Afrique. Cher Poliarque,
disoit-elle, amant constant, sage, &
digne d'être aimé, même au milieu de
tous mes chagrins, quoique je ne les
ressente que par raport à vous, faut-il
que je vous aïe connu ? N'ai-je donc
sçû vous plaire, que pour mourir aujourd'hui de mille morts ? Qu'il m'est
cruel, que ce soit par vos coups. Si je
ne vous eusse jamais vû, j'aurois traîné,
je l'avouë, une vie languissante, elle
n'eût été animée d'aucuns plaisirs, mais

V ij

au moins ne ferois-je pas a cette heure
expofée aux chagrins qui me dévorent.
Sans doute votre amour eût été plus
heureux avec d'autres, mais vous êtes
vengé, votre malheur fait le mien, &
quoiqu'innocente, je païe de tout mon
repos ces vertus que j'ai admirées dans
vous. J'ay été l'objet de quelques unes,
qui me reduiroient au défefpoir, fi vous
les emploïez pour d'autres que pour
moi. Infortunée que je fuis ? Peut-être
formez-vous les mêmes plaintes. Penetré
de votre propre douleur, peut-être fouf-
frez-vous encore de mes peines, vous
craignez que je ne vous regarde comme
l'auteur de celle où je me vois plongée.
Non ce n'eft point votre faute, je m'en
flate ; je ne dois les imputer qu'à une
fatale deftinée, toûjours conftante à
me perfecuter. Heureux les époux dont
les vœux font accomplis prefque auffi-
tôt que formés, ou qui, s'ils font malheureux, fe voïent délivrés par une
promte mort de leurs miferes, & de la
rigueur du deftin !

Elle s'abandonnoit à ces triftes reflexions, quand Eurimede la prévint que
le Capitaine Gaulois arrivé depuis peu,
fouhaitoit lui préfenter une piece d'é-
carlate de la teinture de Gaule. La Prin-

esse ne refusa pas de voir ce présent,
lle ne doutoit point que ce ne fût un
stratagême de l'Officier, pour avoir la
liberté de l'entretenir, & lui faire part
e choses plus interessantes pour elle,
que ne s'imaginoit Eurimede. Gobrias
lui presenta l'étofe, qui, pour la couleur, & pour la finesse, l'emportoit sur
la pourpre de Tir, la plus belle. Argénis uniquement occupée de Poliarque
se flatoit d'en aprendre des nouvelles
par cette occasion, elle ne s'arrêtoit
point à considerer ce qu'on lui mon-
troit, à peine repondoit-elle aux personnes qui lui adressoient la parole,
elle étoit sur le point d'interroger cet
iconnu, quand Gobrias s'aprochant de
e son oreille lui dit (tandis que chacun relevoit la beauté de l'étofe) ce
présent, Madame, est moins precieux
par lui-même, que par celui qui vous
envoïe, c'est la personne qu'Arsidas
est allé trouver de votre part. Ce peu
de mots firent une vive impression sur
la Princesse, son trouble & son silence
découvrirent à Gobrias une partie de ses
sentimens. Revenuë à elle même, elle
prosera assez haut quelques paroles,
pour remercier Gobrias, & lui dit à
voix basse, demeurez ce soir chez vous.

je vous envoïerai querir, quand je fe.
rai libre, & débaraffée de la foule. Go.
brias fe retira. La Princeffe releva beau.
coup, devant fes femmes, la fineffe &
l'éclat de l'étofe, elle en éxagera l.
prix, & dit en particulier à Timoclée.
J'ai de la peine à croire que la genero.
fité feule ait part à ce préfent ; l'étran.
ger aparemment veut demander quelqu.
grace au Roi, & m'engager par cett.
atention à parler en fa faveur. Il m'.
même prié de lui permetre de m'en.
tretenir, quand j'en aurois le loifir, j.
veux dès aujourd'hui lui donner cett.
fatisfaction, afin que fi fa demande e.
légitime, j'offre de l'aïder en ce que j.
pourai ; que fi on ne peut le fatisfaire.
je ne l'entretienne point dans de vaine.
efpérances, & qu'avant fon départ, j.
puiffe au moins reconnoître fon préfe.
par un autre qui ne lui céde en rie.
Peu après Argénis defcendit dans l.
jardins, où par hazard il ne fe rencor.
tra perfonne, Meleandre étant allé c.
jour-là à la chaffe. Ce lieu folitaire l.
parut favorable pour l'entretien qu'el.
vouloit avoir, elle donna ordre fur.
champ à Timoclée, d'envoïer un c.
fes gardes avertir Gobrias de fe rend.
dans les jardins, où elle l'atendoi.

Gobrias atentif à ce qu'il fe devoit & à
à Princeffe, vint fur fes premiers ordres.
L'entretien roula d'abord fur des chofes
indifferentes, mais peu à peu, comme
s'ils fuffent entrés dans un détail plus
ferieux, ils fe feparerent des Dames
qui avoient accompagné la Princeffe,
& fe promenerent feuls. Gobrias pour
lors en liberté, dit à Argénis : Princeffe digne de commander non feulement dans la Sicile & dans la Gaule,
mais dans l'Univers entier, excufez le
Roi mon maître, fi je parois ici le premier. Une violente tempête qui nous
a féparés, eft la feule caufe de ce retardement. Elle l'a éloigné de ces bords;
pour nous, nous avons été jetés fur les
côtes d'Afrique. Arfidas que nous avions
rencontré la veille de ce defaftre échapé au danger parcourt maintenant les
côtes de la Libie. Je me fuis rendu ici
à toutes voiles dans le deffein, ou de
joindre la puiffante armée que mon
maître devroit déja y avoir fans cet accident fubit, ou de vous offrir de fa
part, Madame, les vaiffeaux qui font
fous mes ordres ; nous ne fommes dans
ce païs que pour executer les vôtres, &
donner même notre vie pour votre fervice ; je fçai que c'eft dans vous feule

que nous pouvons veritablement ofen-
fer ou honorer le Prince que nous
fervons.

Il préfenta en même tems à la Princeffe les lettres d'Arfidas, qui ne contenoient que ce qu'il venoit de lui dire.
À peine en eut-elle fait la lecture qu'-
elle s'écria, l'amour étant toûjours
porté à s'alarmer, quelle peut être la
deftinée de votre Roi ? Dois-je efpérer
ou craindre ? Croiriez vous qu'échapé
à la tempête, il fe fut laiffé prévenir
Gobrias malgré l'inquiétude où il étoit
lui-même, chercha à calmer celle de la
Princeffe. Vous n'avez rien à craindre,
dit-il, Madame, fa flotte eft compofée
de cinquante bâtimens, tant gros vaiffeaux que galeres, & quand la tempête
(ce que les Dieux n'auront pas permis
auroit brifé celui qu'il montoit, un
grand nombre de foldats & de matelots
atachés au Roi, autant par inclination
que par devoir, n'auroient-ils pas emploïé leurs forces & leur adreffe pour
fauver du danger une tête fi chere
De croire que toute l'armée ait été en-
fevelie fous les eaux, il n'y a pas d'aparence, quelqu'un plus heureux feroi
échapé à ce naufrage commun, & la
renommée plus promte à publier u

ma

malheur, que ce qui flate, nous eût
déja informé de cette perte. J'ose assûrer qu'il n'y a aucun sujet de s'alarmer :
les galeres qui sont venuës avec moi,
ont été, comme celles de Poliarque,
batuës de la tempête, elles se trouvent
cependant toutes ici rassemblées. Je
croirois plûtôt que le Roi a été jeté sur
des bords éloignés ou que ses vaisseaux
ont beaucoup souffert, il les fait radouber, pour ne paroître ici qu'en état
de combatre. Vous verrez incessamment
le rivage de *Sicile* couvert d'hommes
braves, & entierement devoüés à votre
service, qui sçauront punir vos ennemis
s'il en est d'assez hardis pour se décla-
(..) d'avoir eu moins d'égard que nous
autres étrangers pour des vertus qui
ont pris naissance chez eux. La Princesse au milieu de ces flateuses espérances
n'étoit pas encore satisfaite. Elle vouloit
avoir des nouvelles plus précises de
Poliarque : elle auroit même exigé de
Gobrias un détail circonstancié de tout
ce qu'elle sçavoit, comme de ce qu'elle
ignoroit, elle aimoit trop ce Prince,
pour trouver rien d'indiferent dans un
sujet qui le regardoit : mais le tems ne
lui permetoit pas de contenter sa curiosité. La nuit aprochoit, elle craignoit

que ſes femmes, qui en effet s'infor-
moient déja entre elles de quoi la Princeſſe pouvoit s'entretenir ſi long-tems
avec cet étranger, n'entraſſent en quelque défiance. Gobrias lui repréſenta
encore qu'il n'étoit abordé en Sicile
que pour lui obéïr, & qu'elle diſpoſât
entierement de lui. Il faut ſe ſéparer,
dit-elle, je ſongerai à ménager les in-
teréts de votre Roi; voïez ſouvent Eurimede que je préviendrai ; trouvez
quelque pretexte, pour ne pas vous
éloigner du rivage, je le ferai trouver
bon à mon pere, je chercherai les
moïens ſûrs de vous voir ſouvent, ſans
que ces entrevûës puiſſent être ſuſpec-
tes.

A peine fut-il parti, que Timoclée
impatiente demanda à la Princeſſe ce
que vouloit cet étranger. Je l'ignore
encore, répondit Argénis, peut-être n'a-
t-il oſé, dans ce premier entretien, me
faire part des raiſons ſecretes qui l'a-
menent ici. Il eſt fort ſenſible au bon
aciieil qu'on lui a fait, & voudroi
qu'il lui fût permis de faire entrer dan
le port un de ſes vaiſſeaux qui eſt chargé de meubles précieux. Il compte n'
être que deux jours, & durant ce tem
reparer les dommages cauſés par l

tempête, il m'a prié de demander cette
grace au Roi. La Princeffe fe retira
auffi-tôt dans fon apartement, fit venir
Eurimede & lui recommanda l'étranger
qui demeuroit chez lui ; mais craignant
d'occafionner le moindre foupçon ; je
voudrois, dit-elle, lui faire un préfent
qui fût proportionné à ce que dôit une
perfonne de mon rang. Pour le retenir
quelque tems fur ces côtes, il feroit à
propos de l'amufer par quelques parties de chaffe ou de fpectacle. Eurimede
après cet ordre, fe fépara de la Princeffe, qui, feule, ne s'occupa plus que
de fes inquiétudes. L'ombre & le filence
de la nuit fervirent encore à les rendre
plus préfentes. Elle envifageoit tous les
malheurs dont elle étoit ménacée, &
il propofoit déja d'y aporter un promt
remede. Elle s'étoit flatée de voir Po-
larque inceffamment en Sicile, s'il vivoit. La flotte de Gobrias, & les lettres
d'Arfidas la raffûroient fur ce dernier
article, elle ne fongea plus qu'à fe conferver pour lui, refoluë de ne lui point
furvivre, fi malheureufement il avoit
péri. Mais de quel pretexte fe fervir,
pour arrêter en Sicile la flotte de Gobrias fi neceffaire pour fon deffein ? Car
elle avoit projeté, fi Arcombrote reve-

X ij

noit d'Afrique avant qu'elle eût des
nouvelles de Poliarque , ou de s'embarquer fecretement fur un vaiffeau de
Gobrias, pour fe rendre dans la Gaule ,
ou de former un parti qui la metroit en
état de refufer ouvertement l'aliance
à laquelle fon pere vouloit la contraindre. Voici ce que fon imagination lui
fuggera. Elle fe rendit de grand matin
dans l'apartement du Roi. Elle lui repréfenta le peu de forces qui reftoient
dans la Sicile , par le départ d'Arcombrote , qui en avoit emmené la meilleure partie : qu'il y avoit à craindre
que Radirobane informé de l'état ou
fe trouvoit le Roïaume , ne revînt en
perfonne ou n'envoïât une partie de fa
flotte, pour y faire une defcente : que
le parti le plus fûr étoit de prendre à
la folde ces Gaulois envoïés fans doute
par les Dieux tutelaires du païs , afin
que , s'il furvenoit une guerre, elle ne
fe fît qu'aux dépens d'un fang étranger : que cette précaution étoit d'autant
plus fage , qu'elle ne pouvoit être à
charge à l'Etat , puifqu'il ne s'agiffoit
que d'un mois , & qu'avant ce tems
on auroit des nouvelles certaines d'Arcombrote & de Radirobane : que cette
propofition feroit également avanta-

geufe aux Gaulois, trop heureux d'être
recompenfés d'un féjour qui pouroit les
remetre de la tempête qu'ils avoient
effuiée. Ils ne font pas en fi petit nombre, ajoûta-t elle, qu'ils ne puiffent
nous fecourir dans le befoin, leur
nombre auffi n'eft pas affez confiderable, pour nous alarmer, s'ils avoient
quelque mauvais deffein. Ce confeil
aïant été aprouvé du Roi, Argénis fit
venir fecretement Eurimede & Cleobule, elle exagera fes craintes au fujet
de Radirobane, & l'avantage qu'on
pouroit retirer du féjour des Gaulois,
& même fans beaucoup de dépenfe. Ils
s'y opoferent d'abord, difant qu'il étoit
dangereux de fe fier à des inconnus, &
qu'il y auroit toûjours affez de forces
dans le païs. Argénis reprit, & même
avec un air d'autorité; fi l'on ne trouve pas bon l'avis que je donne pour
la fûreté de la Sicile, qu'on y ait
égard au moins pour ma propre fûreté.
J'ai dit au Roi mes raifons, ils les a
écoutées, qui ofera les combatre, s'a-
taque à moi directement. Le ton fier
dont elle profera ces paroles, empêcha
les deux miniftres d'irriter la Princeffe
par une prudence hors de faifon. Ils
acheverent au contraire, Argénis étant

présente, de déterminer le Roi à faire
à Gobrias la proposition de garder le
rivage. Puisque c'est votre avis, dit le
Roi, voïez-le de ma part, Eurimede,
& sçachez de lui s'il peut demeurer
ici quelque tems, nous ferons ensuite
nos conventions. Eurimede obtint sans
peine le consentement de Gobrias qui
jugea que c'étoit un artifice de la Princesse. Il ofrit volontiers le service de
sa flotte pour un mois, & refusa la récompense qu'on lui proposoit, affectant de donner ce secours gratuitement,
& seulement dans le dessein de faire
aliance avec les Siciliens.

Voilà en quel état étoient les afaires
de Sicile, tandis qu'Arsidas avec une
galere de Gobrias côtoïoit l'Afrique.
En quelque endroit qu'il fut proche de
terre, il montoit dans un esquif, &
alloit s'informer si l'on n'avoit point
aperçû de vaisseaux étrangers. Il se trouva enfin sur les frontieres de Mauritanie. Fatigué de tant de courses inutiles, & accablé des chaleurs excessives
que le vent du midi envoïoit du côté
des terres, il aborda dans un petit port
éloigné d'un quart de lieüe d'une ville
qui ne paroissoit pas considerable. Le
Gouverneur homme d'experience, &

fort eſtimé pour ſa bravoure , ſe
promenoit par haſard ſur le rivage.
Aïant aperçû Arſidas, dont le viſage &
l'habit étoient étrangers , il le joignit
d'un air gracieux & autant par honnêteté que par le devoir de ſa charge ,
s'informa de lui quel étoit ſon païs,
& où il ſe propoſoit d'aller : Arſidas,
pour éviter trop de diſcution, répondit
qu'il étoit de Gaule ; le vaiſſeau qu'il
montoit favoriſoit ſon menſonge. Le
Gouverneur auſſi-tôt l'embraſſa , il
ſuffit , dit-il , que je ſçache que vous
êtes Gaulois, nous devons tout à votre
nation , venez avec confiance dans la
ville voiſine , où vous pourez vous repoſer , & charger votre vaiſſeau de
toutes les proviſions neceſſaires , même
pour un voïage de long cours. Arſidas
ne pouvoit encore demêler le motif
d'une reception dont il n'eût oſé ſe flater. Ces offres genereuſes faites par une
perſonne, & dans un païs qui lui étoient
inconnus , le jetoient dans une extrême
ſurpriſe. Il fit debarquer ſon monde , &
prit le chemin de la ville avec le Gouverneur , qui rempli d'atentions , lui
faiſoit rendre ſur ſon paſſage toute ſorte
d'honneurs. Arſidas cependant qui craignoit que par la ſuite du diſcours , le

Gouverneur , ne vînt à découvrir la
verité, aima mieux le prévenir ; & pour
n'être pas plus long-tems l'objet de ces
déferences, qu'il jugeoit être reservées
pour un Gaulois , il avoüa qu'il étoit
de Sicile , mais que fes matelots étant
Gaulois , & cherchant lui-même le Roi
de Gaule , il avoit d'abord répondu
qu'il étoit Gaulois. Vous cherchez
reprit le Gouverneur , un Prince dont
les armes nous ont préfervés des derniers malheurs ? Arfidas qui ne fçavoit
rien de la victoire de Poliarque , parut
étonné. Impatient il demanda quel fervice fi effentiel les Gaulois avoient
rendu aux Maures , ajoûtant qu'emporté par la tempête jufqu'aux extrêmités
de l'Afrique , il n'avoit aucune connoiffance de ce qui s'étoit paffé. Le
Gouverneur fe fit un plaifir de fatisfaire
la curiofité d'Arfidas , il lui raconta
comme Radirobane aïant déclaré la
guerre à la Mauritanie , les Dieux
avoient envoïé le Roi de Gaule fur les
côtes d'Afrique, pour repouffer l'infolence de cet ennemi. Il lui rendit compte en peu de mots de plufieurs évenemens , & du fuccès de cette guerre ;
mais il voulut entrer dans le détail de
toutes les circonftances de la mort de

Radirobane, & de la fureur d'un combat dont la fortune fut si long-tems
incertaine. Quand Arsidas eut apris que
Radirobane y avoit perdu la vie, &
par la main du Roi de Gaule, il ne
put moderer ses transports, sa joïe
éclata malgré lui, on découvroit aisément que le cœur seul y avoit part.
Quoi, dit-il, Radirobane, ce Roi de
Sardaigne, parti depuis peu de Sicile, a
succombé sous les armes du Roi de
Gaule ? Une chose suspend encore le
plaisir d'une nouvelle si interessante ;
comment s'apelle, je vous prie, le Prince
victorieux ? Il porte deux noms, répondit le Maure, ce qui a souvent fait ici
prendre le change, j'y ai été moi-même
trompé ; je l'ai entendu nommer quelquefois Poliarque, & quelquefois Astioriste. Arsidas confirmé dans ses premiers sentimens, s'y abandonna, de
maniere que les Maures qui étoient
présens ne purent s'empêcher de les
partager avec lui. Oubliant pour lors
toutes les traverses & les fatigues qu'il
venoit d'essuïer, il suplioit les Maures,
comme s'il se fût adressé aux Dieux,
de lui dire quel hasard, ou quelles destinées avoient rassemblé en Afrique
deux Princes déja si animés l'un contre

l'autre, ou quelle Divinité avoit ainſi
ordonné qu'un ſang dû à la vengeance
des Siciliens, eût auſſi été répandu pour
la tranquillité de l'Afrique ? Il s'informa enſuite où s'étoit retiré Poliarque
après cette défaite : Juba, c'étoit le
nom du Gouverneur, lui dit que les
bleſſures qu'il avoit reçuës dans le combat, l'avoient retenu dans la principale
ville de Mauritanie, qui n'étoit éloignée que de quatre journées pour une
perſonne bien montée.

A peine furent-ils arrivés dans la
ville, qu'Arſidas ſongea à s'aſſûrer de
guides pour le conduire à la Cour. Les
vents étoient conſiderablement aug-
mentés, & il craignoit qu'un ſecond
malheur ne lui enlevât Poliarque, qu'il
ſe flatoit d'avoir enfin trouvé : mais
Juba ne voulut point le laiſſer partir,
qu'il n'eût ſacrifié au Dieu de l'hoſpitalité. Il faiſoit une grande chaleur,
Arſidas fut conduit à l'ombre dans un
jardin, où Juba, par une ſuite d'atentions, ſe remit à lui parler de la derniere
guerre, de la victoire de Poliarque, &
de tout ce qu'il croïoit devoir lui faire
plaiſir. Un repas fort proprement ſervi
mit fin à ce recit. Arſidas en admira
l'arangement : ce qui le ſurprit davan-

tage, ce fut un ſervice que l'on aporta, compoſé de toute ſorte de fruits à la glace. Les uns paroiſſoient ſortir des glaçons, les autres y étoient renfermés, de maniere cependant qu'on diſtinguoit, à travers cette eau gelée, leur couleur naturelle. Frapé de cette nouveauté, il ne ſçavoit encore qu'en penſer, car les fruits qu'il voïoit, étoient fraîchement cüeillis, & la chaleur qu'il faiſoit, ne permetoit pas de conſerver de ſa glace. Il voulut les toucher, il ſentit un froid extraordinaire, les portant à ſa bouche, il leur trouva le goût agréable qu'ils devoient avoir. Juba ſe faiſoit un plaiſir de la ſurpriſe de ſon hôte qui ſongeoit moins à manger qu'à admirer. Comment, dit Arſidas avez vous pû raſſembler en même tems les fruits de l'Afrique, & les glaces de la Scithie ? Vous ſeriez encore plus ſurpris, reprit Juba, ſi je vous diſois que ces mêmes fruits pendoient aux arbres, quand vous êtes entré dans le jardin, & que cette eau gêlée couloit, il n'y a qu'un moment dans une fontaine. Arſidas plus curieux s'informa par quels charmes, & dans quel antre la nature ſembloit aller contre ſes propres loix : Nous avons un ſecret, dit Juba, pour faire

revenir l'hiver au milieu de l'eté, je
vous l'expliquerai, quand vous aurez bû.
Un Egiptien qui servoit, lui présenta
aussi-tôt du vin dans une coupe formée
par la glace, il but, & la rendit : l'E-
giptien la brisa contre terre, Arsidas
en témoigna quelque dépit, non que
la perte fût de consequence, mais ce
vase lui avoit paru rare pour la saison.
N'aïez point d'inquiétude, dit Juba,
on vous donnera une coupe nouvelle
toutes les fois que voudrez boire, il
ne conviendroit pas que la même servît
deux fois. Arsidas ne pouvoit comprendre comment l'art avoit sçû si bien imi-
ter la nature ; il atendoit que Juba lui
découvrit un secret si admirable, quand
on aporta plusieurs moules d'airain de
diférentes formes, comme d'assiettes
de plats, de vases, en un mot d'un service complet. Voilà, dit Juba, les
moules qui servent à former cette glace
que vous avez tant admirée. Chacun
de ces moules a un dessus qui ferme
exactement, il n'y a qu'une fort petite
ouverture par où l'on verse l'eau, comme on le pratique dans les fontes de
plomb, ou d'autres métaux. On les met
dans des caisses de bois qu'on sou-pou-
dre auparavant d'un sel noir fort com-

...un dans ce païs ; on les remplit enfuite
... neige, qu'il nous eſt facile de conſerver
...ns des lieux deſtinés à cet effet. L'eau
...i eſt renfermée dans ces moules, reçoit
... tous côtés l'impreſſion du froid de
... neige, ſe congele inſenſiblement par
... moïen de ce ſel entremêlé , & ſe
...ouve priſe en moins de trois heures.
...i l'on y met quelques fruits , comme
...ux que vous voïez maintenant , ils
...meurent environnés de glace. Ce
...oid, en flatant le goût, nous eſt enco-
... d'un grand ſecours contre les cha-
...urs exceſſives auſquelles nous ſommes
...poſés. La nouveauté ſemble donner
...us de prix à cette invention, il n'y a
...s en effet long-tems qu'on à trouvé
... ſecret, dont on eſt redevable à la
...licateſſe d'un particulier de ce païs.
... Arſidas qui prenoit plaiſir à ce récit,
...argeoit, ſans y faire atention , ſon
...tomac de ces fruits glacés, & ſa ſoif,
...omme c'eſt l'ordinaire, irritée par le
...oid, dont la liqueur étoit frapée, l'en-
...ageoit à boire ſouvent dans ces coupes
...enouvellées. Juba même ſe crut obligé
... lui repréſenter que cet excès pou-
...oit nuire à ſa ſanté. En effet ils furent
...peine levés de table, qu'Arſidas qui ,
...n goutant ce plaiſir, plaignoit le ſort

de ceux qui étoient réduits à ne boire
que des eaux chaudes, sentit ses nerfs
tellement relâchés par la quantité de
glace qu'il avoit prise , que peu s'en
fallut qu'il ne rendît l'ame avec les ali-
mens. Juba sensible à cette indisposition, craignant même qu'on ne la regar-
dât comme une suite de quelque mauvais dessein de sa part, fit venir promtement des medecins , & engagea tout
son monde , aussi bien que les domestiques du malade, à lui donner le secours
dont il avoit besoin. Les mauvaises
nouvelles augmentant dans la bouche
de ceux qui les débitent , le bruit fut
bien-tôt qu'Arsidas rendoit les derniers
soupirs ; ceux de sa suite en furent alar-
més. Un d'entre eux , originaire de
Naples , profita de cette conjoncture
pour le voler. Arsidas avoit un petit
sac de lin qu'il portoit toûjours sur lui,
& qu'il cachoit avec soin. Ce malheureux s'en étoit aperçû , & avoit conjec-
turé qu'il devoit renfermer quelque
chose de précieux. Tandis qu'on des-
habilloit le malade qui n'avoit plus de
connoissance, il fit l'empressé, & sous
une aparence de zele , il aprocha son
maître de plus près , & tira le sac sans
qu'on le vît ; il sortit aussi-tôt de la

maison, se contentant de laisser autour d'Arsidas ceux que la crainte & la pitié retenoient encore.

Si-tôt que ce premier accès fut passé, & qu'Arsidas put parler, il demanda aux medecins ce qu'ils pensoient de son indisposition, & s'il pouroit bien-tôt hasarder de se metre en chemin. Les medecins répondirent qu'il y avoit grande espérance de guérison, mais que son estomac affoibli, & ses nerfs relâchés par ce froid excessif, qui étoit l'unique cause de sa maladie, ne pouvoient se remetre que par un grand repos, & qu'il falloit au moins quatre jours. Ce terme lui parut long, il accusa les desseins de ce fâcheux contre-tems, & se tournant vers Juba; Poliarque, lui dit-il, ne doit point se ressentir de mon accident, ne pourois-je pas, par votre moïen, lui faire tenir des lettres essentielles qu'on m'a chargé de lui rendre. Donnez-moi un guide sûr, qui accompagne à la Cour un de mes gens, j'attendrai avec plus de tranquillité le moment ou je pourai moi-même y aller. Juba aprouva son dessein, & lui promit de trouver quelqu'un. Arsidas chercha le petit sac où étoient les lettres qu'Argénis lui avoit confiées; ne le

trouvant point, & chacun niant l'avoir
vû, il fut si outré de colere, qu'il en
reprit de nouvelles forces: sans atention pour l'ordonnance des medecins,
il se jeta hors du lit, & menaça de faire
périr tous ceux qui étoient présens,
si ce qu'il cherchoit ne lui étoit promtement rendu. Dans son trouble il ne
ménageoit ni les Dieux ni les hommes,
il soupçonnoit même les Maures qui
l'avoient assisté dans le commencement
de son mal. Il chercha encore dans ses
habits; voïant que c'étoit inutilement,
il demanda, transporté d'une nouvelle
colere, qui étoit celui de ses gens qui
l'avoit le plus aproché? Mais tous l'a-
voient également secouru, & il ne pouvoit jeter ses soupçons sur personne en
particulier. Enfin cet excès de colere
aiant consumé aux dépens du malade
une partie des forces qu'il lui avoit
d'abord fait trouver, le reduisit dans
un état beaucoup plus dangereux que
le premier; à peine put-on lui faire
revenir la parole par les essences & par
les odeurs les plus fortes: si-tôt qu'il
l'eut recouvrée, ah! dit-il, si la fortune
s'opiniâtre à me traverser par cette maladie qui a occasionné le vol dont je
me plains, mon malheur doit-il faire
celui

celui de mes maîtres : Je vais écrire à
Poliarque, & dans deux jours je me
rendrai moi-même à la Cour, en quelque état que je me trouve, quand je
devrois courir le rifque de la vie. Faites
venir Phorbas, que je le charge de ma
lettre. C'étoit ce même Phorbas, qui,
après avoir fait fon coup, avoit dif-
paru. On le chercha, & fur le vaiſſeau
qui étoit dans le port, & par toute la
ville, mais en vain. Arfidas, qui, dès ce
moment le foupçonna, n'en voulut
rien faire paroître. Il envoïa encore
une fois le chercher fur le rivage, mais
auſſi inutilement que la premiere. Il fit
prier Juba de venir, & après avoir
renvoïé tous ceux qui étoient dans fa
chambre, je fuis bien trompé, dit-il,
ou c'eſt un de mes domeſtiques qui m'a
volé, pourquoi difparoître, quand il
me fçait retenu au lit par une maladie
qui peut avoir des fuites ? Il n'ignore
point que fa préfence m'eſt neceſſaire ;
mais il a fait un mauvais coup, il m'é-
vite, & fe difpofe peut-être à fortir du
païs. Si Poliarque vous eſt auſſi cher
que vous le dites, vengez le tort que
ce malheureux lui fait aujourd'hui, envoïez des ordres fur les ports voifins
qu'on ne recoive aucun étranger dans

les vaisseaux : il faut ici du secret , ce voleur informé des mesures que nous prendrions, pourroit nous échaper ; j'affecterai parmi ceux qui sont à mon service un air plus tranquille , afin que s'il y en avoit quelqu'un d'intelligence, il ne se defiât de rien. Juba promit d'y veiller , & envoïa sur le champ des personnes sûres pour donner les ordres necessaires aux officiers des ports voisins.

Phorbas avoit prévû tout ce qui devoit arriver , la crainte du suplice qu'il sçavoit avoir merité , lui fit trouver les moïens sûrs de s'y soustraire. Quand il eut fait ce vol , ne sçachant en quoi il consistoit , il chercha un lieu secret pour examiner sa prise , résolu, s'il ne trouvoit rien qui le dédommageât du danger auquel l'exposoit ce larcin , de rendre le petit sac à Arsidas , comme s'il ne l'eût enlevé que pour empêcher que quelque autre ne s'en saisît durant sa maladie. L'aïant ouvert il y trouva un brasselet de pierreries enchassées dans de l'or ; trois bagues montées de trois pierres fort belles , envelopées separément, de crainte que l'ouvrage ne fût endommagé , & plusieurs pieces d'or monnoïé qu'Arsidas

portoit toûjours pour le befoin. Il y
avoit outre cela des lettres qu'Arfidas
préferoit à toutes ces richeffes, & qui
étoient la caufe de fon voïage. Phorbas
après bien des reflexions ne pouvoit
fe refoudre à rendre l'or & les pierreries qu'il voïoit en fa difpofition, mais
ces lettres l'embaraffoient, elles étoient
adreffées à Poliarque, il ignoroit d'où
& de la part de qui elles venoient, ce
qui lui fit craindre qu'on ne l'examinât
de plus près. Il ne crut pas devoir fe
préfenter au port, ne doutant pas qu'il
n'y eût déja des ordres contre lui. Il
n'ofoit s'engager dans l'Afrique, il fe
méfioit de ceux du païs, & fongeoit
qu'il auroit bien de la peine à trouver
un paffage libre pour fe rendre en Europe, ce qui étoit tout fon deffein. Enfin
fon crime & la neceffité lui firent prendre une refolution des plus hardies. Il
fe propofa d'aller à la Cour, de préfenter lui-même ces lettres à Poliarque, & de tirer une récompenfe de
fon crime, comme d'un fervice rendu.
Après avoir donc repaffé dans fon efprit de quelle maniere il devoit fe con-
duiré, pour donner à ce menfonge une
aparence de verité ; il fe rendit au village le plus proche, s'y informa du
Y ij

chemin qui conduifoit à la **Cour** , &
s'affûra de deux bons chevaux pour lui
& pour fon guide. Le troifiéme jour il
aperçut la ville du haut d'une montagne ; il mit pied à terre , & laiffant le
guide avec les chevaux , il vint feul ,
& parut devant la garde du Roi avec
un vifage pâle & extenué. Il avoit fait
le refte du chemin à pied , & avec
beaucoup de diligence , il dit tout hors
d'haleine , qu'il étoit envoïé vers Poliarque pour une afaire preffée. On le conduifit fur le champ à l'apartement du
Prince. Il y avoit un ordre de ne le
laiffer voir à perfonne, parce que n'aïant
pris depuis long-tems aucun repos , il
s'étoit heureufement endormi : mais
Phorbas qui fut adreffé à Gelanore ,
témoignoit par fon air empreffé qu'il
venoit pour quelque afaire de confequence & qui demandoit une promte
audience. Gelanore s'informa de quelle
part il venoit : il fera plus à propos, répondit Phorbas d'en rendre compte directement au Roi. Je viens de Sicile ,
j'ai des lettres à lui préfenter , & je
crains que le moindre retardement ne
faffe manquer l'afaire pour laquelle je
fuis venu , & même avec tant de précipitation , que peu s'en eft fallu que je

ne fois expiré au milieu de ma courfe.
Cet homme difoit qu'il venoit de Sicile , qu'il avoit été obligé d'ufer de
diligence , & qu'il vouloit abfolument
préfenter des lettres à Poliarque ; toutes ces circonftances firent croire à Gelanore qu'il ne pouvoit fe difpenfer
d'éveiller le Roi. Il s'aprocha douce-
ment de fon lit, & craignant de le re-
veiller fubitement (ce qui eft dangereux
pour des perfonnes qui ne font pas re-
mifes de leurs bleffures) il touffa , &
fit un peu de bruit avec le pied. Quand
il crut Poliarque éveillé, Sire, dit-il,
on vous aporte des lettres de Sicile ,
celui qui en eft chargé , dit que c'eft
pour afaire preffée. Poliarque fe leva
auffi-tôt fur fon lit, & dit qu'on le fît
entrer. Phorbas parut , fans que fon
crime ni la préfence du Roi fuffent capables de l'intimider ; foutenant au contraire avec un gefte auffi impudent que
fes paroles, la fourberie qu'il avoit ima-
ginée ; Sire, dit-il, je fuis un ami d'Ar-
cadas ; nous étions partis enfemble de
Sicile pour vous chercher. Après plufieurs courfes inutiles , fur le bruit de
votre victoire dont nous avons été informés affez près d'ici, nous côtoïons
l'Afrique , nous n'étions pas même éloi-

gnés de ce rivage , quand notre vaiſ
ſeau fut environné de trois barques d
corſaires. Perſonne d'entre nous n'éto
en état de ſe défendre , nous nous ren
dîmes ſans combatre. Arſidas eſt à prē
ſent entre leurs mains. Lorſqu'ils eu
rent pris tout ce que nous avions , c
lui qui étoit à leur tête , ſe flatant d'u
butin plus conſiderable, tenoit un po
gnard ſous la gorge d'Arſidas : je vo
bien, lui dit-il , à ton habit , & à ceu
ſuite que nous pouvons exiger de t
quelque ſomme d'argent , ſi tu ne noi
donnes trois talens , au lieu de cet
chaîne que tu portes maintenant (c
nous avions déja les fers aux pieds
aux mains) il t'en coutera la vie. O
pourois-je les trouver , répondit Arſ
das , moi à qui vous avez ôté juſqu
la liberté. Quand je me ſuis informé
toi , reprit le corſaire , où tu allois
tu m'as répondu que tu te propoſe
d'aller en Mauritanie , tu y as aparem
ment quelque connoiſſance, je laiſſer
partir celui que tu chargeras de cet
commiſſion , & ſi dans trois jours
n'eſt de retour avec la ſomme que noi
demandons , c'eſt fait de ta vie. Au reſ
ne te flate pas d'y ménager quelque ſ
cours contre nous. Nous ſommes ici

...in que tu ne l'ignores point , dans un
...eu sûr , on ne peut nous y surprendre
...i sur mer ni sur terre. Si celui que tu
...uras envoïé ne revient seul , ta tête
...a répondra. Si le hasard vouloit que
...ous fussions ataqués par d'autres vais-
...aux , tu seras la premiere victime. A
...eine le barbare eut-il proferé ces pa-
...oles , qu'Arsidas à demi mort jeta sur
...ous un regard languissant , il me fit
...procher, & me dit , enfin , mon cher
...horbas ; vous voïez la confiance que
...ai en vous , ma vie dépend de la dili-
...ence que vous emploïerez ; allez trou-
...er le Roi Poliarque , faites lui con-
...oître l'état ou le sort me reduit , il
...e vous refusera pas trois talens , le prix
...e ma vie & de ma liberté : mais afin
...ue cette démarche n'ait rien de suf-
...ect , chargez vous de ces lettres (il
...s tira en même tems de son sein)
...lles s'adressent à lui , il n'est pas ne-
...essaire que vous sçachiez de quelle part,
...i vous les confie pour les lui remet-
...e ; elles serviront à prouver votre fi-
...élité , & j'aurai au moins la consola-
...on , si ces corsaires m'ôtent la vie ,
...e sçavoir qu'elles lui ont été sûrement
...enduës. Voilà , Sire , le sujet qui m'a-
...ene , il y a un jour & demi que je suis

parti, je n'ai que le même tems po
achever ma commiſſion, ſauvez la v
à Arſidas, elle ne dépend que de vou

En faiſant ce recit, il avoit préſer
à Poliarque les lettres d'Argénis. J
Roi qui reconnut le cachet de la Pri
ceſſe, ne put empêcher ſa joïe d'éclate
mais la ſituation d'Arſidas modera
premier tranſport : mon ami, dit-i
en ouvrant le paquet; qui que vous ſoïe
puiſque la liberté & la vie d'Arſidas d
pendent de votre diligence, ne perd
point de tems, ramenez Arſidas,
comptez non ſeulement ſur les trois t
lens que demandent ces corſaires, ma
ſur une récompenſe conſiderable po
vous-même; vous verrez ſi je ſçai r
connoître un pareil ſervice. Gelanor
faites lui compter la ſomme qu'il dema
de : pour vous allez promtement rejoi
dre Arſidas, & délivrez-le des mains
ces barbares. Mais ne pouroit-on p
les inveſtir, les prendre, & leur fai
ſoufrir les ſuplices qu'ils meritent. Phé
bas, au ſeul mot de ſuplice, fut ſa
d'une ſecrete fraïeur. Ah ! Sire, dit,
levant les mains & les yeux au ciel;
fongez point encore à venger Arſidas,
périroit le premier. Ces malheureux ſo
dans un endroit, d'où ils peuvent ai
me

ment tout découvrir ; leurs barques
vont fort vîte, on ne pouroit les furprendre ; voulant fauver Arfidas, vous
feriez caufe de fa perte.

Poliarque faifoit déja la lecture de
la lettre d'Argénis, elle étoit écrite de
fa main, mais ce qu'elle lui mandoit
ne pouvoit que l'alarmer. Il y voïoit
la perfidie de Seleniffe, la fin tragique
de cette malheureufe confidente, les
mauvais deffeins de Radirobane, &
les calomnies atroces dont il avoit voulu noircir la Princeffe. Il fe voïoit heureufement delivré de ce dangereux ennemi par le coup qu'il lui avoit lui-
même porté. Ce n'étoit plus Radirobane, Arcombrote feul faifoit fa peine.
Meleandre le vouloit pour fon gendre,
& Argénis n'avoit pû obtenir que deux
mois pour fe déterminer à ces nôces
fatales. Quelle fut fon inquiétude !
quand aïant jeté les yeux au bas de la
lettre, il en vit la date, & que le tems
où Argénis devoit s'être donné la mort,
s'il n'étoit de retour en Sicile, étoit
expiré. Il fe plaignit de fa deftinée, qui
par une tempête fubite l'avoit jeté fur
les côtes d'Afrique. Il s'accufa lui même. Faut-il que je me perde, dit-il,
en fauvant les autres, mais ta tête,

Arcombrote, me répondra de ce dernier malheur, je ne veux me conserver que pour te punir, rival temeraire ; je fuivrai Argénis après fa mort,
mais je dois auparavant la venger.
Rien n'eft capable d'étouffer les fentimens de haine & de colere qui m'a-
niment contre toi, je les porterai jufques dans le tombeau. Au milieu de
ce trouble, il doutoit & comme malgré lui, que la Princeffe fidéle à fon
ferment, eût atenté fur fa vie. Quel
fentiment plus naturel, fe difoit-il,
que celui de conferver fes jours ! n'eft-
ce pas une douce violence, que celle
qui retient le fer qu'on eft prêt à fe
plonger dans le fein ? Mais helas ! je
fupofe que Meleandre ce pere cruel
ait contraint la Princeffe à donner la
main à Arcombrote, & que ce jour
fatal, le commencement de mes malheurs, foit enfin arrivé, voudrois-tu,
Poliarque, que ta chere Argénis fe
fût donné la mort ?

Plus agité par ces differentes penfées,
que par la douleur qu'il reffentoit de fes
bleffures, il fit apeller Phorbas à qui
l'on comptoit la fomme ; il lui reprocha
le tems qu'ils avoient emploïé dans leur
voïage ; qu'il y avoit déja deux mois qu'

Arſidas étoit parti de Sicile. Phorbas en-
ra dans le détail des traverſes qu'ils a-
oient eſſuïées. Il dit qu'Arſidas s'étoit
û obligé de s'arrêter à Cumes, qu'il a-
oit été retenu par Gobrias ; & qu'enfin
ne tempête violente l'avoit jeté ſur les
ôtes d'Afrique. Poliarque ſentit renaî-
e ſes eſpérances au nom de Gobrias, il
informa ce qu'il étoit devenu. Je
en ſçai rien de poſitif, répondit Phor-
as, j'ai ſeulement oüi dire qu'il avoit
it voile vers la Sicile. Cette nouvelle
lma une partie des inquietudes du Prin-
mais, Sire, continua Phorbas, tous
es momens ſont precieux, ils répon-
nt de la vie d'Arſidas, permetez que
e tire promtement des mains des cor-
res, il vous dira lui - même des nou-
elles plus certaines de ce que vous me
mandez. Poliarque touché de l'affec-
n que ce fourbe ſembloit avoir pour
perſonne qu'il conſideroit lui - mê-
, commanda qu'on ajoûtât un qua-
me talent pour prévenir le beſoin
ouroit ſe trouver Arſidas, quand on
auroit rendu la liberté. Il lui fit auſſi
ner un des meilleurs chevaux de ſon
rie. Phorbas montant deſſus, tra-
ſa la Mauritanie avec beaucoup de di-
nce, & paſſa avec ce ſecond butin
les bords éloignés.   Z ij

Quoique Poliarque ne fût point encore remis de fes bleſſures , il voulu cependant partir pour la Sicile, reme-tant à prendre dans ſon vaiſſeau le repos qui lui étoit neceſſaire , & à y faire les remedes qu'on lui avoit ordonnés Gelanore lui étoit trop ataché pour ne pas s'opoſer à ce départ , mais ſes conſeils furent inutiles & Poliarque n'atendoit plus que le retour d'Arſidas , qui au raport de Phorbas , devoit arrive dans trois jours. Gelanore executa pendant ce tems les ordres de ſon maître il raſſembla les capitaines des galeres les autres officiers , les ſoldats , le matelots, afin que chacun ſe rendît à ſon poſte. On chargea les vaiſſeaux de vivres & de munitions , tout étoit prêt & on n'atendoit que le ſignal pour ſortir du port, Hianiſbé , dans la crainte que les bleſſures de Poliarque , qu n'étoient pas encore refermées , ne miſſent ſa vie en danger, redoubla ſe inſtances pour retenir ce Prince , mai le deſſein étoit pris. Elle ne pouvoi entrevoir les raiſons d'un départ ſi précipité, & par une bienfeance , par u ménagement outré , elle n'oſoit s'e informer. Poliarque cependant s'abandonnoit à tout ce que ſon imagina

mon pouvoit lui repréfenter de funefte.
Il trembloit pour Argénis, Arcombrote excitoit fa colere ; ces penfées l'a-
griterent fi fort toute la nuit, que fon
indifpofition en augmenta confiderable-
ment ; il affecta cependant un ton de
voix plus affermi, pour mieux diffimuler fon mal, & ne pas donner lieu à
ceux qui lui étoient atachés, de le dif-
fuader de la refolution qu'il avoit prife.

Il n'y avoit que deux jours que Phorbas étoit parti, lorfque Gelanore for-
tant de l'apartement de Poliarque,
rencontra Arfidas que fa colere & fon
inquiétude avoient beaucoup plus changé que fa maladie. Il avoit recouvré
fes forces plûtôt que les medecins ne
lui avoient fait efpérer ; il avoit pris
une litiere le lendemain du vol de
Phorbas pour ce premier jour feulement, car dans fon impatience, moins
occupé de fa fanté que des lettres qui
lui avoient été confiées, il fe fervit
du cheval pour le refte du voïage. Son
embarras augmentoit à mefure qu'il
aprochoit de la ville ; pouvoit-il fe flater d'y retrouver ce qu'on lui avoit
volé ? Quelles excufes faire à Poliarque, & comment ofer reparoître devant Argénis ? Acablé de ces re-

flexions , il entra dans le palais , &
fut conduit à l'apartement du Roi.
Gelanore qui par hafard l'aperçut , ne
put cacher fa joïe & fa furprife; je ne
veux pas , lui dit-il , qu'un autre que
moi porte au Roi la nouvelle de votre
arrivée , je vais lui procurer moi-même
ce plaifir. Arfidas qui ne fongeoit qu'à
s'excufer , il faut auparavant , dit-il ,
Gelanore , que je vous faffe part de l'accident.... Gelanore l'interompit croïant
qu'il vouloit parler de ce que leur avoit
raporté Phorbas. Nous en fommes déja
inftruits , dit-il , mais le Roi fera ravi
d'en aprendre le détail par vous-même.
Il s'échapa auffi-tôt des mains d'Arfidas. Poliarque fut étonné de la diligence que Phorbas avoit emploïée , &
donna ordre qu'on fît entrer Arfidas ,
qui reconnoiffant un Souverain dans
la perfonne de Poliarque , voulut fe
profterner en entrant , mais le Roi le
fit aprocher , & l'embraffa. L'entretien commença par une erreur de part
& d'autre. Poliarque raportoit tout à
l'idée que Phorbas lui avoit donnée
par l'hiftoire fupofée des corfaires. Arfidas s'imaginoit que tout ce que difoit
Poliarque , ne regardoit que le vol de
Phorbas ; il étoit feulement furpris que

Poliarque eût été si-tôt informé de la
perte des lettres d'Argénis. Je rends
graces aux Dieux, dit Poliarque, de
ce qu'après tant de dangers, & le dernier vol qui vous a été fait, nous vous
possedons à présent sain & sauf. J'ai
peut-être senti plus vivement que vous-
même le dernier malheur qu'on m'a
dit vous être arrivé. Oüi, Sire, reprit
Arsidas, il a causé toutes mes inquiétudes, je sçavois combien cette perte
devoit vous couter, mais pardonnez
au fidéle Arsidas, s'il a manqué, ç'a
été l'effet de son infortune, plûtôt que
de sa mauvaise volonté. Je n'aurois
jamais osé paroître devant votre Majesté après cet accident, si je n'avois
été persuadé qu'elle est trop juste pour
condamner un malheureux, qui ne
sçauroit changer les caprices de la fortune, ni les inclinations vicieuses de
ceux qu'il peut avoir à son service.
Quel sujet, reprit le Roi, aurois-je
de me plaindre de vous ? Seroit-ce
pour avoir couru en ma consideration
tant de dangers ? Mais où est Phorbas ?
Je veux, en le récompensant, vous
faire connoître les obligations que je
vous ai. Arsidas interprétant cette réponse comme une raillerie ; plût aux

Dieux, dit-il, qu'il fût ici préfent;
fa mort vous répondroit bien tôt de
mon innocence : mais oferois - je demander à votre Majefté qui a pu lui
parler de ce miferable ? Je ne le connois, dit Poliarque, que par le zele
qu'il a témoigné pour vous. Avec quel
empreffement s'éloigna-t-il d'ici ! dans
l'aprehenfion que le moindre retardement ne caufât votre perte. Pendant
qu'il reprenoit haleine, & qu'on lui
comptoit l'argent qu'il avoit demandé ;
pendant qu'il m'informoit en peu de
mots de tout ce qui vous étoit arrivé,
quelle inquiétude ne fit-il point paroître! tout, jufques à fon gefte, marquoit
l'impatience qu'il avoit de vous rejoindre. Que font devenus ces corfaires ?
Croïez-vous que fi j'envoïois à la découverte, il fût fi difficile de les furprendre ? Qu'entend-je, Sire, reprit
Arfidas, que veulent dire ces corfaires, & cette fidélité de Phorbas, dont
je ferois bien-tôt vengé, s'il ofoit paroître. Je parle, dit le Roi, de ce
Phorbas, qui eft venu de votre part
m'aporter les lettres d'Argénis ; mais
d'où vient cette furprife ? Auriez vous
déja oublié ce fidéle ami ? Arfidas qui
vit entre les mains de Poliarque les

mettres de la Princeſſe, n'oſant encore
l'abandonner au plaiſir d'un denoüe-
ment ſi heureux, pâlit à l'inſtant, &
repeta pluſieurs fois d'une voix encore
tremblante, vous avez, Sire, les lettres d'Argénis, & par le moïen de
Phorbas ? Eſt-ce un ſonge ? Ah ! je lui
pardonne, puiſqu'il m'a épargné par
l'endroit le plus ſenſible. Mais où eſt-
il à préſent ? Je ne l'ai point revû, dit
Poliarque, depuis la ſomme que je
lui ai fait compter, pour vous retirer
des mains des corſaires. Moi, dit Arſidas entre les mains des corſaires ? Voilà
ſûrement un adroit impoſteur ! il a
donc trouvé le moïen de ſe faire auprès de vous un merite, & même d'ê-
tre récompenſé de ſa perfidie, & après
m'avoir volé, il a encore ſçû tirer une
ſomme conſiderable ? Arſidas rendit
compte de l'accident qui lui étoit arrivé, comme il étoit demeuré quelques
jours malade chez Juba, & comme
aïant été volé par ce même Phorbas,
il venoit s'excuſer de la perte des lettres d'Argénis. Poliarque en ſouriant
raporta le rôle qu'avoit joüé Phorbas,
à qui, dit-il, je pardonne de bon cœur
de s'être ſi bien fait païer le port d'une
lettre qui m'eſt ſi chere.

Les autres nouvelles étoient trop sé-
rieuses, pour s'amuser plus long-tems
de la fourberie de Phorbas. Poliarque
prit Arfidas en particulier, croïez-vous
lui dit-il , que la Princesse dont j'a
fait malgré moi tout le malheur, vive
encore ? Quel secours , quel conseil me
donnerez-vous dans la triste situation
où je me trouve ? Quelle vengeance
puis-je tirer d'Arcombrote ? De quelle
mort assez cruelle le punir ? Je voulois partir aujourd'hui, mais mes plaïes
se font rouvertes , & ne me laissent
plus la liberté de m'exposer sur un
vaisseau : je demeurerai ici pour recou-
vrer mes forces ; pour vous , partez
avec Gelanore , emmenez la meilleure
partie de mon armée , pour donner du
secours à Argénis , si elle est encore
en état d'en recevoir. Je me rendrai
moi-même en Sicile le plûtôt qu'il
me sera possible, pour y assûrer mon
repos par la mort ou par la victoire.
Arfidas fit au Roi le recit des choses
dont Argénis l'avoit chargé , & de
tout ce qui étoit arrivé en Sicile depuis qu'il en étoit parti. Il entra dans
le détail de ces jeux publics , de cette
fête que Radirobane avoit voulu donner à la Princesse , pour venir plus

lifément à bout de fon perfide deffein.
Il l'entretint auffi de Seleniffe, de fon
crime, & de la vengeance que les Dieux
en avoient tirée, & raconta comment
Arcombrote avoit fçû fe ménager l'efprit de Meleandre, toutes les avances
qu'il avoit faites auprès d'Argénis ;
Gelanore étoit préfent à ce detail, Poliarque ne voulant rien avoir de caché
pour celui qu'il regardoit comme le
compagnon de fa fortune.

Dans le tems qu'ils deliberoient fur
ce qu'il y avoit à faire, & de quelle
maniere on pouvoit fe venger d'Arcombrote, pour lors l'unique objet de
leur haine & de leur colere, Micipfa
vint faluer Poliarque de la part d'Hia-
bifbé, & lui aprit que le fils de la Reine
arrivoit avec une flotte confiderable, &
que fa premiere démarche feroit de
lui rendre fes devoirs. Mille cris de joïe
fe faifoient déja entendre de toutes
parts, une partie du peuple étoit acouru fur le rivage, plufieurs bordoient
les avenuës du palais. Les Seigneurs les
plus diftingués s'étoient rendus auprès
de la Reine, dans l'efpérance d'être
deputés pour recevoir le Prince ; la
chaloupe qu'il avoit envoïée pour avertir de fon arrivée, & qu'il fuivoit de

fort près étoit déja dans le port. Les
vaisseaux commençoient à se ranger,
les uns à la droite de l'embouchure
du fleuve, & les autres remontoient à
force de voiles & de rames. Les soldats qui croïoient n'être venus que
pour faire la guerre, sembloient se
plaindre de ne trouver personne sur
leur passage qui leur resistât. La premiere atention qu'eut Arcombrote, en
descendant sur le rivage, fut d'adorer
les Dieux du païs, il crut devoir cette
marque de respect à une terre où il
avoit pris naissance. Tournant ensuite
les yeux vers le peuple qui y étoit
acouru en foule, & qui lui donnoit
mille aplaudissemens, il témoigna, par
un air gracieux, accompagné de Majesté, combien il y étoit sensible. Il
reçut avec toute sorte de marques de
bonté les Seigneurs qui vinrent au devant de lui, distinguant toûjours ceux
qu'il avoit le plus honorés de sa confiance, & faisant aux uns & aux autres, autant que le tems pouvoit le
permetre, des honnêtetés proportionnées à leur rang. Il se trouva environné d'un si grand nombre de personnes,
qu'il fut obligé de demeurer quelque
tems sans pouvoir avancer. Il se rendit

enfin au palais, s'informant durant le chemin des entreprises de Radirobane, & de l'état préfent des afaires. Plufieurs voulurent rendre compte de ce qu'ils en fçavoient, mais chacun raportoit les chofes d'une maniere diférente. Ils s'acordoient fur ce feul article, que la Mauritanie, par le fecours des Gaulois, & par la mort de Radirobane, étoit enfin delivrée de tous les malheurs aufquels elle s'étoit vûë prête de fuccomber.

Hianifbé ne fouffroit qu'avec impatience que quelqu'un goutât avant elle le plaifir de revoir ce cher Prince. Sans faire atention qu'elle étoit mere & Reine, elle fortit de fon apartement, & fous le pretexte d'être témoin de la joïe du peuple & de voir ces braves foldats qu'Arcombrote amenoit avec lui, elle defcendit dans la premiere cour du palais, & fe rendit aux portes d'entrée. Le Prince ne l'eut pas plûtôt aperçuë qu'il fauta de cheval, fa joïe étoit peinte fur fon vifage, il vint d'un pas précipité fe profterner pour baifer le bas de fa robe. La Reine ne put fe contraindre, elle reçut Arcombrote, en préfence de tout le peuple, avec des marques de tendreffe, qu'elle de-

voit , ce femble , referver pour une
entrevûë particuliere. Je ne puis que
loüer , lui dit-elle , en lui prenant la
main , la pieté d'un fils qui vient avec
un puiffant fecours délivrer fa mere
de fes ennemis : mais je dois aujour-
d'hui partager ma tendreffe , c'eft le
moindre retour que puiffe atendre de
moi un Prince , qui , pour nous fauver
des mains de Radirobane, vient d'expofer fa vie. Je vous préviens , mon
fils , que c'eft le Roi de Gaule , qui ,
en vous confervant ce Roïaume , a
épargné à votre mere le chagrin de fe
voir affujetie à la Sardaigne. La Mauritanie fume encore du fang du tiran
qui croïoit la furprendre. Vous fçaurez de plus que nous avons à ce Prince une obligation plus effentielle qu'il
ignore lui-même , & dont perfonne que
moi ne fçait le veritable fujet. Venez ,
& avant que de rendre hommage aux
Dieux , allons faluër un Prince prefque
dans les bras de la mort , & tout couvert des bleffures qu'il a reçuës pour
défendre vos droits. Arcombrote penetré de reconnoiffance fentoit déja
pour le Roi de Gaule toute l'affection
qu'il lui devoit ; il s'excufa feulement
d'avoir été prévenu par des étrangers ,

de n'être arrivé qu'après la victoire.

La Reine avoit envoïé sçavoir si le Roi de Gaule étoit visible, pour lui présenter son fils. Poliarque fit réponse que s'il ressentoit quelque peine de ses blessures, c'étoit dans une occasion où elles l'empêchoient de prévenir la Reine & son fils. Il députa aussi-tôt deux des principaux Seigneurs de sa Cour, pour aller au-devant. Il avoit une extrême envie de connoître par lui-même ce Prince si accompli, de l'aveu d'Hianisbé & de tous les Maures; on ne le connoissoit dans la Mauritanie que sous le nom d'Hiempsal, & il n'avoit pris celui d'Arcombrote que pour cacher plus sûremeut sa naissance dans la Sicile où il ne vouloit paroître que comme simple particulier. Les Seigneurs Gaulois plus magnifiques qu'à leur ordinaire, s'étoient rendis dans l'apartement de Poliarque. Il s'entretenoit avec Arsidas, quand la Reine entra, accompagnée de son fils : mais de quel coup est-elle frapée dans l'instant ! elle demeure interdite. Poliarque qui aperçoit Arcombrote, & Arcombrote qui reconnoît Poliarque dans la personne du Roi de Gaule, sont également saisis. La foudre ne tra-

verſe pas les airs plus rapidement ;
un tourbillon ne s'éleve pas avec plus
d'impetuoſité , que la rage, l'indignation , & une fureur avide de ſang s'em-
parent de leurs eſprits. Les plus vifs
ſentimens de colere paroiſſent juſques
ſur leurs viſages. Ils friſſonnent , ils
demeurent immobiles , comme ſi l'un
& l'autre eût vû dans ſon ennemi la
tête de Meduſe : ils ſe lancent enfin
des regards qui ménacent des derniers
malheurs. Quelle funeſte rencontre !
quels jeux cruels de la fortune ! deux
Princes rivaux , ennemis jurés veulent
s'égorger dans une occaſion qui doit
ne les raſſembler , que pour ſe rendre
les devoirs de la plus tendre amitié.
Poliarque vengera-t-il ſur Arcombrote
la mort ou les nôces de ſa chere Argénis ? Doit-il priver Hianiſbé de toute
conſolation en verſant le ſang de ſon
fils, ou en le mêlant avec le peu qui
lui en reſtoit à lui-même, après avoir
combatu pour elle ? Arcombrote animé d'une auſſi vive colere, ſe trouvoit
malheureux d'avoir les plus grandes
obligations à ſon plus cruel ennemi. Il
voïoit dans Poliarque l'amant d'Argénis , mais il y reconnoiſſoit un grand
Roi, qui avoit conſervé ſa mere , & ſau-

sauvé la Mauritanie. Ces diférens fentimens de haine & de reconnoiffance,
dont il étoit combatu, le faifoient rou-
gir. Se déclarer l'ennemi du Roi de
Gaule, c'étoit fe donner pour le plus
ingrat de tous les hommes ; voir fon
rival heureux, c'étoit un fujet de peines aufquelles il prévoïoit devoir fuccomber. Leur fureur fembloit augmenter à chaque inftant, ils étoient même
fur le point de violer les droits de
l'hofpitalité, il n'y eût que leur refpeƐt
pour la Reine capable de les retenir.
Arfidas avoit auffi reconnu Arcombrote,
& fentit, en le voïant, tout fon fang
fe glacer ! Ah Gelanore, dit-il, d'une
voix tremblante, nous fommes perdus,
que ce jour va nous couter de larmes !
que de fang'y fera répandu, fi quelque
Divinité favorable ne détourne ce malheur ! C'étoit donc là le fils de la Reine ? Ignoroit-on que ce fût Arcombrote?Pourquoi, fous quelque pretexte,
n'avoir pas éloigné cette fatale entrevûë ? Que la Sicile eft heureufe de n'ê-
tre point témoin des fuites funeftes
d'un mal qui a pris naiffance dans fon
fein.

Hianifbé alarmée, avec fondement,
de l'horreur fubite, dont Poliarque

& Arcombrote avoient parus frapés ;
ne crut pas devoir laiſſer plus long-
rems enſemble deux perſonnes ſi prêtes
d'éclater. Elle ſe flatoit de pouvoir dans
la ſuite aporter le remede à un mal
dont la cauſe lui étoit alors inconnuë.
S'adreſſant auſſi-tôt à Poliarque, ex-
cuſez, grand Roi, la démarche que
j'ai faite, impatiente de m'acquiter
d'un devoir, j'aurai peut-être troublé
votre repos ; ſongez à ménager des
jours dont nous connoiſſons tout le
prix : vous les avez expoſés pour la
tranquillité du Roïaume, elle ne ſera
parfaite, que quand vous ſerez vous-
même en état d'en joüir. Nous allons
prier les Dieux de vous rendre cette
journée auſſi favorable qu'elle devroit
l'être pour nous : ſe tournant enſuite
vers ſon fils, qui avoit encore les yeux
atachés ſur Poliarque, elle lui dit de
la ſuivre. Il obéït, & Poliarque ſe contenta de répondre à la Reine, qu'il
ſouhaitoit que les Dieux qu'elle alloit
implorer, vouluſſent exaucer ſes vœux
& ſes prieres. Hianiſbé ne ſe rendit
point au temple, elle avoit l'eſprit trop
agité. Cette haine déclarée des deux
Princes troubla d'abord toute la Cour ;
ce trouble paſſa juſques dans la ville,

& enfuite parmi les foldats. On s'informoit de la caufe d'une averfion fi
marquée , on croïoit en pénetrer le
motif. Les Seigneurs atachés à Poliarque entroient déja dans fes fentimens ;
ils ne parloient que d'armes & de combats, fans fçavoir encore pourquoi regarder le fils de la Reine comme un
ennemi. Diférens partis, diférentes factions fuccederent à cette heureufe intelligence qui regnoit auparavant dans
la ville. Plufieurs fongeoient à fe fou-
lever , incertains cependant pour qui ils
devoient fe déclarer. Les Gaulois étoient
portés pour leur Roi , mais les Maures
fe trouvoient embaraffés , c'étoit marquer trop d'inconftance que de prendre
les armes contre celui à qui ils avoient
donné , peu de jours auparavant , le
nom de liberateur de la patrie. Il y
avoit auffi beaucoup de foldats, parmi
ceux qu'Arcombrote avoit amenés de
Sicile , qui ne pouvoient fe féparer de
Poliarque. Malgré l'inégalité des deux
partis , les efprits s'échaufoient , &
l'on craignoit déja quelque fedition.

La Reine livrée feule à tant de fujets
d'inquietudes , prenoit tous les tempe-
ramens convenables ; elle parloit à Arcombrote , elle alloit trouver Poliarque.

Se voïant en particulier avec fon fils,
ah! mon cher Hiempfal, lui dit-elle,
je me regardois, à votre arrivée, comme
une mere heureufe, qui poffedoit en même tems deux fils, qu'elle aime avec
une égale tendreffe; mais la fureur dont
vous avez parus l'un & l'autre animés,
va caufer ma perte, & peut-être celle
de la Gaule & de la Mauritanie. Quelle
émotion dans cette premiere entrevûë!
De quel œil vous êtes-vous regardés!
Votre colere alloit éclater! Je n'exige
point que vous m'informiez des raifons
de cette animofité, ni qui peut avoir le
tort de vous deux; je vous conjure feulement par les Dieux du païs, ou (fi
vous ceffez de les cherir, parce que c'eft
à Poliarque que nous en devons la confervation) je vous conjure par ceux
que vous adorâtes en partant de Sicile,
& par votre Argénis, de moderer ces
tranfports, jufqu'à ce que vous foïez inftruit de tout ce qu'une mere fe propofe de vous dire. Ne renoncez point encore à votre haine, j'y confens, mais
differez-en les effets : j'efpere vous
reconcilier. Si vous voulez abfolument
vous venger, faites le du moins d'une
maniere qui s'acorde avec votre honneur, & fongez qu'il faut auparavant

étouffer dans votre cœur les justes sentimens de la plus parfaite reconnoissance.

Elle profera ces dernieres paroles
avec un air mêlé de majesté & de crainte, qui laissoit à douter si c'étoit un
ordre ou une priere. On vint dans ce moment l'avertir que Poliarque se disposoit
à partir. La vûë de son rival l'avoit si
fort emû, que le palais de la Reine é-
toit pour lui une demeure insuporta-
ble ; il craignoit, s'il y faisoit un plus
long sejour, d'y être exposé à quelque
insulte de la part d'Arcombrote, peut-
être même de celle d'Hianisbé. Tout
lui devenoit suspect ; ce qui augmentoit
encore sa défiance étoit le conseil que
ne cessoient de lui donner les Seigneurs
de sa Cour, de pourvoir à sa sûreté. Il
donna ordre sur le champ que plusieurs
compagnies eussent à se trouver autour
du palais, quand il en sortiroit, & que
le reste de ses troupes allât camper dans
quelque endroit qui ne fût pas éloigné
de ses vaisseaux, comptant les y joindre
avant la nuit. Cependant pour ne manquer à rien de ce qu'il devoit à la Reine,
qui avoit eu pour lui toutes les atentions possibles, il envoïa un de ses premiers officiers, pour la remercier de

la reception qu'elle lui avoit faite, &
de tous les soins qu'elle avoit bien voulu se donner pendant sa maladie. L'officier avoit ordre de dire que le Roi la
sçachant occupée du plaisir de revoir un
fils qu'elle avoit atendu avec impatience, il n'avoit osé se presenter lui-même : que la situation de ses affaires ne
lui permetant pas de demeurer plus
long-tems dans le palais, il la prioit
de trouver bon qu'il en sortît : qu'il
comptoit cependant avoir l'honneur de
la voir, avant que de s'embarquer, &
la remercier de toutes les marques d'a-
mitié, dont elle avoit bien voulu l'honorer. Hianisbé n'eut pas plûtôt apris
cette nouvelle, qu'elle s'abandonna à
toute la douleur que devoit lui causer
le départ precipité d'un Prince plus recommandable encore par son merite &
par ses vertus, que par son titre & par
sa naissance ; à qui d'ailleurs elle avoi
les obligations les plus essentielles. Poliarque partoit d'Afrique ou comme
ennemi ou comme s'il y en eût eu à
éviter. Que fera-t-elle ? Au quel des
deux s'adresser ? En faveur de qui se déclarer ? La qualité de mere lui donnoi
des droits sur son fils, il ne pouvoit se
refuser à ses prieres. Elle s'adresse à

ui, le previent en ces termes. Prometez-moi, mon fils, de demeurer ici juf-
u'à ce que je revienne, je vous rejoin-
rai bien-tôt, promettez le moi, je vous
en conjure par tout le pouvoir que la
ature me donne fur vous. Arcombro-
e promit à fa mere ce qu'elle voulut.
lle fe rendit dans l'inftant auprès de Po-
arque, qui étoit déja forti du palais, &
ui alloit monter à cheval (car quoiqu'il
ne fût pas encore parfaitement remis de
es bleffures, il ne voulut point fe fer-
er de litiere; Arcombrote auroit pû
oire que c'eût été un pretexte, pour
ufer le combat) Hianifbé le regar-
a d'abrod avec cet air trifte & languif-
ant, qui convient fi bien à une inno-
ente affligée, & le retenant par fon
anteau : ah ! Poliarque, lui dit-elle, je
ous fuplie par tant d'obligations que
ous vous avons déja, de me permettre
y joindre encore celle de vous entre-
nir en particulier avant cette cruelle
paration, qui ne marque que trop votre
fiance. Poliarque étoit trop genereux
our refuser une grace qu'on lui de-
andoit d'une maniere fi touchante. Il
ntra dans le palais, & fe retira dans
n endroit fecret avec la Reine. N'y
ouvant être entendus de perfonnes,

elle lui dit les yeux baignés de larme
Les Dieux me font témoins, que c
n'a été par aucune mauvaife intentio
que je vous ai préfenté celui dont l
feule vûë vous détermine à partir. Fau
il qu'il foit venu ici, pour y être peut
être la fource de mille malheurs plu
funeftes encore que ceux que j'avois
craindre de la part de Radirobane.
le droit d'une mere s'étendoit jufqu
fur les volontés d'un fils, vous le ve
riez, grand Roi, à préfent devant vo
plus humilié... En difant ces dernier
paroles, elle s'étoit profternée aux pie
de Poliarque, qui ne put l'en empêche
les fanglots & les larmes qui vinrent e
abondance lui ôterent l'ufage de la p
role. Poliarque qui l'honoroit comn
fa mere, la releva en fe plaignant qu'un
atitude fi humble, & qui convenoit
peu à une Reine, n'étoit pas pour l
une moindre infulte, que celle qu'il v
noit de recevoir du fils. En quoi vo
a t'il donc offenfé, reprit la Reine
Sur quelles terres les deftins vous on
ils d'abord fait rencontrer, pour vo
raffembler aujourd'hui dans un païs, q
peut-être helas ! va devenir le théat
d'une guerre fanglante ? Ne puis-
aprendre de vous le fujet qui vous a

n

ne ? Mon fils refufe de me le dire, voulez
vous, par ce filence obftiné, être auffi la
caufe de ma mort ? Je périrai, & pour
dernier malheur, j'ignorerai de quel
coup j'aurai été frapée. Ne fortez point
d'ici, je vous en conjure, demeurez avec
nous, jufqu'a ce que nous aïons vû fi le
mal eft fans remede. Le tems peut
adoucir les efprits les plus aigris, & une
haine qui s'entretient dans le fecret,
peuvent fe diffipe, par l'aveu de ce qui
la caufée. Si vous & mon fils ne pouvez
demeurer enfemble, il fe retirera. Vous
défiez vous de moi ? Rempliffez-le palais de perfonnes qui ne vous foient point
fufpectes, qu'on n'y voïe d'autres foldats fous les armes que les Gaulois. Si
vous perfiftez dans le cruel deffein de
nous quiter, & que vous vouliez abfolument abandonner une Princeffe malheureufe, foïez fûr qu'à l'inftant je fais
partir mon fils. Quelle aparence qu'il
occupât un palais, fur lequel ce fang
précieux, que vous avez prodigué pour
nous, vous donne les premiers droits !
auriez-vous deffeinde vous battre? Ah !
fongez que vous n'étes pas encore remis
es bleffures que vous avez reçuës pour
votre défenfe. Si cette haine ne peut
enfin s'affouvir que dans le fang de l'un

ou de l'autre, je fuivrai celui qui en aura
malheureufement été la victime, il ne
reftera rien de moi que ces mêmes furies qui m'auront agitée, & qui devien-
dront, après ma mort, le prix du vainqueur.

Elle verfa encore beaucoup de larmes
& avec un air de confiance, elle voulut
ôter au Roi fon manteau. Sur ce qu'il
ne répondoit rien, elle interprêta ce
filence en fa faveur, & le regardant
comme un confentement, elle remer-
cia Poliarque d'une grace qu'il n'avoit
point encore accordée. Ce Prince fe
rendit enfin aux prieres réïterées de la
Reine ; je croïois, dit-il, Madame,
que ce départ, que vous me priez avec
tant d'inftances de remetre, devoit vous
être agréable. Vous fçavez que deux
perfonnes animées ne font pas toûjours
maîtreffes de retenir leur colere, fur-
tout quand elles font fouvent dans
l'occafion de fe voir. J'avois pris le
parti de quiter ce palais, de crainte
qu'il ne s'y paffât quelque chofe qui
pût vous déplaire : cependant, fi vous
l'exigez, je demeurerai ici encore deux
jours, afin qu'on croïe que c'eft la neceffité de mes afaires, plûtôt qu'une
animofité entre Arcombrote & moi.

qui m'oblige à partir : mais je vous
demande une grace , évitez durant ce
tems de nous faire rencontrer. Au reste
ne croïez pas , Madame , que cette
inimitié soit capable d'alterer en rien
les sentimens de respect & de reconnoissance que je vous dois , je les con-
serverai toute ma vie ; mais vous ne
pourrez jamais me déterminer à aimer
Sircombrote, comme il ne poura m'empêcher , quelque chose qu'il fasse , de
vous rendre ce qui vous est dû. Je me
flatte , reprit Hianisbé , que ce terme
suffira pour vous reconcilier , & pour
prévenir un malheur qu'une aveugle
passion alloit nous atirer. Elle fit aussi-
tôt aprocher les Gaulois qui devoient
accompagner Poliarque : eh bien , leur
dit-elle en souriant , faut-il que j'aïe
plus d'atention que vous , pour la santé
de votre Roi ? Ses blessures ne font
pas refermées , & vous le laissiez partir ? Vous souffriez qu'il entreprît un
voïage qui le metoit en danger ; j'ai
retenu ce que vous ne songiez pas
même à demander. Les soldats Gaulois
furent contremandés , & la joïe suc-
céda bien-tôt au trouble qui s'étoit
répandu dans la ville : car comme la
renommée peu fidéle augmente toûjours

ce qu'elle publie , on difoit déja qu
les Princes étoient reconciliés , & qu
l'amitié avoit enfin repris la place de
haine qu'ils fe portoient. Les Maures
les Gaulois qui n'avoient été divif
que malgré eux , furent fenfibles à cett
heureufe nouvelle , & la Reine aten
tive à ce qu'elle avoit promis , donr
ordre fur le champ , qu'il n'y eût qu
les Gaulois en armes dans le palais.

Hianifbé avoit fait beaucoup de fu
pendre les effets de ces premiers tran
ports , elle fongea aux moïens d'en d
truire entierement la caufe : mais
quel remede fe fervir contre un m
dont elle ignoroit le principe ? Une o
cafion favorable la tira d'inquietud
Timonide qui avoit accompagné A
combrote , en qualité d'ambaffadeur
Roi de Sicile , étoit demeuré fur fo
vaiffeau , pour faire féparement fon e
trée , & maintenir par là la dignité
fon maître. Il étoit déja prévenu fu
le trouble qu'avoit caufé à la Cour l'a
rivée d'Arcombrote. Quelques Sicilie
qui avoient fuivi ce Prince , étoient v
nus l'avertir, que c'étoit ce même Po
liarque qu'ils avoient vû en Sicile , q
étoit Roi de Gaule : qu'il étoit mal
de chez la Reine Hianifbé , & que da

premiere entrevûë, les deux Princes
avoient pû diſſimuler leurs ſentimens
haine & de vengeance. Ils ajoûterent
l'Arſidas étoit avec Poliarque. Ces nouvelles le ſurprirent. Timonide étoit lié
amitié avec Poliarque, ce fut même
li que choiſit Meleandre pour lui porter
braſſelet qu'Eriſtene empoiſonna. Il
prenoit avec plaiſir que Poliarque fût
Roi de Gaule, & que ce Prince ſe trouvât
dans une Cour où il étoit lui même en-
vié : mais il ne pouvoit comprendre comment Arſidas s'y étoit en même tems rencontré. Il crut dès lors entrevoir le ſujet
de la colere des deux Princes, & qu'elle
provenoit de l'amour qu'ils reſſentoient
pour Argénis ; car ce qu'on avoit d'a-
bord caché avec tant de ſoin étoit devenu public, & on n'ignoroit plus dans la
Sicile les calomnies atroces dont Radi-
rabane avoit voulu noircir la Princeſſe,
& les raiſons de la mort violente de Seleniſſe. Timonide réflechit ſur le parti qu'il avoit à prendre. Demeurer neu-
tre en conſequence du titre dont il étoit
revêtu, c'étoit déſobliger également les
deux Princes rivaux, & il prévoïoit qu'il
auroit dans le vainqueur un ennemi déclaré. ſon ancienne amitié avec Poliarque, les ſentimens d'Argénis pour ce

Prince, & qui lui étoient fi connus, le dé-
terminoient à fe déclarer pour lui ; mai
l'idée de fon devoir, la confiance qu
le Roi lui avoit témoignée dans le choi
qu'il avoit fait de fa perfonne, parloien
en faveurd'Arcombrote. Incertain encor
fur ce qu'il devoit faire ; il envoïa aver
tir la Reine de fon arrivée. Il vouloi
s'inftruire à fond de tout ce qui s'étoi
paffé, pour en écrire à Meleandre. L
Reine accablée de chagrin & d'inquie
tudes, fentit renaître fes efpérances
l'arrivée de Timonide, & crut pouvoi
découvrir par fon moïen le fujet de l
haine des deux Princes. Impatiente ell
voulut l'entretenir dans le momen
qu'il parut. Après s'être informée de
nouvelles du Roi de Sicile, elle lu
rendit un compte exact de la premier
entrevûë de Poliarque & d'Arcombro
te, de l'animofité qu'ils avoient fai
paroître, & fe plaignit de ne pouvoi
en arrêter le cours, ne fçachant à quo
l'atribuer. Timonide ne crut pas devoi
faire miftere d'une chofe qui n'étoi
plus fecrete, & qui ne pouvoit bleffe
l'honneur ni de l'un ni de l'autre. I
lui dit que Poliarque, pendant quel
que tems, avoit paru comme fimpl
particulier à la Cour de Sicile ; qu'a

oureux d'Argénis , il s'étoit flaté de
obtenir en mariage, mais que depuis elle
voit été promise à Arcombrote : qu'il
ne falloit plus s'étonner si des personnes avec les mêmes prétentions , &
lui connoissoient tout le prix de l'objet de leurs vœux, avoient paruës animées d'une si vive colere , dans une
premiere occasion de se voir. Cette
nouvelle rassûra la Reine , elle eut même de la peine à cacher devant Timonide toute l'impression qu'elle lui fit.
L'ambassadeur doutoit encore s'il pouvoit salüer Poliarque sans offenser Ar-
ombrote , la Reine le prévint, & l'assûra que cette démarche ne seroit poing
desagréable à son fils.

Timonide s'étant retiré , la Reine
s'occupa des mesures qu'elle avoit à
prendre pour l'execution d'un grand
dessein. Elle sçavoit que tout le sort de
cette querelle dépendoit d'elle uniquement : une espérance certaine succeda
ses premieres fraïeurs , elle paroissoit
braver les coups de la fortune. Elle se
mit en ce moment que dans la priere
qu'elle fit à Poliarque de lui accorder
un secours contre les Sardes , ce Prince
voit demandé , & même avec émotion ,
Argénis n'avoit point épousé Radi-

robane ; cette circonſtance avoit dû raꞩ
port avec ce que venoit de lui dire Timonide. Elle ſe propoſa , ſi les Princes vouloient y conſentir , de les envoïer tous deux en Sicile , remetant à
Meleandre le ſoin de terminer leurs
diſputes. Que ſi trop aigris, ils vouloient
prendre les armes , elle ſe flatoit d'avoir
de quoi les deſarmer dans l'inſtant , &
changer leur fureur en une paix ſolide.
Elle va donc trouver ſon fils , & comme
ſi elle eût été déja inſtruite par Poliarque du ſujet de leur diſſention ; votre
ſilence , mon fils , lui dit-elle d'un ton
plus aſſûré que dans la premiere occaſion , a dû m'offenſer : pourquoi m'a-
voir tû un ſecret qui ne vous deshono-
re point ? Etoit-ce à votre rival à m'en
informer ? Vous aimez tous deux Argénis , l'amour dans de jeunes cœurs
cauſe de grands ravages , & devient
ſouvent la ſource des haines les plus
implacables. Argénis , ſur le raport
qu'on m'en a fait , eſt une Princeſſe à
qui la nature n'a rien refuſé de tout ce
qui peut rendre une perſonne accomplie , elle eſt l'heritiere de Sicile. Ma
peine eſt de voir que Poliarque ni vous ,
ne vouliez rien céder de vos prétentions. Je ne blâme point des ſentimens

qui ne peuvent que vous faire honneur, & je dois remercier les Dieux,
puisque ce mal n'est pas sans remede;
je ferai ce que vous ne croïez pas même être en leur pouvoir. Je conduirai
les choses de maniere que vous aurez
sujet l'un & l'autre d'être contens; vous
serez amis, vous aimerez tous deux
Argénis, & vous en serez tous deux
aimés. Vous sçavez, mon fils, que je
m'oposai au mariage que vous me man-
diez être sur le point d'être conclu;
je vous fis réponse qu'il étoit essentiel
que je vous visse auparavant : vous
m'avez obéï, vous connoîtrez que ce
n'étoit pas sans fondement que j'exi-
geois de vous cette marque d'atention;
mais il faut que je sois informée de
quelques circonstances plus particulieres. Dites la verité, & que le titre de
rival céde à celui de fils. Quel empêchement a mis Poliarque à un mariage
pour lequel on n'atendoit plus que
mon consentement? Ne me cachez rien,
il vous importe que je sois éclaircie de
tout. Arcombrote se trouvoit embar-
rassé, il n'osoit avoüer qu'Argénis aimoit son rival. Il répondit que Poliarque à la verité ne metoit aucun empêchement à son mariage, mais que les

difcours importuns dont ce Prince fa-
tiguoit Argénis, & qui pouvoient aifément faire impreſſion ſur un eſprit
facile, & incapable de détours, ne lui
plaifoient pas. Si par ce moïen, dit la
Reine avec un peu de malice, il dé-
tournoit le cœur de la Princeſſe, ne
feroit-ce pas empêcher votre mariage ?
Quelque obſtacle qu'il s'y rencontrât,
reprit Arcombrote d'un ton plus animé ;
Meleandre qui ſouhaite cette aliance
peut-être autant que moi-même, ſçauroit bien l'y contraindre. Il entra enfuite dans le détail de la fuite de Poliarque hors de la Sicile, de la guerre
de Licogene, & de la victoire qu'il
avoit lui-même remportée ſur ce rebelle.
Hianiſbé, dans tout ce recit que ſon fils
ſçut tourner à ſon avantage, crut entrevoir qu'il étoit plus aimé de Meleandre, mais que Poliarque avoit le
cœur d'Argénis.

Elle ſoupa avec Arcombrote, &
parut, durant le repas, plus tranquille
qu'auparavant. Croïant en avoir aſſez
apris pour ce ſoir, elle alla le lendemain trouver Poliarque, préparée non
ſeulement ſur ce qu'elle avoit à lui
dire, mais encore l'idée remplie des
moïens que le repos de la nuit lui avoit

fuggerés pour l'execution de fon projet.
Après les premieres honnêtetés, elle
le pria de faire retirer tout le monde,
pour pouvoir l'entretenir en liberté.
J'étois, lui dit-elle, dans une extrême
furprife de voir entre vous & mon fils
une animofité prefque infurmontable,
mais j'aprends que cette haine ne vient
que d'une paffion excufable fans doute,
puifque c'eft Argénis qui en eft l'objet.
Si cela eft, je vous donne ma parole
de travailler pour l'un & pour l'autre,
perfonne que moi ne peut aporter de
remede à un mal qui a jeté de fi profondes racines. Pourquoi ces plaintes
& ces conteftations ? L'afaire eft encore dans fon entier. Argénis n'a donné fa foi ni fa main à perfonne. Je
veux faire votre bonheur, vous ferez
victorieux fans combatre, & j'aurai
bien tôt la confolation de voir mon fils
& vous étroitement unis. Ce que j'a-
vance vous furprend, mais ne craignez
rien, je vous préfente la main pour
gage de la parole que je vous donne.
Poliarque qui ne comprenoit rien à ce
difcours, pria la Reine de lui déve-
loper le fens de cette enigme, ou de
ne lui plus parler d'Argénis. Ce que
je vais ajoûter, reprit la Reine, vous

furprendra bien davantage. Je veux
vous metre en poffeffion d'Argénis ,
fans pour cela l'enlever à mon fils. Mais
le deftin ne permet pas encore qu'on
fe ferve du remede , ni même qu'on
vous le déclare. Il faut que vous alliez
l'un & l'autre en Sicile , & que vous
préfentiez à Meleandre les lettres que
je dois vous confier. Vous ceflerez pour
lors de vous haïr , & de vous plaindre
de l'amour. Poliarque crut que la Reine fe troubloit , quand elle commanda
qu'on dreffât un autel , & qu'on apor-
tât les Dieux Penates. Elle fit metre
du feu fur l'autel & y jeta de l'encens ,
tandis qu'il bruloit , & que la fumée
s'en répandoit autour de ces Dieux ,
elle fit ce ferment. Genies qui êtes ici
préfens , Dieux tutelaires de ce palais
& de l'Afrique , fi je ne dis pas la verité , fi le deffein que je me propofe ,
ne tend pas au repos , & au bonheur
de Poliarque , je confens que vous
abandonniez ces lieux , ou plûtôt que
mon fils & moi devenions les victimes
du ferment que j'ofe faire devant vous.
Poliarque fut étonné d'une ceremonie
fi étrange , & dit à la Reine qu'il pouvoit auffi apeller ces mêmes Dieux à
témoins de fon innocence , puifqu'il

avoit donné sa foi à la Princesse, avant
qu'Arcombrote parut en Sicile : que ce
Prince étoit venu le troubler par une
recherche qui ne pouvoit avoir lieu :
que s'apercevant même du peu de retour d'Argénis , il avoit inspiré à Meleandre les sentimens d'un tiran , qui
prétendoit réduire une Princesse libre ,
à la servitude d'un mariage forcé ; ce
qu'il prononça d'un ton à faire croire
que sa colere n'étoit pas apaisée. Je
ne suis point venuë , reprit la Reine
pour renouveller l'idée de vos ressen-
timens, mais pour vous porter à une
paix dont j'espere bien-tôt joüir avec
vous. Je ne vous demande qu'une grace, cher Prince , ne me la refusez pas,
c'est de ne point terminer cette querelle, que vous n'aïez vû auparavant
Meleandre , & qu'il n'ait lû les lettres
que je dois lui écrire. Prometez-moi
une tréve jusques à ce tems , je m'y
engage pour mon fils : ce sera pour
alors , si je vous ai abusés , que livrés
l'un & l'autre à vos justes transports,
vous pourez , sans aucun ménagement,
remplir tout d'horreur & de carnage.

Poliarque demanda le reste du jour
pour se consulter. La Reine alla dans
l'instant rejoindre son fils, pour lui faire

promettre la même chofe. Arcombrote, fur la propofition de fa mere, crut
pareillement qu'elle fe troubloit : mais
il y eût eu trop de dureté à fe refufer
à fes prieres reïterées. L'un & l'autre
fe rendirent à une demande qui tiroit
fi peu à confequence ; ils regarderent
même cette trêve comme avantageufe,
fi, fans en venir aux mains, le differend pouvoit fe terminer par le moïen
d'une lettre à Meleandre ; que fi les
promeffes qu'on leur faifoit, n'avoient
pas leur effet, ils comptoient reprendre
leurs premiers fentimens de vengeance,
fans que la Reine eût à fe plaindre de
celui qui demeureroit le vainqueur.
Hianifbé aïant leur parole, dreffa elle
même ces articles : que Poliarque &
Arcombrote s'engageoient de ne fe
point demander la reparation des injures paffées ; qu'ils entretiendroient une
bonne intelligence entre leurs foldats,
jufqu'a ce qu'ils euffent vû enfemble
Meleandre : qu'ils partiroient pour la
Sicile, auffi-tôt que la fanté de Poliarque lui en laifferoit la liberté. Ces premieres avances faites, Hianifbé eut
beaucoup de peine à gagner fur les
Princes de fe voir. Je ne vous demande cette grace, leur dit-elle, que pou

& ôter toute occasion de difpute entre vos foldats, qui peut-être fe porteroient, & même malgré vous, à quelque fedition, fi vous n'aſſûriez cette trêve par une entrevûë dont ils feront les témoins; mais pourquoi craignez-vous de vous voir? D'où vient cet éloignement entre deux perfonnes que je fçai devoir être bien-tôt liées de la plus étroite amitié? Je confens, s'il arrive le contraire, que les Dieux, pour me punir de la vanité de mes promeſſes, me frapent par l'endroit le plus fenfible, je veux dire que vous reüniſſiez contre moi toute la haine que vous vous portez l'un & l'autre. Non contente de ce qu'elle venoit de repréfenter à Poliarque & à fon fils, elle voulut auffi engager Gelanore & Arfidas par prieres & par préfens, à déterminer leur maître à ce qu'elle propofoit. Elle emploïa auprès de fon fils ceux de la Cour qu'elle fçavoit avoir le plus de crédit fur fon efprit. Aïant enfin ménagé une entrevûë entre les Princes, elle conduifit fon fils chez Poliarque; ils parurent dans le premier abord rêver quelque tems, comme fi le cœur leur eût dicté le contraire de ce que cette démarche fembloit exiger. Ils obferverent au moins devant la Reine

les conditions prescrites ; ils avoient encore quelque répugnance à surmonter,
quoique cette simpathie dont ils avoient
autre fois ressenti les effets dans la maison de Timoclée, semblât vouloir reprendre place dans deux cœurs si opo-
sés, & chasser cette fatale inimitié qui
s'y étoit glissée : mais l'idée d'Argénis,
l'amour propre qui se croit toûjours
offensé dans les premiers avances, ra-
nimoient le désir de se venger.

Il arriva malheureusement dans cette
conjoncture qu'une des plaïes de Poliarque des plus dangereuses, & qui avoit
été négligée, s'enflama; les violentes
douleurs qu'il ressentit, lui causerent la
fiévre. Ce contre-tems ne lui fut pas
moins sensible qu'à Arcombrote, car,
par un des articles du traité, ils devoient partir ensemble pour la Sicile, sans que l'un pût prévenir l'autre.
Ils étoient dans l'impatience, & craignant d'être surpris, ils resolurent d'y
envoïer des personnes de confiance. Arcombrote écrivit à Meleandre & à Argénis ; il ne voulut rien avancer contre
Poliarque, il s'excusoit seulement dans
ses lettres de l'empêchement que sa mere
metoit à son retour. Il jeta les yeux,
pour faire sa commission, sur un nommé

é Boccus , homme qùi lui étoit ata-
né. Poliarque balança d'abord s'il de-
oit écrire à Méleandre , mais il suivit
e conseil d'Arsidas , qui lui fit enten-
re que c'étoit une atention qui lui étoit
uë, au moins comme pere d'Argénis. La
ifficulté étoit de sçavoir s'il convenoit
e charger Arsidas de ces lettres, Melean-
re l'eût peut - être regardé comme
ne personne suspecte, & il étoit à crain-
re que la faveur d'Arcombrote ne fit
op d'impression, & n'achevât d'indis-
oser le Roi contre lui. D'un autre côté
rsidas retournant promtement en
icile, pouvoit s'excuser de la rencon-
e de Poliarque, sur la tempête qui
voit jeté sur les mêmes côtes ; au
eu qu'en faisant un plus long séjour
n Mauritanie, c'étoit donner occasion
e de justes soupçons. Il fut arrêté qu'il
artiroit pour la Sicile, chargé des
ettres de Poliarque. Timonide d'intel-
gence, lui confia aussi les dépêches
u'il adressoit au Roi & à Cleobule,
erchant à concilier ses interêts par-
culiers avec ceux de l'Etat.

On reçut dans ce même tems des let-
es de Sardaigne, qui marquoient que
a guerre y étoit alumée de tous côtés ;
ue ce païs étoit déchiré par les factions

d'Herſicora & de Cornius, neveux de
Radirobane. Arcombrote ſe flata de
vaincre aiſément une nation diviſée, &
qui devoit encore redouter les armes
des Maures, ſi on ne lui donnoit pas le
tems de ſe reconnoître. Craignant donc
que l'oiſiveté ne conſumât une partie
des forces qu'il avoit amenées de Sicile, cherchant d'ailleurs à s'aſſûrer
auprès de ſes ſujets l'honneur d'un ſecond triomphe, puiſqu'il n'avoit point
eu de part au premier, il voulut profiter du tems que lui laiſſoit la maladie
de Poliarque, & mena du côté de la
Sardaigne les troupes que lui avoit données Meleandre, & qu'il augmenta de
ſoldats Maures. Il promit à Poliarque
& à la Reine de n'être qu'un mois
dans ce voïage, ſoit qu'il vainquît,
ou que les deſtins lui fuſſent contraires. Cette parole donnée, il s'embarqua. La fortune ſe declara ſi ouvertement pour lui, qu'il n'avoit qu'à paroître pour vaincre ; à peine même eut-
il une occaſion de donner des preuves
de ſon courage. Aïant trouvé pluſieurs
ports libres & ſans défenſe, il y laiſſa
des garniſons ; il fit enſuite camper
les ſoldats dans la plaine, & ſe contenta d'en prendre quelques uns, pour

s'emparer d'une hauteur, d'où l'on pouvoit découvrir cette Isle si mal saine par
elle-même, mais si fertile en grains. Arcombrote reconnut que ce n'étoit pas sans
raison que les anciens l'avoient apellée
Sandaliote ou Ichnuse, sa figure représen-
tant parfaitement une semelle, ou un pas
marqué. Il s'étoit déja donné deux batail-
les entre les Sardes, ils y avoient perdu leurs plus braves officiers, & leurs
meilleurs soldats. Ces malheureux, en
s'affoiblissant eux-mêmes, avoient
combatu pour des étrangers. Si-tôt qu'ils
virent la montagne couverte de soldats, ils envoïerent promtement reconnoître le nombre des ennemis. Il y
avoit assez proche de là deux forteres-
ses oposées, où se retiroient les deux
princes. Quand ils sçurent que c'étoit
les Maures & les Siciliens qui arrivoient avec une flotte considrable, loin
de prendre le parti naturel dans cette
occasion, qui étoit de sacrifier leurs in-
térêts particuliers pour la cause publique, & de se réünir, pour s'oposer avec
plus d'avantage à un ennemi qui ne
connoissoit pas le païs ; Hersicora qui
avoit perdu la derniere bataille, deses-
perant de vaincre son concurrent, voulut au moins lui enlever le Roïaume,,

& vint fe rendre à Arcombrote avec
le peu de foldats qui lui reftoient : fuite trop ordinaire des guerres civiles
qui étoufent tellement l'amour de la
patrie, qu'on fouhaiteroit plûtôt la voir
entierement détruite , & fubir le joug
d'une domination étrangere , que de
reconnoître pour Souverains ceux que
la nature a fait naître dans le fein du
païs, comme s'il étoit plus avantageux
d'être foumis à des inconnus. Cornius
dont les fentimens répondoient à la
naiffance, voulut faire un dernier effort, il raffembla le peu de troupes
qu'il avoit , & vint fe préfenter au
combat. Il perça jufqu'à fon ennemi,
qui s'étoit livré à Arcombrote , il lui
ôta la vie , & périt lui-même fous la
multitude des Maures qui l'environ-
nerent à l'inftant. C'eft ainfi (funefte
effet de l'ambiton) qu'en fort peu de
tems fut verfé tout le fang qui avoit
donné lieu à ces guerres inteftines. Le
courage que fit paroître Arcombrote
dans ce combat, acheva de jeter l'é-
pouvante parmi les Sardes. Ceux qui
échaperent à la mort, prirent la fuite.
Arcombrote profita de cette deroute ,
& fit avancer fon armée du côté des
principales places , qui fe rendirent

presque sans combatre. Calaris fit plus de resistance, les habitans se présenterent en grand nombre pour en défendre les dehors : mais Arcombrote les força de rentrer dans la ville, & le jour suivant ils capitulerent. La mort qui avoit enlevé Virtigane lui avoit épargné le chagrin d'être témoin de ces derniers malheurs. Il s'en trouva plusieurs, qui, ne pouvant se soumetre à un étranger, aimerent mieux se retirer dans les petites Isles qui séparent la Sardaigne de la Corse, où voïant qu'on les poursuivoit encore, ils se retirerent sur les montagnes oposées de la Ligurie.

Les Sardes ne douterent point que la mort des deux Princes, & la ruine entiere du païs ne fussent une suite de la colere des Dieux qui punissoient Radirobane, même après sa mort, d'avoir profané le temple de Jupiter le celeste. Ce temple étoit éloigné de dix milles de Calaris, les Sardes y avoient toûjours eu beaucoup de devotion. Il renfermoit quantité de richesses, on y gardoit entre autres une image du Dieu, qui étoit d'or, présent considerable des anciens Rois de Sardaigne. Radirobane, sous un faux pretexte d'emprunt, lors-

qu'il alla en Afrique, avoit pillé ce temple, & en avoit même traité les Prêtres
avec beaucoup de dureté. Plufieurs crurent dès ce moment entrevoir une partie
des malheurs aufquels ce Roïaume
fut dans la fuite expofé. Cette propha-
nation du temple, l'inhumanité qu'on
exerça envers des hommes dont la vie
étoit irreprochable, & que le peuple
fe faifoit un point d'honneur de ref-
pecter, en firent craindre les fuites.
Arcombrote prévenu fur le facrilege de
Radirobane, eut la curiofité de voir ce
temple; peut-être aufli vouloit-il fe
gagner l'affection des Sardes, en faifant paroître pour leurs Dieux plus de
zele que n'en avoit témoigné Radirobane. Le lieu où ce temple étoit bâti
lui imprima d'abord une fainte horreur,
il fentit croître un fentiment de refpect, à mefure qu'il en aprochoit. Le
chemin qui y conduifoit étoit au pied
d'une montagne, entre plufieurs rochers; à peine étoit-on fur la hauteur,
qu'on découvroit un grand taillis qu'un
profond filence, & un air fimple &
ruftique rendoient plus agréable. De
là on apercevoit un portique élevé
qui ne recevoit la lumiere que d'en
haut, & laiffoit à ce lieu l'obfcurité

qui sembloit lui convenir. Arcombrote étant arrivé aux portes du temple, s'arrêta à la lecture de quelques vers, qu'on avoit gravés sur une piece de bois, & exposés de maniere qu'il étoit difficile de ne les pas voir en entrant.

L'or, l'azur ne font point l'ornement de ces lieux :

On n'y voit point briller de meubles précieux :

Tous ces mêts préparés avec delicatesse,

Que le mortel ne doit qu'au luxe, à la mollesse ;

D'importuns serviteurs le cortege nombreux ;

Les besoins qu'on se fait n'excitent point nos vœux.

Les sons effeminés d'une tendre musique,

Le sordide interêt, la vaine politique,

Les apas seduisans des fausses voluptés

Sont bannis pour jamais de ces bois écartés.

Tous n'avons de plaisirs, que ceux que la nature

Semble encore permetre à cette vie obscure.

Par de legers repas à peine soutenus,

Dans ces âpres rochers nous vivons inconnus,

On y suit sans murmure un ordre qu'on revere,

Nous refusons au corps le repos neceßaire :

aux rigueurs des saisons tous les jours exposés,

Soumis aux durs travaux qui nous font im-
posés,

Nous éprouvons la mort chaque instant de la
vie ,

Mais du moins à l'abri de la cruelle envie,

De l'affreux déseſpoir, des chagrins , des re-
mords ,

Nos cœurs font satisfaits sous ces tristes de-
hors.

Notre esprit embraſé d'une flame divine,

Raporte à ses auteurs sa celeste origine,

Les Dieux en font l'objet, & loüant notre sort,

Ennemis des plaisirs , nous craignons moins la
mort.

Arcombrote , après cette lecture ,
avança dans le vestibule où étoient
deux autels fort simples , & qui avoient
chacun leur image. Elles n'étoient que
be bois ; l'une repréſentoit la Prudence ,

...ce , & tenoit dans ſa main des ſerpens, qui ſe bouchant les oreilles de leurs queües, ſembloient ſe défendre des charmes magiques. L'autre repréſentoit la Force, ce qui étoit exprimé par la colonne qu'elle tenoit. Le Prince s'informa des deux Prêtres, qui prévenus ſur ſon arrivée, étoient venus au-devant de lui, ce que ſignifioient ces autels, & les figures qu'on y voïoit. Il apprit que ces images de la Force & de la Prudence avoient été placées dans cet endroit, pour faire connoître à ceux qui vouloient prendre un engagement dans leur maiſon les diſpoſitions qu'ils devoient y aporter : que les mouvemens trop promts & inconſiderés n'étoient point agréables aux Dieux, qui demandoient un eſprit mûr, pour prendre une ſage réſolution, & un véritable courage pour la ſoutenir : que ces images n'étoient que de bois, pour mieux repréſenter l'humilité que les Dieux exigent de nous, n'étant eux-mêmes repréſentés que ſous la forme d'une matiere ſi vile & ſi commune. Armombrote s'arrêta quelque tems à conſiderer ces Prêtres dont l'habit groſſier ſembloit répondre à une philoſophie ſi élevée ; & remarquant qu'ils avoient

Tome III. D d

le vifage extenué , & que leurs yeux
accoutumés à la contemplation des
mouvemens celeftes , avoient de la peine
à foutenir dans fa perfonne l'éclat de
la pompe roïale, il leur demanda , en
faifant le tour du veftibule , de qui ou
des Dieux ou des hommes , ils tenoient
leur maniere de vivre. C'eft , répondit l'un d'eux en fouriant , le feul defir
d'être heureux ; c'eft cette même feli-
cité qu'on cherche auffi dans le monde,
mais par des voïes tout opofées , qui
nous a prefcrit les regles que nous
fuivons. Vous croïez trouver votre bonheur parmi les richeffes , pour nous ,
en les fuïant, nous éprouvons les plaifirs les plus folides ? Il en coute à chacun dans fon état ; à vous , pour arriver à des grandeurs imaginaires , à
nous , pour reprimer ces defirs infatiables. Ainfi les Dieux nous ont donné
l'humilité en partage , à vous les chagrins & les inquietudes , aux uns &
aux autres la peine & le travail.

La liberté de cet aimable vieillard
plut fi fort à Arcombrote, qu'il fe fentit
porté d'inclination pour le genie qui pré-
fidoit dans cette retraite. Les autres
Prêtres avoient eu le tems de s'affembler autour du Prince, & le conduifi-

rent dans le temple. Quand Arcombrote fut proche de l'autel, il s'y
prosterna pour présenter ses vœux à
Jupiter. Il n'étoit permis qu'aux Prêtres d'y faire les ceremonies. Leurs
ornemens étoient auparavant d'or &
de soïe, mais Raditobane avoit enlevé
du temple ce qu'il y avoit de richesses.
Cette circonstance fit impression sur
Arcombrote ; je m'engage, leur dit-il,
de réparer ce sacrilege ; je veux vous
faire présent d'une image d'or plus
riche encore que celle que vous aviez,
& accompagner ce don d'ornemens plus
précieux que ceux que vous a enlevés
le Roi de Sardaigne. Ils répondirent
qu'ils lui étoient obligés , qu'ils ne se
regardoient point eux-mêmes , en ac-
ceptant une partie de l'offre qu'il vouloit bien leur faire , puisqu'ils n'aspi-
roient ni après l'or, ni après les richesses , mais qu'ils n'avoient égard qu'à
la prévention du peuple, qui se laisse
volontiers fraper par les aparences ,
& qui, en considerant ces ornemens
précieux , les raporte à la majesté des
Dieux pour qui il a dans la suite plus
de respect : que pour eux ils bornoient
tous leurs désirs à une pauvreté qui
fût suportable : qu'ils n'ignoroient pas

que ces richesses qu'on voit quelquefois
briller dans les temples , font autant
d'occasions pour irriter la cupidité des im-
pies, & que Radirobane n'eût pas com-
mis ce sacrilege , si la liberalité de ses
Predecesseurs n'eût , pour ainsi dire,
tendu ce piege à son avarice : qu'ils
croïoient qu'il seroit plus à propos de
convertir cette somme en des ornemens qu'on ne peut enlever , ou qui
deviennent inutiles , après avoir été
pillés , que de l'emploïer en une statuë
d'un métail, dont l'éclat & le prix excitent à entreprendre un crime , qui
est de quelque profit à celui qui le
commet. De-là il fut conduit dans les
jardins, & ensuite dans plusieurs chambres. Tout y étoit simple , les meubles
n'avoient rien que de commun , mais
tout y étoit si propre , qu'en recon-
noissant des hommes qui dédaignoient
le superflu , on étoit obligé d'avoüer
qu'il regnoit parmi eux un arrangement oposé à cette molle nonchalance
qui laisse tout à l'abandon.

Arcombrote aïant vû toute la maison, & remarqué avec plaisir que l'on
y pratiquoit les exercices de la plus
austere vertu, voulut sçavoir en quoi
consistoit principalement la regle & la

manière de vivre de ces hommes retirés. Il s'adreſſa pour cela à un prêtre
auſſi venerable par ſon air diſtingué,
que par ſon grand âge. Il eſt inutile,
dit ce vieillard, que je vous entretienne
ici de l'avantage que nous retirons du
détachement de ce que les autres hommes priſent ſi fort. Il ſemble que vôtre
deſſein ſoit plûtôt d'aprendre ce que
nous faiſons, & comment nous nous
conduiſons dans cette retraite, que le
ſujet pour lequel nous y ſommes venus.
D'ailleurs tout ce que je pourois vous
dire repréſenteroit imparfaitement le
bonheur ataché à cette vie ſolitaire ; les
Dieux ſe ſont reſervé le droit d'en faire
connoître les douceurs à ceux qu'ils y
y ont apellés. Je vous dirai cependant que le ſeul but que nous nous pro-
poſons, eſt de meriter ce que les Dieux
n'acordent qu'à ceux qui leur ſont agréables. Le moïen qui nous paroît le plus
ſûr, c'eſt d'être toûjours en guerre contre les vices & les voluptés. Dans le
monde on écoute ſon ambition, on cherche à s'élever au deſſus des autres ; pour
nous, nous fuïons le faſte, & tâchons
de ſoûmetre nos eſprits. Nous établiſ-
ſons tous les ans un ſuperieur qui a
le droit de nous commander. Le ca-

price ni les brigues n'ont point de part
à cette élection. Ce pofte devient une
charge pefante pour celui, qui privé du
commun repos, eft prépofé pour gou-
verner cette maifon ; il ne l'accepte
même que fur l'efpérance de fe retrouver, l'année expirée, dans un rang qu'il
n'a quité qu'avec peine. Nous fommes fi
foumis à fes ordres, qu'on diroit que fon
premier foin eft d'étudier nos humeurs,
pour ne nous propofer que ce qu'il fçait
devoir nous faire plaifir. Une atention
que nous avons, eft que fi par hafard il
arrivoit que quelqu'un, par un refte de
foiblefle humaine, dont on ne fe défait jamais entierement, s'écartât du
refpect qu'il lui doit, foit parce que le
fuperieur abufant de fon autorité, exi-
geroit des chofes trop difficiles, ou
qu'un particulier d'un caractere plus
vif & moins docile, refuferoit de faire
ce qu'on lui auroit commandé, ces
contrarietés ne fortent point de la maifon. La tranquillité que nous cherchons
feroit perduë, fi pour concilier les efprits, il falloit avoir recours à des ju-
ges, & à des arbitres étrangers. C'eft
en fuivant cette regle d'obéïflance aveugle que nous entretenons cette union
parfaite, & cette liaifon fi douce qui

fait le bonheur des perſonnes qui ont
à vivre enſemble. Nous nous ſuportons
les uns les autres , nous faiſons notre
poſſible pour ſurmonter l'opoſition que
cauſe naturellement la diverſité des
humeurs & des eſprits ; nous regardons
comme une faute eſſentielle cette re-
pugnance qu'on a quelquefois à aplaudir à ſes ſemblables. Notre vêtement,
comme vous voïez, eſt groſſier ; nous
obſervons une grande frugalité dans
nos repas , & le tems de notre repos
eſt toûjours interrompu par des veilles.
C'eſt ainſi que nous aprenons à nous
vaincre nous-mêmes , à mépriſer les
honneurs qui ſont ordinairement le
principal objet des perſonnes engagées
dans le monde ; & qu'enfin , maîtres de
nos ſens , nous ne craignons point la
perte de ces voluptés inconſtantes &
paſſageres , dont volontairement nous
ignorons les douceurs. Quoique ſobres ,
nous cherchons encore des exercices
pour le corps , convaincus que l'oiſiveté , en énervant les forces que les
Dieux n'ont données aux hommes que
pour s'en ſervir , devient la ſource de
toute ſorte de vices ; chacun de nous
emploïe au travail qui lui eſt preſcrit ,
le tems qui lui reſte , après avoir fait

ſes prieres, dans le temple. Ceux dans
qui l'on reconnoît plus de talens, &
dont les lumieres ſont plus étenduës,
ſont deſtinés à la contemplation des
choſes celeſtes, qu'ils expoſent enſuite, & qu'ils metent, pour ainſi dire,
à la portée de ceux dont les lumieres
ſont plus bornées. Les autres s'adon-
nent aux arts où leur inclination les
porte ; par ce moïen nous avons le
neceſſaire, nous ſommes même en
état d'aſſiſter les étrangers. Ce n'eſt point
un motif de vanité qui m'a fait entrer
dans ce long détail, mon ſeul deſſein
a été d'excuſer une maniere de vivre
qui paroît avoir quelque choſe de ſingulier. Combien de perſonnes en effet,
ſur de ſimples préjugés, condamnent
abſolument toute ſorte de nouveautés,
comme contraires au bien d'un Etat?
Il n'y a pas encore long-tems que nous
avons embraſſé cette forme de vie, &
nous ne l'avons fait que pour ſoutenir par notre auſterité les interêts d'une
religion qui ſembloit s'anéantir.

Une matiere auſſi ſerieuſe avoit peu
de raport avec la vivacité du Prince.
Son imagination le rapelloit à d'autres
idées. Il pria cependant ces Prêtres de
venir le trouver le lendemain à Cala-

ris ; comme s'il eût souhaité aprendre
encore quelques particularités. Puis se
tournant vers ses courtisans, qui étu-
dioient avec atention ses sentimens ,
pour loüer ou condamner avec lui une
vertu si severe , il reprit avec eux ,
pour se delasser , des matieres plus
agréables ; mais la tranquillité de là
nuit lui aïant laissé la liberté de s'occuper du bien public , il fit de serieuses
reflexions , il crut que des hommes
d'une vie si exemplaire seroient d'un
grand secours pour les Maures. Les
Prêtres s'étant rendus à ses ordres , il
leur proposa de lui donner quatre personnes de leur maison , pour instruire
les Africains dans leurs saintes ceremonies : ce qu'ils accorderent volontiers ; on lui en présenta deux jeunes
& deux vieux. Comme on recevoit in-
différemment dans cette retraite des
personnes de tout païs , & qu'il y avoit
à craindre qu'un peuple qui regardoit
encore les Sardes comme ennemis, ne
se prévînt contre des instructions de
leur part , on les choisit tous quatre
strangers , deux Liguriens , & deux
Gaulois.

Arcombrote fit préparer toutes choses pour son départ, il mit des garni-

fons dans les places les plus confiderables , & fit déclarer par un héraut
qu'il avoit conquis la Sardaigne pour
Hianifbé fa mere ; que les Dieux l'a-
voient ainfi permis , afin que la Sardaigne & la Mauritanie réünies fous la
domination d'un feul , ne fuffent plus
expofées à des diférends , qui peut-être
auroient caufé dans la fuite la ruine de
l'un & l'autre empire ; & qu'enfin les
deftins l'avoient rétabli dans un droit
qui lui avoit toûjours apartenu. Il fit
embarquer avec lui les principaux Seigneurs du païs , & eut le vent fi favorable , que le trentiéme jour après
fon départ , il préfenta à fa mere
cette feconde couronne. Poliarque aprit
avec plaifir le fort de la Sardaigne ,
fa feule peine étoit qu'Arcombrote en
eût fait la conquête. Il ignoroit l'avantage qu'il alloit lui-même retirer de la
victoire de fon rival.

Il arriva que parmi les foldats qui
atendoient le Prince fur le port , il y en
eut un qui s'arrêta à confiderer l'habit
des Prêtres qui venoient de débarquer ;
il s'aprocha d'eux dans le deffein de
tourner en ridicule un vêtement qui
lui paroiffoit fi fingulier ; il tint avec
un de fes camarades quelques propos

un peu libres en langage Gaulois. Deux
de ces Prêtres, Gaulois d'origine, en-
tendant parler leur langue, furent furpris de trouver dans un païs fi éloigné
de la Gaule, des perfonnes qui la fçuffent ; le plus âgé tourna la tête, &
regarda le foldat, comme s'il eut entendu ce qu'il difoit, ce qui fit croire
aux autres Gaulois qui étoient préfens,
que ce Prêtre pouvoit être de leur païs.
L'agréable vivacité de fes yeux, jointe
à la blancheur de fon teint, les confirma dans cette idée : d'ailleurs la
fimplicité de l'habit qu'il portoit, laiffoit encore entrevoir une grace qui
eft particuliere à cette nation ; ce que
remarqua atentivement le foldat qui
s'étoit d'abord propofé de rire à leurs
dépends. A peine l'eut-il confideré qu'il
fut comme frapé de la phifionomie de
cet étranger qu'il croïoit avoir autrefois connu. Il le fuivit jufques dans la
ville, & voulant s'affûrer dans fes conjectures, il le falüa en langue Gauloife ; comme il entroit dans la maifon
qui lui étoit deftinée, le Prêtre ne put
fe difpenfer de répondre à cette premiere honnêteté, & lui rendit fon fa-
lut dans la même langue.

Ils fe féparerent, mais le foldat fut

la nuit suivante agité de divers pressen-
timens ; il vouloit éloigner toutes les
pensées qui se présentoient à son imagination, & ne sçavoit à quoi attribuer
l'empressement extraordinaire qu'il
avoit de connoître plus particulierement ce Prêtre. A peine fut-il jour,
qu'il se rendit à la maison où ils s'é-
toient retirés. Il demanda à leur parler, on lui dit qu'ils étoient déja partis
(sous le prétexte d'être moins dissipés,
ils avoient demandé la permission d'aller
dans un temple qui étoit hors de la
ville, & situé au milieu des bois ; ce
qui leur avoit été accordé : mais leur
dessein étoit d'éviter les Gaulois qu'ils
avoient rencontrés en Afrique) ce départ ne fit qu'augmenter l'impatience
du soldat, qui d'un pas précipité les
joignit, avant qu'ils fussent arrivés dans
le temple. Il les salua, comme si cette
rencontre eût été un pur effet du hasard.
Je dois beaucoup à la fortune, ministres
de Jupiter, leur dit-il, je tiens d'elle le
bonheur de cette rencontre, mais quelle
grace n'aurois-je pas à lui rendre, si
comme je l'augure & le desire, vous
étiez de ma patrie. Le Prêtre qui le
jour d'auparavant lui avoit répondu en
langue Gauloise, sentit alors toute sa

ante ; cependant de crainte qu'en diffi-
mulant il ne fortifiât les soupçons du
soldat, qui pouroit peut-être se contenter de quelques paroles , il lui dit,
qu'à la verité il étoit Gaulois, mais
que jeune encore il avoit quité son païs
pour passer chez les étrangers.

La conversation se lia par plusieurs
demande de part & d'autre. Le soldat
cependant consideroit avec atention les
traits de celui à qui il parloit, il crut
y reconnoître une personne qu'il avoit
déja vûë , & même à qui, par devoir,
il avoit porté respect. Outre les traits
du visage , le son de la voix sembloit
le confirmer dans une idée qu'il souhaitoit déja être veritable. Mais quelle
fut sa surprise ! quand lui aïant pris la
main gauche, pour la baiser , il y aperçut une cicatrice. Il ne put se contraindre , grand Roi, s'écria-t-il en jetant
un profond soupir, pourquoi vous être
tenu si long-tems caché? Tous vos sujets étoient-ils coupables , pour les priver par votre absence de toute consolation? Quel habit, & quelle suite pour
un Roi qui devroit être dans tout son
éclat ! Il se prosterna aussi-tôt à ses
genoux, & y versa des larmes en abondance. Le vieillard dit que ce soldat

perdoit l'efprit , & recevant avec une
efpece de mépris cette marque d'atention , il fe tourna d'un air indiférent
vers fes compagnons , qui furent éton-
nés de voir ce foldat toûjours obftiné
à foutenir que c'étoit là fon Roi qu'on
apelloit Aneroëfte ; & qu'enfin , puifque les Dieux lui avoient fait retrouver
ce Prince qu'on cherchoit en vain depuis tant d'années , il avoit refolu de
ne s'en plus féparer. Le Prêtre qui
durant ces conteftations , avoit affecté
un air de furprife , s'aprocha pour lors
de l'oreille du foldat , & lui dît , fi la
memoire ou les yeux ont ceffé par le
tems de vous être fidéles , ou fi trompé
par quelque reffemblance , vous me
prenez pour un autre , vous devriez au
moins être plus refervé , & m'épargner
plus que vous ne faites. Si , comme
vous le prétendez , je fuis votre Roi ,
le premier devoir de fujet que j'exige
de vous , c'eft de vous taire , & de me
fuivre , jufqu'à ce que je puiffe vous
parler en particulier. Précaution inutile ! quoique le foldat fût dans le deffein d'obéïr , plufieurs Gaulois & Africains qui fe trouverent préfens , furpris
d'une avanture auffi extraordinaire ,
voulurent être des premiers à la rendre

publique & se rendirent promtement à
Lixe. Il y avoit parmi les troupes de
Poliarque deux cohortes de la partie
des Alpes où Aneroëste avoit autrefois
regné. Imbuës du bruit qui couroit ,
elles allerent dans leurs premiers transports aussi vifs que peu fondés , répandre cette nouvelle dans la ville & par
tout le camp.

Poliarque étoit pour lors avec Hia-
misbé. Il étoit remis de ses blessures ,
& uniquement occupé de son départ ,
il songeoit à en fixer le jour , quand
Gelanore l'aborda avec un air étonné,
incertain cependant s'il devoit ajoûter
foi à ce qu'il venoit d'aprendre. Je ne
sçai, lui dit-il, quel bruit on fait courir au sujet d'Aneroëste , que ce Prince
est arrivé ici de Sardaigne avec une
partie du butin, & que malgré les vê-
temens grossiers sous lesquels il vouloit
se cacher , il a été reconnu par un soldat. Poliarque saisi d'étonnement , mais
n'osant encore se flater de ce bonheur,
dit, que si ce que venoit de lui raporter
Gelanore , étoit vrai , il honoreroit
comme ses parens les plus chers , ceux
qui lui rendroient Aneroëste : que ce
présent pour lui plus précieux que la vie,
l'engageroit à la plus parfaite recon-

noiſſance envers le vainqueur de la Sardaigne. La Reine fit atention à ces dernieres paroles, & crut dès-lors que les deſtins vouloient lui être favorables, puiſqu'Arcombrote, qui avoit à Poliarque des obligations ſi eſſentielles, étoit aſſés heureux pour trouver dans une victoire de quoi s'en acquiter en partie. Elle reprit un air aſſûré, & ne cherchant qu'à augmenter un plaiſir, auquel ce Prince paroiſſoit déja ſi ſenſible, elle lui demanda qu'elle étoit cette perſonne cherie qu'il avoit tant d'empreſſement de revoir. Poliarque lui raconta en peu de mots comme dès ſon enfance aïant été enlevé par des brigands qui couroient le païs, il fut préſenté au Roi Aneroëſte qui le reçut avec toute la generoſité poſſible, malgré ſon malheur & ſa grande jeuneſſe : que ce Prince l'avoit fait élever à ſa Cour comme un enfant du ſang Roïal : que depuis par le ſort de la guerre, il étoit tombé dans une ſeconde captivité qui avoit duré quelques années, n'aïant pas d'abord été reconnu de ſes parens, & qu'avant que de ſe voir retabli dans les droits de ſa naiſſance, il avoit apris la nouvelle de la mort de ce Prince, qu'on diſoit avoir été tué

tué dans une sédition, avec deux de ses
enfans, dont on avoit trouvé les corps
sur le champ de bataille, sans qu'on
eût pu trouver le sien : que si les Dieux
avoient conservé ses jours, il recon-
noîtroit cette faveur de ce qu'il avoit
de plus cher, & se regarderoit comme
la personne du monde la plus heureuse ; mais que c'étoit trop tôt se flater
sur de si foibles indices : que le soldat
pouvoit s'être trompé : que peut-être
ce Prêtre, à cause de la ressemblance,
s'il en avoit avec Aneroëste, avoit
voulu par une vaine ostentation soutenir ce personnage : qu'il falloit en
approfondir la verité : qu'il avoit dans sa
maison plusieurs personnes qui avoient
été atachées à ce Prince, entre autres
un nommé Crestot son favori le plus
devoüé : qu'il seroit bien aise, puisque sa santé le lui permetoit, d'aller
lui-même dans le temple, où l'on disoit
que ce Prêtre s'étoit retiré.

Hianisbé avoit interêt que cette nouvelle se trouvât veritable ; remplie
d'espérance elle prévenoit Poliarque
d'atendre tout des Dieux & de la Fortune, elle voulut même l'accompagner. On fit venir Crestot qui, pendant
que la Reine & Poliarque se disposoient

Tome III. E e

à fe metre en chemin , eut ordre de
fe rendre au temple le premier , &
d'examiner fi ce qu'on venoit de raporter avoit quelque fondement. Creftor y voïoit trop peu de vrai-femblan-
ce , & cette occafion ne fervit qu'à lui
rapeller la memoire d'un Roi qui l'a-
voit autrefois honoré de fon amitié.
Comme fi on lui eût donné une com-
miffion inutile , il entra prefque fans
deffein dans le bois. Arrivé à la porte
du temple , il jeta les yeux fur ces
Prêtres , qui caufoient encore avec le
foldat Gaulois , & par un fimple motif
de curiofité , envifagea celui qu'on difoit être Aneroëfte. Il ne l'eut pas plûtôt confideré qu'il fentit une violente
agitation par tout le corps, comme il
arrive dans des occafions fubites ; le
gefte de ce Prince , le fon de fa voix ,
& la cicatrice qu'il aperçut à la main
gauche , ne lui laifferent plus lieu de
douter que ce ne fût fon Roi. Il
fe laiffa aller à un tel excès de joïe ,
qu'il n'eut que la force de gagner un
arbre voifin où il demeura quelque
tems fans mouvement. Aneroëfte qui
aperçut Creftor fentit la même émotion. La vûë de cet ancien favori fit
fur lui une vive impreffion ; qu'il ne

fut plus maître de cacher, & qui lui
fit craindre qu'étant à la fin reconnu,
on ne le tirât malgré lui de sa solitude.
Poliarque impatient avoit suivi de
près Crestor, il étoit déja prêt d'entrer
dans le temple avec la Reine, quand
Crestor qui avoit repris ses esprits,
s'aprocha, annonçant par le trouble qui
paroissoit encore sur son visage, une
nouvelle si interessante pour Poliarque.
Enfin, s'écria-t-il, nous avons retrouvé Aneroëste, nous avons recouvré
vous, un pere qui vous a toûjours donné des preuves de la plus tendre amitié, & moi mon ancien Roi : c'est
lui-même, il n'en faut plus douter.
Voulez-vous, Sire, le prévenir & aller au-devant de lui, ou vous l'ame-
nerai-je ? Poliarque, sans s'arrêter davantage, alla dans l'endroit que Crestor lui avoit indiqué. Mais Aneroëste
se proposoit de se jeter dans un petit
sentier au plus fort du bois, où il demeureroit caché pour le reste du jour,
se flatant de se rendre ensuite par les
deserts dans des païs inconnus, où il
pourroit trouver d'autres temples &
d'autres Dieux. Il conjuroit le soldat,
s'il vouloit lui obéïr comme à son Roi,
ou de l'accompagner dans sa fuite, ou

dé tenir ſa retraite cachée par un ſilence inviolable. Le ſoldat ne pouvoit
ſe reſoudre ni à l'un ni à l'autre ; ils
en étoient ſur ces conteſtations, quand
Poliarque déja convaincu que c'étoit
Aneroëſte , arriva. S'étant aproché,
& voïant que le vieillard paroiſſoit
troublé à la vûë de tant de perſonnes,
qui étoient accourues en foule , il feignit de venir pour tout autre ſujet. Je
ſuis ravi , dit-il , que la pieté Gauloiſe
ait lieu chez les étrangers. Pour moi ,
miniſtre des Dieux, je deſire que vous
faſſiez à mon intention des prieres ,
pour me les rendre favorables dans
l'execution d'un projet que je médite.
Venez , je vous prie , avec moi dans
le temple, c'eſt-là où vous m'inſtruirez
des vœux que je dois préſenter, & des
Sacrifices qui leur ſont les plus agréables. Aneroëſte ne put ſe défendre de
ſuivre Poliarque qui lui avoit préſenté
la main. Le temple n'étoit pas grand ,
pluſieurs ſoldats étoient aux portes
pour en défendre l'entrée. Hianiſbé y
étoit déja placée avec les premiers Seigneurs de la Cour ; Poliarque y fit encore entrer environ quarante perſonnes,
& l'on ferma les portes : ce qui ne fit
qu'augmenter la curioſité du peuple

qui y étoit accouru de toutes parts ;
à peine les sentinelles purent-elles l'é-
carter ; mais soit par respect pour Poliarque & Phanisbé, soit à cause de la
nouveauté d'un évenement si singulier,
tout se passa dans les dehors avec tant
de ménagement, que les Princes eurent toute la tranquillité & la liberté
qu'ils pouvoient souhaiter.

Poliarque alloit porter la parole,
quand Micipsa arriva. Il étoit envoié
de la part d'Arcombrote, qui n'étant
pas éloigné du bois, & aiant vû beaucoup de monde assemblé, fit dire que
si Poliarque le permetoit, il seroit témoin de cette entrevûë. Poliarque qui
devoit ce bonheur à la victoire du
Prince, n'en fit pas de difficulté. Si-
tôt qu'il fut entré, Poliarque dit à
Aneroëste. Quel est votre nom de famille ? Et pour quel sujet êtes-vous
passé de la Gaule dans la Sardaigne ?
il fit cette demande d'une maniere un
peu embarassée ; mais Aneroëste qui
avoit eu le tems de reprendre cette
fermeté qui l'avoit d'abord abandonné,
qui voïoit qu'il n'y avoit plus lieu
de feindre, répondit à Poliarque : je
ne sçai à qui je parle, si non que la
purpre dont je vous vois revêtu, mar-

que que vous étes Roi, & qu'il est aisé
de juger à votre maniere de parler,
que vous étes Gaulois. Je me flate
que vous me regardez comme ami,
puisque ceux que j'ai eu moi-même
sur ce pied, sont aujourd'hui auprès de
vous. Je n'ai point oublié Crestor ni
Simplidas qui m'étoient fort atachés.
C'est en cette qualité d'ami, & au nom
des Dieux, que je vous suplie de me
laisser aller où je desire. Que si peut-
être j'ai trop avancé, en me servant
du titre d'ami ; si vous me portez quelque haine, à quel suplice pouvez-vous
me condamner ? Je suis privé de mon
Roïaume, je ne le redemande point ;
je me suis banni moi-même de mes
Etats, pour n'avoir point occasion de
me venger de mes ennemis. Les richesses ne me tentent point, & ceux par
le moïen de qui j'ai été reconnu, peuvent dire jusqu'à quel point j'en suis
détaché. Il ne me reste plus rien de tous
mes titres, je n'en ai pas même conservé le moindre souvenir : qu'aurois-je
donc à aprehender ? Je me suis réduit
dans un état à ne craindre que la colere des Dieux. Au reste, si c'est le
nom d'Aneroeste qui vous trouble, s'il
y va de votre interêt qu'il ne soit pas

inconnu , raſſûrez-vous ; je ne demande qu'à rentrer dans ma ſolitude , & je ceſſe d'être Aneroëſte , à moins qu'on ne me force à dire la verité.

Il n'y eut perſonne dans le temple qui ne fût touché de ce diſcours, pro-ononcé avec une noble modeſtie , ſur tout lorſque Creſtor fit voir la main d'Aneroëſte , où chacun reconnut cette cicatrice qu'il avoit été aiſé de remar-quer , lorſqu'il étoit ſur le trône. Po-ſiarque ſe remetoit tous les traits de ce Prince qu'il avoit vû tant de fois dans ſa jeuneſſe ; il reconnoiſſoit ce même ſon de voix qu'il avoit ſi ſouvent en-tendu ; mais quoique penetré des plus vifs ſentimens de tendreſſe & de re-connoiſſance , il ne voulut pas encore ſe découvrir ; il demanda à Aneroëſte quelles raiſons l'avoient obligé à qui-ter ſes Etats, & pourquoi ſous des ha-bits groſſiers , il cherchoit à ſe cacher aux yeux de tout le monde. Mes ſujets , répondit-il , dont j'aperçois ici quel-ques-uns ne ſçavent que trop tous les malheurs dont j'ai été traverſé. La fu-reur des rebelles m'engagea à prendre les armes, ils oſerent me livrer le com-bat, deux fils que j'avois , & qui étoient à la fleur de leur âge voulurent me

donner dans cette occasion des preuves
de leur zele ; ils combatirent, mais avec
plus de courage que de conduite ; ils
périrent tous deux aux yeux d'un pere
qu'ils cherchoient à défendre. Je les
aurois suivi, mais ce n'étoit pas la volonté des Dieux, qui avoient sur moi
leur dessein. Je pris la fuite, & me ca-
chai dans la forêt prochaine, persuadé
que je ne pouvois plus trouver de sûreté que chez les étrangers, je me
proposois, en suivant les montagnes,
d'aller chez les Liguriens : j'avois fait
aliance avec ces peuples courageux,
ils m'avoient promis leur secours, &
je comptois par leur moïen me voir
bien-tôt rétabli sur le trône qu'une fortune contraire m'obligeoit d'abandonner. Je descendis du côté de la mer
dans le dessein de me rendre dans cette ville fameuse, bâtie par Janus. Je
m'embarquai sur le premier vaisseau,
sans me faire connoître, lorsque les
vents nous jeterent sur les côtes de
Sardaigne. Le vaisseau étoit à l'ancre,
ce qui me laissa la liberté de satisfaire
ma curiosité, & de voir ce temple si
connu, d'où on m'a depuis peu amené. J'y vins offrir mes prieres à Jupiter. Surpris de la beauté de cette
agréa-

la solitude, & de la maniere de vivre
des Prêtres qui l'habitoient, je pris la
resolution de m'y engager, afin que
debarassé de toute inquiétude, je pusse
au moins, après mille traverses, goû-
ter avec les Dieux les douceurs d'un
état plus tranquille. Car enfin, me di-
sois-je, quels charmes auroit pour moi
un Royaume qui fume encore du sang
de mon peuple, & que je ne puis redouter que par celui des sujets qui
m'en étoient arachés? A qui laisserois-je
un sceptre qui m'auroit tant coûté? Et
quelle consolation trouverois-je dans
mon palais, reduit à m'y voir seul, &
privé de ce que j'avois de plus cher au
monde? La nature m'avoit donné deux
enfans, la fortune m'en avoit fait trouver un troisième pour qui j'avois toute
la tendresse d'un pere; je l'avois nommé Scordanes du nom de mon aïeul:
ah! cher enfant, que je me trouverois
heureux, si vous viviez encore! je vous
adopterois volontiers pour mon fils,
vous feriez l'heritier de ma couronne,
vous feriez tout mon bonheur. Mais
helas! la fortune me l'avoit donné, cette
même fortune me l'enleva dans un
combat que j'eus à soutenir contre les
Gaulois. Je sentis vivement cette perte;

elle fut en effet le commencement de tous mes malheurs, depuis ce moment fatal, je n'ai pas eu un jour exemt de chagrin.

Poliarque ne put diférer plus long-tems à donner à Aneroëfte la feule confolation qui lui reftoit, & laiffant couler des larmes qu'il n'étoit plus maître de retenir, il fe jeta à fon col. Il fut quelque tems fans parler, craignant que dans les premiers tranfports de fa joïe, il ne lui échapât quelque paroles peu convenables à la majefté d'un Roi Ah, mon pere, lui dit-il, ou plûtôt mon cher maître, fi Scordanes eft pour vous d'un fi grand prix, le voici, je vous le rends, joüiffez en liberté de ce bonheur, je fuis ce Scordanes tant fouhaité. Ils fe regarderent, & leur yeux fixement atachés l'un fur l'autre, & prefque fans mouvement, exprimoient beaucoup mieux que toutes les paroles ce qui fe paffoit dans le fond de leur cœur. Les Seigneurs qui étoient préfens, n'ofoient, dans leur premiere furprife, proferer une parole, mais ils étoient prêts d'obéïr aux ordres que Poliarque ou Aneroëfte voudroient leur donner. Vous étes ce Scordanes, reprit Aneroëfte, vous étes Roi, & Aneroëfte

a le plaisir de vous revoir ! comment
pourai-je, grands Dieux, reconnoître
la nouvelle faveur que vous daignez
m'accorder aujourd'hui ? J'ajouterai,
dit Poliarque, que vous voïez dans
ce même Scordanes un Prince assez
heureux pour vous avoir vengé, & en
même tems les Dieux, du crime de
vos sujets. Ils ont péri, ou par le sort
des armes, ou par la main des bour-
reaux. Je leur ai enlevé leur proïe,
& me suis emparé du Roïaume qu'ils
vouloient usurper, & que je me fais à
présent un plaisir de vous remetre.
C'est comme fils du Roi Britomande que
j'ai entrepris cette guerre, & que j'ai
vaincu ces ennemis. Les Dieux l'ont
apellé à eux, j'ai herité de sa couronne, je vous l'offre; que je n'aïe, je
vous prie, de rang qu'après vous, je
tiendrai à plus grand honneur de vous
obéïr que de commander à toute la
terre.

Aneroëste sensible à ce qu'il venoit
d'aprendre, après avoir plusieurs fois
levé les mains & les yeux au ciel, comme pour lui en marquer sa reconnoissance, embrassa tendremeut Poliarque :
la Reine s'étoit déja aprochée avec son
fils, qui s'aplaudissoit d'une victoire,

dont les suites étoient si avantageuses
pour le Roi de Gaule. Poliarque se
fit un plaisir d'avoüer qu'il recevoit
dans cette occasion un service plus essentiel, que celui qu'il avoit pû rendre
lui-même à Arcombrote, en sauvant la
Mauritanie. Crestor, Simplidas, & tous
ceux qui se trouverent dans le temple,
s'étoient aussi aprochez d'Aneroëste,
pour lui rendre leurs devoirs : mais celui qui paroissoit le plus sensible à cette
heureuse découverte, c'étoit le soldat
qui l'avoit faite ; outre le plaisir de
revoir son Prince, il se flatoit encore
d'une récompense considerable. Aneroëste environné de tous côtés, eut de la
peine à rejoindre Poliarque, ils présenterent tous deux la main à la Reine
pour la reconduire, Arcombrote marchoit quelques pas devant. A peine
purent-ils sortir du temple, la foule
étoit si grande que les passages n'étoient
plus libres ; la curiosité y avoit atiré
la plus grande partie des soldats & des
habitans de la ville. Chacun s'empressa
de saluer le nouveau Roi, ceux même
qui n'y avoient aucun interêt, cherchoient à faire leur cour aux Princes,
en se conformant aux sentiments de
joïe qu'ils faisoient paroître. L'air re-

entiſſoit de mille aplaudiſſemens.

Quand ils furent arrivés dans le palais, pluſieurs officiers vinrent au devant d'Aneroëſte, comme ils en avoient reçû l'ordre de Poliarque, & lui préſenterent les habits qui convenoient à ſa dignité ; mais il les refuſa, & ne voulut jamais quiter ceux qu'il portoit. Poliarque étonné, le ſuplia de reprendre ceux que ſon rang exigeoit. Pourois-je, dit Aneroëſte, abandonner les Dieux, dans le moment qu'ils ſe déclarent ſi ouvertement en ma faveur. Je ſuis trop heureux, puiſque celui que j'aurois choiſi pour être l'heritier de ma couronne, la poſſede aujourd'hui : ne croïez pas que je veüille à preſent rentrer dans ce tumulte d'affaires dont j'ai ſçû me retirer. Ne m'otez pas le ſeul bien que j'ambitionne, qui eſt cet état de pauvreté. J'eſpere ne vous y être pas inutile, & vous rendre les Dieux favorables par les vœux & les prieres que je ne ceſſerai de leur adreſſer pour vous. La fermeté de ce vieillard frapa tout le monde, chacun en parloit differemment ; les uns aprouvoient, d'autres condamnoient ces ſentimens trop auſteres, diſant que le ſervice des Dieux ne demandoit point une ſeverité ſi outrée.

Poliarque faiſoit de ſon côté ce qu'il
pouvoit pour engager Aneroëſte à ſe
rendre à ſon premier état. Aneroëſte
prêtoit une grande atention à ce qu'on
lui diſoit ; ſon ſilence même faiſoit déja
croire qu'il étoit ſur le point de céder
aux raiſons qu'on venoit de lui alle-
guer : mais après avoir été quelque tems
ſans répondre ; peut-être parce qu'il
vouloit par une ſeule réponſe détruire
ce qu'on avoit avancé, peut-être auſſi
pour metre quelque arrangement dans
ce qu'il ſe propoſoit de dire pour ſa
défenſe, il leva modeſtement la tête,
& prit ainſi la parole. L'ordre immuable
qu'obſervent les aſtres dans leur cour-
ſe, l'éclat de toute la nature, n'enſeignent
que trop aux hommes, à moins qu'ils
ne ſoient aveuglés par ces prejugés que
forme la preſomption, ou par cette
molle nonchalance qui les met au deſ-
ſous des bêtes, qu'il y a un Etre ſuperieur qui a crée toutes choſes. Cet eſprit
ſouverain, auteur de ce qu'il y a de plus
excellent dans la nature, cette divinité
qui eſt la ſource de toutes les vertus,
& qui en donnant aux hommes la raiſon en partage, a gravé dans leurs cœurs
des principes de droiture & d'équité,
ſouffrira-t-elle impunément les vices

dont ils défigurent une nature si parfaite
dans son origine. En quoi consisteroit
la justice de cet être parfait s'il laissoit
tant de crimes impunis ? Pour peu que
l'amour du bien, & le désir de nous concilier la bienveillance dés Dieux fassent
d'impression sur nous ; pour peu que
nous craignions leur courroux , nous
ne devons rien éviter avec tant de soin,
que ces vices dangereux qui ont causé
la perte de tant d'hommes. La source
de ces dangers se trouve partie en
nous-mêmes , & partie dans les objets
exterieurs. Une pieté soutenuë par la
retraite , l'austerité dont nous faisons
profession , font d'un puissant secours
contre les uns & contre les autres.
Nous devons en effet nous regarder
avec nos passions , comme des animaux sauvages & furieux : font-ils apri-
voisés , on leur arrache les ongles &
les dents , afin que s'ils revenoient à
leur premier naturel , ils soient hors
d'état de nuire ; de même aussi par les
exercices les plus austeres , nous dé-
truisons ce fatal penchant qui nous fait
soupirer après les voluptés , de maniere que si le feu de nos desirs corrompus , qui n'est , pour ainsi dire , que
caché sous la cendre , venoit à se ra-

lumer , ou au moins à pouffer quelques
étincelles , il ne feroit plus capable
d'embrafer un lieu, où il ne trouveroit
aucun aliment. Ce détachement fincere
qui fait une de nos premieres regles,
eft au-deffus des plus grandes richeffes,
& cette vie abjecte que nous menons ,
& qui marque le mépris que nous faifons de nous-mêmes , ne laiffe dans le
cœur aucune entrée à l'ambition. Les
autres paffions comme la colere , l'envie, la crainte , la volupté s'éteignent
bien-tôt dans notre folitude , faute
d'entretien ; fur tout lorfque la raifon ,
dégagée de ces épaiffes tenebres capables de l'ofufquer , paroît dans un jour
pur & ferein , & que ces mêmes paffions déja foumifes font moins en état
de s'opofer à ce qu'elle leur prefcrit.
C'eft ainfi qu'en reprimant les premiers
mouvemens d'une nature corrompuë,
nous parvenons enfin au fouverain degré de la plus folide vertu.

A l'égard des autres dangers , combien s'en préfente-t. il dans le monde !
Qu'il eft difficile de s'en garantir !
la plûpart s'abandonnent au mal ,
moins par une pente naturelle , que
par les exemples qu'ils ont devant
les yeux. Complaifans & faciles ils

se conforment à l'humeur & aux manieres de ceux avec qui ils ont à vivre. Sont-ils par malheur dans la compagnie des méchans (l'occasion n'en
est que trop frequente) qu'ils ont de
peine à ne pas le devenir ! le vice qui
d'abord les eût revoltés , perd insensi-
blement de sa difformité , ils s'accou-
tument à le voir; & par une suite funeste, ils ne craignent plus de s'y livrer. D'autres plus hardis regardent la
vertu comme une chose inutile & même à charge. Ils considerent le respect
dû aux Dieux comme un obstacle capable de traverser leur ambition , &
se font un merite de leurs vices auprès de ceux de qui ils dépendent , &
qu'ils sçavent ne faire aucun état de la
vertu. Notre retraite retranche en nous
toutes ces occasions ; nous y sommes
à l'abri des méchans , & nous avons
la liberté d'y craindre les Dieux, sans
être soupçonnés d'aucune timidité , &
sans qu'une lâche complaisance pour
les hommes corrompus nous fasse rou-
gir de nos sentimens.

Mais pour entrer dans un détail qui
me regarde directement. Quels écüeils
des caprices de la fortune & le train
ordinaire des afaires publiques, ne pré-

fentent-ils point aux Princes & aux
Rois ! quels abîmes ne leur ouvrent
point les aparences trompeufes du
moindre interêt ! ils font fourds à la
voix de la juftice quand elle leur dicte
des maximes contraires à l'établiffement
de leur fauffe grandeur. Diffimuler pour
lors, manquer à fa parole, c'eft être
politique. Comme fi les Dieux en con-
fiant aux Princes le foin d'un Etat,
leur euffent laiffé la liberté de le gou-
verner par le moïen de tant de crimes
& d'impietés. Ils regardent comme le
vetitable art de regner cette adreffe à
femer la divifion entre les Princes &
les Etats qui leur font voifins, afin
d'affûrer leur repos & leur tranquillité
par le trouble & l'embarras de ceux
qu'ils auroient à craindre. Ils tâcheront de gagner par des préfens les con-
fidens des Rois leurs alliés, pour en découvrir le fecret. Quelquefois pour
être en fûreté, ils puniront des innocens, comme fi c'étoit une offenfe
réelle à leur égard que d'avoir pu la
commetre. Ils laiffent oprimer le peuple, parce que les auteurs de ces cruels
impôts & de ces injuftes contributions
peuvent leur être utiles dans le befoin.
Le Prince qui fçait le mieux metre en

pratique tous ces détours , est le plus
estimé par ces prétendus hommes d'E-
tat. Peut-être même s'étonnera-t-on ici
de la liberté que je prends de condamner ces maximes pernicieuses & contraires à la volonté des Dieux. Voilà
ce qui m'a toûjours fait regarder la
condition des Rois comme une condition si delicate. Reflexions auxquelles
je me suis souvent abandonné , non
seulement dans le tems que je regnois ,
& que je pouvois par conséquent tomber dans les mêmes pieges , mais aussi
depuis que cet aveuglement, causé par
la coutume & par l'interêt, s'est enfin
dissipé ; & qu'arrivé au port , je consi-
dere l'orage auquel je suis heureuse-
ment échapé. Pardonnez-moi, Madame , & vous, mon fils, cette franchi-
se ; en condamnant les défauts des autres , je ne vous condamne point. Le
mal ne consiste pas à commander , il
ne se trouve que dans la maniere de le
faire , & je suis persuadé que la vertu
a pour vous trop de charmes , pour
tomber dans ces fautes essentielles ,
qu'on ne peut que désaprouver dans
plusieurs Princes. Je parle ici pour
moi , je connois ma foiblesse , & le
penchant pourroit m'entraîner dans le
précipice.

Poliarque trouvoit quelque chofe d'outré dans cette philofophie. Mais mon pere, dit il, fi nous voulons pratiquer ce que vous venez d'établir, il n'y aura plus d'habitans dans les villes, de laboureurs dans les campagnes, de matelots fur mer, ni de marchands pour exercer le commerce ; les arts ne feront plus cultivés, il faudra enfin renoncer à tout ce que des préjugés trop aufteres regleront n'être d'aucune utilité ; les villes feront defertes, il n'y aura d'habité que vos folitudes ; & puifque vous y rejetez le mariage, le genre humain, felon vos principes, prendroit bien-tôt fin. Hianifbé & plufieurs de ceux qui étoient préfens, penfoient de même que Poliarque, & aplaudiffoient en fecret aux objections de ce Prince : mais Aneroëfte, après un moment de reflexion, reprit un air de confiance, comme n'aïant à combatre que des raifons faciles à détruire. Si quelqu'un, dit-il, parmi ceux qui nous entendent, veut éprouver les douceurs de notre retraite, les raifons de Poliarque ne doivent pas l'en détourner : qu'il ne craigne point qu'en renonçant au mariage, le monde en finiffe plûtôt. Qu'il vienne avec nous,

il restera toûjours assez de personnes
qui supléeront à son défaut ; les arts
n'en seront pas moins exercés, la campagne moins cultivée, ni les villes
moins habitées par des hommes, que
les passions, les desirs dereglés, ou la
crainte de la solitude retiendront dans
le monde. Non, non il n'y a point à
aprehender que tout le monde embrasse un genre de vie qui, selon vous,
est si austere. C'est une faveur speciale
des Dieux, c'est une grace qu'ils n'accordent point à des nations entieres.
Eux seuls en inspirent le desir, & nous
y soutiennent, quand nous y sommes
engagés : car privés dans cette retraite
de tous les plaisirs que le reste du monde recherche avec empressemeut, qui
de nous pouroit la suporter ; si nous
n'y étions dédommagés par les conso-
lations interieures qu'ils daignent nous
envoïer ? Comme un chef, dans une
armée, ne donne la récompense qu'à
ceux qu'il a choisis lui-même, pour
porter les armes, ainsi les Dieux ne
communiquent les solides plaisirs qu'on
goute avec nous, qu'à ceux qu'ils y ont
veritablement apellés. Si quelqu'un,
dans un revers de fortune, venoit
s'engager parmi nous, si dans le trou-

ble , dans l'émotion où feroit fon efprit, il ne fe propofoit cette folitude,
que comme un endroit plus retiré,
où il pouroit fe plaindre en liberté ,
& décharger fa colere contre les deftins , croïez-vous qu'avec ces fentimens remplis de paffion , il y éprou-
vât la moindre douceur ? Si par un fecours particulier des Dieux , il ne fe
dépoüilloit de toutes ces affeétions , il
fe dégouteroit bien-tôt , & fa préfence
cauferoit parmi nous plus de trouble ,
qu'il ne pouroit lui-même tirer de
profit des bons exemples qu'il auroit
devant les yeux. On voit quelquefois
ceux, qui par un mouvement de lege-
reté viennent fe préfenter à nous (ce
qui eft affés ordinaire aux jeunes gens,
qui embraffent volontiers un parti ,
fans en prévoir les confequences) fe
porter dans les commencemens à tous
nos exercices avec une ferveur extraordinaire : mais à peine cette premiere vivacité que l'âge femble donner , eft-elle ralentie , qu'ils fentent
tout le poids d'un engagement, auquel
ils fe font livrés avec trop de précipitation. Ils font furpris eux-mêmes de
la langueur où ils fe voïent reduits. La
pieté & la crainte des Dieux font ab-

folument neceffaires , c'eft même le
fondement de notre philofophie ; mais
l'une & l'autre doivent être accompagnées de raifon , de force , & de patience ; vertus que peu de perfonnes font
capables de raffembler. La regle que
nous obfervons ne confifte pas feulement dans l'habit que nous portons.
Ce n'eft ni le nom , ni la demeure , ni
même les travaux aufquels nos corps
font affujetis , qui nous font ce que
nous fommes. Ceux qui font tour-
mentés par l'avarice & par l'ambition
en éprouvent de plus infuportables ;
c'eft cet amour que nous avons pour
les Dieux , & qui fe trouve toûjours
accompagné de gaïeté & de fimplicité , qui donne tout le mérite à ces peines & à ces détachemens volontaires.
Méprifer les richeffes , fouler aux pieds
les honneurs , fe metre au-deffus de
tous les chagrins & de toutes les inquiétudes que peuvent caufer les afaires qui furviennent , c'eft une vertu ,
fi on le fait par amour pour les Dieux ;
mais fi quelqu'un rejete les honneurs
& les richeffes , pour s'en faire un merite auprès des hommes , ou s'il fe
propofe par cette efpece de facrifice
de parvenir à quelque chofe de plus

relevé ; fi quelqu'un naturellement
nonchalant neglige fes propres afaires ; fi un autre fe fait honneur d'une
pauvreté anticipée , fi voïant la malheureufe neceffité où il fera de tout
perdre , il affecte par avance de s'en
détacher , ce détachement prefque forcé n'eft point une vertu, c'eft vouloir
tromper les Dieux & les hommes.

Mon deffein n'eft donc pas , mon
fils , de propofer cette retraite comme
un afile fûr pour tout le monde , peu
de perfonnes peuvent embraffer ce parti. Je puis même ajoûter que parmi
ce petit nombre , ceux qui voudroient
fuivre aveuglement une premiere impreffion , fans confulter les Dieux ,
n'y trouveroient point le repos ni la
tranquillité qu'ils y chercheroient. Vous
m'allez dire que je fouhaiterois au
moins que toutes les perfonnes de bien
priffent la refolution de renoncer au
tumulte des afaires pour fe retirer avec
nous. Non, mon fils, ce n'eft pas là mon
idée , fi toutes le perfonnes qui font
profeffion de la vertu, devenuës par l'é-
tat quelles auroient embraffé , pauvres
& folitaires , n'ofoient, ou ne pouvoient
s'opofer aux crimes , qui feroit pour
lors la guerre aux méchans ? Qui gou-
ver-

erneroit les republiques ? Et qui ar-
êteroit le debordement des vices ? En
ffet une charge des plus pefantes pour
eux qui ont l'autorité en main, c'eft
elle que les Dieux leur ont impofée
e fe declarer les ennemis du vice,
on par la fuite, mais en lui faifant
uvertement la guerre. Le bien d'un
tat demande qu'il y ait des perfonnes
e ce caractere, & qui diftinguées par
ur rang autant que par leur vertu, fe
rouvent mêlées avec les méchans,
our être à portée de les combatre. Il
ft neceffaire qu'il y ait des peres de
amille, mais il doit auffi y avoir des
erfonnes qui adonées plus particulie-
ement au culte des Dieux, puiffent
étourner par leurs prieres les maux
ue les hommes s'atirent par leur mé-
hanceté. Sans entrer dans le détail des
utres conditions, y a-t-il rien au mon-
e de plus précieux qu'un Roi fage &
rme, qui par fon exemple autant
ue par fes loix, peut reformer une
our corrompuë, & exciter le peuple
reverer des Dieux qu'il honore le
remier ? Cette fage conduite d'un Prin-
e a quelque chofe de bien plus rele-
é, & produit beaucoup plus d'effet,
ue s'il alloit fe renfermer dans une

Tome III.   G g

solitude, pour ne s'y occuper que des
devoirs d'un particulier. Pourquoi donc,
me direz vous, n'afpirez-vous pas à
cette plus haute perfection ? C'eft, mon
fils, parce que ces mêmes Dieux m'ont
fait connoître par une fecrete infpira-
tion qu'il étoit plus à propos que je
paffaffe le refte de mes jours dans la
tranquillité, fans m'occuper déformais
du foin d'un Roïaume que je n'ai perdu que par leur volonté. Ils femblent
même confirmer leur premier deffein,
puifque c'eft à vous qu'ils ont fait paffer tous mes droits, & qu'ils m'ont
donné dans votre perfonne le feul heritier que je me fuffe moi-même choifi.

Je préviens, mon fils, ce que vous
pouriez me dire, que fi j'ai entierement
renoncé aux afaires du monde, que
fi je ne fais confifter mon bonheur qu'à
frequenter les temples, qu'à offrir des
victimes, qu'à pratiquer en un mot tout
ce qui concerne le fervice des Dieux,
la fortune dont vous joüiffez, vous met
en état de m'offrir des perfonnes qui
fe feront honneur de m'obéïr, & de
m'accompagner au temple ; que ces
fortes de richeffes ne doivent point
m'alarmer, puifque libre de tous foins
je ne m'occuperai que du culte des

Dieux, tandis que ceux que vous aurez nommés, veilleront au détail de
ma maison. Tout cela, mon fils, ne
sera pas capable de me faire quiter
l'état de pauvreté que j'ai embraſſé.
Quand je ſerois déchargé du ſoin d'acquerir ou de conſerver des richeſſes,
pourois-je me garantir des maux qui
en ſont inſeparables ? On s'acoutume
inſenſiblement aux delices, on ne veut
rien refuſer au corps, on commence
à ſe dégouter de l'atachement qu'on
avoit pour les Dieux, on ſe laiſſe aller
volontiers aux ſentimens qu'inſpire un
état ſi heureux. L'amour propre renaît,
on mépriſe les autres comme inferieurs,
la moindre offenſe nous touche au vif,
nous nous laiſſons enfin corrompre par
la complaiſance intereſſée de ceux qui
nous aprochent. Je crois qu'il eſt auſſi
difficile à un homme dans l'opulence
de reprimer toutes ſes paſſions, qu'à
un matelot qui ſe trouve au milieu
d'une mer agitée, de ſe laiſſer aller à
quelques vagues rapides, & de reſiſter
aux autres. Puis donc que j'ai pris une
ferme reſolution de conſacrer aux
Dieux le peu d'années qu'il me reſte à
vivre, qu'il me ſoit permis de refuſer
tout ce qui pouroit m'en détourner.

Je fuis trop foible , je dois craindre
aujourd'hui ce que j'ai aimé ; mon efprit guéri de fes premieres idées, pouroit y revenir ; laiffez moi ma pauvreté, elle me fait negliger le corps, &
me difpofe à le méprifer ; l'efprit en
eft plus libre, & fe porte plus volontiers vers les cieux. Moins occupé de
moi-même je penferai plus fouvent à
vous dans les prieres que j'adrefferai
aux Dieux , je leur demanderai fans
ceffe de vous être favorables.

Ce difcours fi fevere en aparence fut
prononcé avec tant de modeftie , qu'on
jugeoit aifément que la fincerité feule
y avoit part ; & que ce n'étoit point
une conftance feinte qui exigeât des
inftances plus preffantes pour fe rendre.
Au moins, mon pere , dit Poliarque ,
ne rejetés pas la priere que nous vous
faifons de vouloir bien nous accompagner jufques dans la Sicile : les Dieux
fe declareront toûjours pour vous ; par
tout où vous ferez fur mer ou fur terre , votre préfence fera notre bonheur ,
& quand nous ferons de retour dans
la Gaule , je vous promets de vous laiffer la liberté de choifir tel genre de
vie qu'il vous plaira. Vous devez quelque chofe à votre païs ; que votre

exemple contribué à le rendre meilleur. Aneroëste parut hesiter, mais Poliarque lui demanda cette grace avec tant d'instances, qu'il ne put la lui refuser. Chacun se mit à table ; Poliarque étoit trop sensible à l'obligation qu'il avoit à Arcombrote, pour ne pas témoigner une partie de sa reconnoissance par un visage plus gai, & un air plus content. Il fut arrêté sur la fin du repas que les Princes partiroient dans deux jours.

Hianisbé écrivit à Meleandre, comme elle s'y étoit engagée, & remit sa lettre à son fils avec la cassette que Poliarque avoit repris sur les corsaires. Ce dépôt, lui dit-elle, est de la derniere consequence, vous le presenterez vous-même à Meleandre. Figurez-vous, mon fils, que Pallas vous confie Erichthon, si la curiosité vous porte à ouvrir ce coffre, faites-y atention, vous vous perdez sans ressource ; vous rendez inutiles tant de peines que je me suis jusqu'à présent données, pour le conserver; mais si vous le remetez à Meleandre dans le même état que je vous le donne, vous en verrez sortir votre bonheur; vous rendrez graces à Poliarque d'avoir recouvré un gage si precieux, l'objet de

toutes vos espérances. On délibera si
Poliarque & Arcombrote monteroient le
même vaisseau. Une secrette jalousie qui
pouvoit n'être pas encore étouffée, leur
dignité, engageoient à prendre des mesures. On crut plus à propos qu'ils s'em-
barquassent séparément, & que celui qui
arriveroit le premier, atendît l'autre
au port, afin de se rendre ensemble au
palais de Meleandre.

On travailla durant ces deux jours
à dresser l'état de la maison d'Arcombrote, on nomma les officiers qui devoient l'accompagner dans son voïage.
Il fut proclamé par sa mere Roi de Sardaigne, & on lui rendit, avant son départ tous les honneurs dûs à un Souverain, afin qu'il parût à la Cour de Sicile, avec la même distinction que Poliarque. Hianisbé qui sentoit toutes les
obligations qu'elle avoit aux Gaulois,
leur fit distribuer des récompenses proportionnées. L'heure du départ étoit
indiquée, & plusieurs Seigneurs Maures
de la suite d'Arcombrote étoient déja
embarqués, mais il y eut quelques dé-
mêlés entre les Siciliens qui étoient venus en Mauritanie. Plusieurs ne vouloient plus se séparer de Poliarque qu'ils
avoient retrouvé; ses vertus, son cou-

rage dont, sous le nom de Théocrine,
il avoit donné des preuves si marquées,
sur tout le titre de Roi, étoient pour
eux de fortes raisons: Arcombrote s'é-
toit aussi distingué dans la conquête de
la Sardaigne, dont il venoit d'être proclamé Souverain; quelques uns n'osoient
abandonner ouvertement celui à qui
ils avoient prêté serment de fidélité en
sortant de Sicile. L'alliance d'Argénis
qui eût été le motif le plus pressant,
étoit si incertain, qu'ils se virent obligés de renfermer une partie de leurs
sentimens, craignant que si le parti contraire avoit le dessus, ils ne fussent enfin réduits à ne pouvoir ni s'excuser, ni
rentrer en grace.

Il y avoit sur le rivage un autel si an-
tique, qu'on ignoroit le nom du Prince
qui l'avoit fait construire. Les matelots
par une dévotion confirmée dans le cours
de tant d'années, y venoient offrir à Neptune & aux vents leurs vœux & leurs
prieres, lorsqu'ils sortoient du port ou
qu'ils y arrivoient. Hianisbé y conduisit Poliarque & Arcombrote. Je ne doute point, leur dit-elle, que vous ne me
teniez la parole que vous m'avez donnée.
J'ai prévenu par mes atentions les funestes effets d'une haine toûjours prête

à éclater ; il eft aifé à des Princes animés l'un contre l'autre , & qui fe pi-
quent de bravoure , de trouver des pré-
textes , pout rompre une paix qui leur
eft à charge : d'ailleurs ne peut - il pas
s'élever entre les premiers Seigneurs ,
& même parmi les foldats des divi-
fions , qui feroient pour des chefs qui
ne refpirent que la vengeance , une
occafion bien préfente de terminer leur
querelle particuliere. Ce malheur peut
arriver , ajoûtez , je vous prie , cet article
à ceux aufquels vous vous étes déja engagés , & fi , par confideration pour
moi , votre vengeance a été fufpenduë ,
fouffrez que je vous demande encore
cette grace , de vous jurer en préfence
du Dieu fur l'empire du quel vous allez
vous expofer , que rien ne fera capable de traverfer le bonheur auquel je
vous vois prêts de toucher l'un & l'autre. Accordez cette derniere grace
à une Reine qui vous la demande
avec toutes les inftances poffibles. Je
ferai des prieres au ciel pendant votre
voïage , j'implorerai le fecours des
Dieux , je puis même ajoûter que je confens que vous negligiez mes confeils ,
& ne me revoïez jamais , fi le cœur
met la moindre difference entre vous
deux

deux, & si vous ne partagez pas également mes vœux & ma tendresse. De
pareils sentimens firent l'effet qu'elle
en pouvoit atendre, les Princes jure-
rent sur l'autel d'observer ce que la
Reine exigeoit. Elle les embrassa, &
leur répeta ce qu'elle leur avoit déja
dit, que de ce départ dépendoit tout
leur bonheur. Il lui en coutoit trop
pour se séparer de ces jeunes Princes ;
elle les rapelloit après les avoir congediés : elle pressoit leur départ , &
sembloit vouloir encore les retenir.
Les Princes répondirent à toutes ces
marques de bonté, & ne lui dirent le
dernier adieu qu'avec une extrême douleur. La Reine pria Aneroëste , qui
s'embarquoit avec Poliarque , de faire
observer les articles ausquels les deux
Princes s'étoient mutuellement engagés ; ajoûtant qu'elle étoit persuadée
de la déference qu'ils auroient pour
ses conseils ; qu'ils le regarderoient
comme leur pere, & l'interprête des
Dieux ; que tout homme & sur tout de
jeunes gens avoient besoin , pour faire
le bien , de quelqu'un qui voulût bien
les y exciter par ses avis; qu'enfin elle
lui confioit les deux gages les plus
précieux de l'Europe & de l'Afrique.

Aneroëſte qui aprouvoit cette tendre
inquietude de la Reine, l'aſſûra que,
par conſideration pour elle, par atention pour les Princes, & ſur tout pour
l'honneur des Dieux, il ſe chargeroit
volontiers du ſoin d'y veiller.

Poliarque, comme l'exigeoit le droit
de l'hoſpitalité, fut conduit le premier
ſur ſon vaiſſeau, Arcombrote l'accompagna juſques ſur le rivage. On fit les
Sacrifices accoutumés, on ouvrit les
victimes, & après avoir invoqué Neptune & les autres Dieux de la mer, les
entrailles furent jetées dans les flots.
Arcombrote fut auſſi-tôt conduit, par
le moïen d'un eſquif, ſur le vaiſſeau
qu'il devoit monter. L'air ne retentiſ-
ſoit que des cris des matelots, du bruit
des armes & des cordages ; c'étoit un
ſpectacle magnifique que ce nombre de
vaiſſeaux ſi bien rangés. Timonide ne
ſçavoit s'il devoit s'aplaudir ou ſe plaindre, d'un titre qui l'empêchoit de ré-
tourner ſi-tôt en Sicile. Il regardoit le
voïage des Princes comme le commencement d'un évenement extraordinaire : étoit-ce un bonheur ou un malheur d'en être le témoin ? Après avoir
été quelque tems en ſuſpens, il incli-
noit à retourner dans la Sicile, peut-

être parce qu'il n'en avoit pas la liberté. Pour rendre encore plus folide la
paix mutuellement jurée , il fut arrêté
entre les deux Princes, qu'Arcombrote
feroit l'arbitre des diférends qui fur-
viendroient entre les Gaulois , & que
Poliarque le feroit de ceux des Maures ;
& de crainte que les deux flottes ne
puffent fe nuire, on convint qu'Arcombrote tiendroit le côté des terres , &
Poliarque la pleine mer , fans cependant que fes vaiffeaux puffent faire obftacle à ceux d'Arcombrote. Un Poëte
Sicilien voulut rendre publics des vers
qu'il avoit compofés fur le départ des
Princes ; mais comme il y avoit touché
quelque chofe de leur demêlé , Timonide ne jugea pas à propos de les faire
paroître ; les voici tels qu'ils lui furent
préfentés.

Trop funefte élement , dont les flots écumeux

Cachent aux Nautonniers mille écüeils dan-
gereux ,

Sufpendez les effets de vos fureurs perfides ,

Laiffez voguer en paix fur vos plaines liquides ,

Deux Heros qui, peut-être encor trop animés ,

Sous un dehors content , ne font pas defarmés.

Le vaisseau si vanté, qui de la Thessalie

Conduisit à Colchos cette troupe choisie

De tant de braves Grecs, de tous ces demi-
    Dieux,

Sous son illustre poids, étoit moins précieux.

Sur vos eaux sont les Dieux & d'Europe &
    d'Afrique,

O mer, rendez sous eux votre onde pacifique.

Les Pilotes déja semblent se partager,

A son juste devoir chacun vient se ranger ;

L'un se rend à la poupe, & l'autre tend les
    voiles,

Un autre dans les cieux consulte les étoiles.

Mais que vois-je, grands Dieux, dans tout
    ce mouvement !

C'est vous, aimable Paix, ô spectacle charmant!

Jupiter s'interesse à ces haines récentes,

Dit-elle, en étalant ses aîles éclatantes ;

Mer, soïez favorable, oüi, c'est l'ordre des
    cieux,

Du destin de ces Rois vous répondrez aux Dieux

Pour toi, n'espere pas, Discorde trop cruelle,

Ranimer par ta rage une foible étincelle,

Ton couroux, devant moi, doit être suspendu ;

C'est assés de terreur, de trouble répandu.

Disparois, ces Heros soumis à ma puissance,

Ont oublié déja leur haine & leur vengeance.

Tous deux sont, il est vrai, jeunes & coura-

geux,

Mais je dois en atendre un effet plus heureux ;

Cette même vertu, source de leur courage,

D'un accord éternel devient un sûr présage.

Il y avoit déja quelque jours qu'Arsidas chargé des lettres de Poliarque & de Timonide, étoit arrivé en Sicile. Boccus chargé de celles d'Hianisbé & d'Arcombrote l'avoit suivi de fort près : mais la Renommée plus promte avoit informé les Siciliens, que Poliarque Roi de la Gaule avoit combatu en Mauritanie contre Radirobane, & qu'il lui avoit ôté la vie. Des marchands partis d'Afrique immédiatement après la déroute de Radirobane, & quelque tems avant l'arrivée d'Arcombrote, avoient

aporté cette nouvelle en Sicile. Meleandre furpris de ce qu'il venoit d'a-
prendre, envoïa querir un des principaux marchands, & s'informa s'il fçavoit ce détail par oüi dire, ou pour en
avoir été lui-même le témoin. Le marchand répondit qu'il étoit en Mauritanie, quand Poliarque y arriva avec fon
armée ; que les Sardes parurent fort peu
de tems après avec une flotte confiderable ; qu'il y eut deux combats fan-
glans ; que Poliarque dans le fecond
tua Radirobane, & que les Sardes fe
retirerent en défordre fur leurs vaiffeaux. Meleandre atentif à ce recit,
n'ofoit encore fe flater de deux chofes
qu'il fouhaitoit, la défaite de Radirobane, & la confervation d'Hianifbé :
mais ce nom de Poliarque lui caufoit
de l'inquiétude. Etoit-ce cette même
perfonne à qui il avoit obligation de la
vie? Cet ennemi declaré de Licogene,
celui à qui, fous les dehors d'un homme privé, il avoit d'abord témoigné
tant d'amitié, & qu'il avoit contraint
depuis de fortir de la Sicile ?

　Argénis ne fut pas moins furprife
que Meleandre, & ces circonftances
qu'elle venoit d'aprendre par le même
marchand, lui cauferent une joïe mê-

lée de trouble. Elle ne sçavoit à quoi
attribuer la liaison étroite qu'elle voïoit
entre Poliarque & la mere d'Arcombrote, qui alloit même jusqu'à lui
faire negliger la Sicile pour la Mauritanie. Poliarque, disoit-elle, vous com-
batez pour un rival absent, tandis que
l'infortunée Argénis, sans cesse occupée de ses peines, passe les jours entiers à se plaindre, & cherche les lieux
les plus secrets, pour y laisser un libre
cours à des larmes & à des soupirs que
vous seul pouvez arrêter ? Arcombrote
m'aime, mais ne craignez rien, je vous
suis toûjours fidéle, j'ai trop de raisons
de le haïr, il a voulu m'enlever à ce
que j'ai de plus cher. Quel retour de
votre part ! peu touché des sentimens
que je conserve pour vous, & de la
haine que je lui porte, vous donnez
à votre rival le secours dont il a besoin,
afin aparemment, que comblé d'honneurs, il revienne plus promtement en
Sicile continuer ses importunes recherches... Mais non, cher Prince, la
mort du Roi de Sardaigne vous ex-
cuse dans mon cœur, c'est moins pour
Hianisbé que pour Argénis que vous
avez combatu, j'ose m'en flater ; vous
vouliez faire périr Radirobane, & non

pas fecourir Arcombrote. Je fouhaitois
la mort de ce Radirobane, les Dieux
me l'ont accordée ; & pour plus grande grace, ils me l'ont accordée par la
main de Poliarque. C'eft ainfi qu'elle
cherchoit à calmer fes premieres inquietudes ; elle fe confoloit en partie
par l'honneur qui revenoit au Roi de
Gaule de cette nouvelle victoire ; elle
efpéroit en recevoir, avant qu'il fût
peu, des nouvelles certaines. Le hafard
avoit voulu que ce marchand ne fçût
point la circonftance des bleffures de
Poliarque, ou s'il la fçavoit, qu'elle ne
lui revînt point dans l'idée, quand il
en parla à Meleandre & à Argénis.

Arfidas qui arrivoit d'Afrique, confirma cette nouvelle, & jeta Meleandre
dans de nouvelles alarmes ; car lui aïant
préfenté les lettres de Poliarque & de
Timonide, il lui fit de vive voix le détail de ce qu'elles contenoient. Il donna
beaucoup de loüanges à Poliarque, &
fit connoître quelle étoit l'étendüe de
fon Roïaume, & fur quels peuples il
regnoit. Il lui rendit compte de l'armement confiderable avec lequel il avoit
paru en Mauritanie, des preuves qu'il
y avoit données de fon courage contre
les Sardes, qu'il avoit entierement de-

faits, & comme étant à peine remis des
blessures qu'il avoit reçûes dans le combat, la vûë d'Arcombrote l'avoit si fort
troublé, que sa haine & sa colere eussent
éclatées, si Hianisbé, par sa présence,
n'eût arrêté ces premiers transports:
qu'à la sollicitation de la Reine, les
deux Princes étoient convenus ensemble, ou de faire la paix par l'entre-
mise de sa majesté, ou de terminer
leur differend en Sicile. Arsidas ne crut
pas devoir taire le motif de cette animosité, ne doutant pas que Timonide
n'en eût touché quelque chose dans ses
lettres, & que Boccus qui devoit arriver incessamment, ne rendît publique cette nouvelle. Il alla ensuite saluer Argénis & lui raporta plusieurs circonstances avec cette affectation naturelle à ceux, qui faisant le recit de
choses qu'ils croient qu'on ignore,
peuvent encore se flater d'être écoutés
favorablement. Les soupçons de la
Princesse furent bien-tôt dissipés. Gobrias prenoit part à sa joïe, il étudioit
les momens de la voir, & souvent soit
en public, ou en particulier, il se trouvoit avec elle & avec Arsidas. Boccus
arriva peu de jours après, & n'aprit que
ce qu'avoit déja raporté Arsidas.

Meleandre qui avoit conçû, après-
le départ de Radirobane, quelque efpérance de repos & de tranquillité, fe
regarde déja comme le Prince le plus
malheureux , il croit entrevoir les raifons qui ont engagé Gobrias à demeurer en Sicile avec des troupes ; il trouve que Licogene & les Sardes étoient
des ennemis moins à craindre : que la
Sicile n'eft point en état de fe défendre contre la Gaule ou contre la Mauritanie. Dans fon trouble il accufe les
deftins , il envoïe chercher Gobrias qui
étoit pour lors avec Argénis. La Princeffe qui avoit été témoin de l'impreffion qu'avoient faite fur fon pere les
nouvelles d'Afrique , ne douta point
que ce ne fût pour s'informer plus particulierement de Poliarque. Elle prévint Gobrias de ne plus rien diffimuler ,
& de parler au Roi fans détours , puifqu'enfin les conjonctures le demandoient.
Par hafard celui qui étoit venu chercher
Gobrias de la part du Roi , lui avoit
rapoité qu'il l'avoit trouvé chez la
Princeffe , & qu'il alloit venir. Cette
entrevûë , qu'il crut n'être pas la premiere , acheva de confirmer fes foupçons ; il le reçut cependant d'un air
affable : pourquoi , lui dit-il , nous avez-

vous ſi long tems caché le nom d'un
Prince à qui j'ai les dernieres obligations ? Je me réprocherois de n'avoir
point aſſez fait pour une perſonne qui
eſt à ſon ſervice , mais votre ſilence à
cet égard doit me juſtifier. Gobrias
s'excuſa , & dit que ſa majeſté n'ignoroit pas, qu'honoré de la confiance de
ſon Prince, on n'a pas la liberté de ſe
découvrir; qu'il avoit aprehendé de trop
s'avancer ſur une choſe que ſon maître vouloit peut-être qui fût ſecrete.
Meleandre ne lui cacha point qu'il avoit
reçu des lettres d'Afrique, par leſquel-
les Poliarque lui mandoit ſon arrivée
en Sicile dans peu de jours. Il y a long
tems, dit-il, Gobrias, que vous le
ſçavez , & vous n'avez ſéjourné ici
avec tous vos vaiſſeaux , que dans le
deſſein de l'atendre. Sire , reprit Gobrias, j'ai dit la verité à votre majeſté
à l'occaſion de la tempête qui m'a ſeparé du reſte de la flotte. Depuis je
n'ai point vû le Roi , ni perſonne de
ſa ſuite. Je me ſuis arrêté dans cette
Iſle , parce que, quoique j'ignore où il
a deſſein d'aller , ſelon l'arangement
qu'il s'eſt propoſé dans ſon voïage , il
doit neceſſairement paſſer le long des
côtes de Sicile.

Meleandre ne pouvant tirer d'autre éclaircissement, se retira seul dans son cabinet, & y fut agité de diférentes pensées. Pourquoi Poliarque avoit-il envoïé Gobrias au-devant de lui ? Pour quel dessein ce Roi étoit-il parti de Gaule avec une flotte si considerable ? N'étoit-ce pas pour enlever de force la Princesse, ou peut-être de son consentement ? N'est-ce point sur cette espérance qu'Argénis a jusqu'à lors témoigné du mépris pour Arcombrote ? N'a-t-elle point elle-même excité cet orage ? Les lettres de Radirobane remplies d'invectives, la mort de Selenisse, Theocrine, Pallas, ne servoient qu'à le troubler davantage. Pour comble de malheurs, Argénis elle-même dans son esprit n'étoit point exemte de soupçons. Il se rapelloit le mérite de Poliarque, le service qu'il lui avoit rendu sous le déguisement d'une fille ; en un mot les vertus qui le rendoient digne de la Princesse : mais une honte secrete d'avoir eu si peu de ménagement pour un Prince si accompli, de l'avoir même proscrit, lui faisoit craindre de lui accorder son amitié ; il consideroit dans Poliarque un Roi, qui n'auroit que trop de raisons de le mépriser, & de le haïr.

S'il recherchoit fon aliance, c'étoit paffer pour un homme leger & inconftant,
& aller contre les loix du païs, qui dé-
fendoient expreſſément aux Rois de Sicile de s'allier avec les Rois de Gaule. Il
ſe raſſûroit ſur les forces d'Arcombrote,
qui venoit auſſi de Mauritanie avec un
puiſſant ſecours, & qui étoit encore
apuïé de la faveur des Siciliens. Dans
ce moment il étoit prêt de faire ſentir
à Argénis les effets de ſa colere ; mais
ignorant ce que les deftins avoient arrêté, & dans l'aprehenſion d'offenſer
dans l'un ou l'autre Prince, celui qui
devoit être ſon gendre, il moderoit
ſes tranſports. Néanmoins, dans un premier mouvement, il lui échapa de dire
à Argénis, eh bien ! ma fille, vous
atendez Poliarque, que votre amour
eſt cruel ! vous ne voulez le voir que
teint de ſon propre ſang, ou de celui
d'Arcombrote. La Princeſſe ne répondit rien, elle affecta même un air indiférent, comme ſi elle n'eût pas compris le ſens de ces paroles. Cleobule,
Eurimede, & les premiers Seigneurs
de la Cour ſe trouvoient fort embaraſ-
ſés ſur le parti qu'ils avoient à prendre.
Leur reſpect pour le Roi les empêchoit
de rien avancer contre Arcombrote,

& ils ne voïoient que trop qu'en fe
déclarant contre Poliarque, ils s'atiroient l'indignation de la Princeffe.
Gobrias, qui dans tous ces mouvemens
craignoit qu'on ne lui ordonnât de fe
retirer, prévint un départ forcé, &
fous le pretexte de faire radouber les
vaiffeaux les plus maltraités, il alla rejoindre fa flotte, fe contentant de laiffer quelques galeres à portée, comme
il en étoit convenu avec Argénis.

Poliarque cependant qui avoit le
vent favorable, aprochoit de la Sicile.
Les premiers vaiffeaux apercevoient
déja le fommet des montagnes de Lilibée, peu de tems après ils découvrirent la terre ; les matelots jeterent en
ce moment mille cris de joïe: enfin la
flotte s'arrêta près de l'Ifle d'Egufe.
Poliarque qui ne fçavoit fi Meleandre
étoit à Epeirfté ou à Siracufe, envoïa
quelques perfonnes qui raporterent
qu'il étoit pour lors à Panorme. La
flotte tourna vers Trapano, & paffant
Agathirfe près de l'Ifle de Pacône, elle
joignit Gobrias qui avoit fait voile vers
ce côté, obfervant tous les mouvemens
du Roi, & fe tenant toûjours prêt
d'executer les ordres de la Princeffe,
s'il fe préfentoit une occafion d'agir.

Poliarque reçut Gobrias qu'il rencon-
troit si à propos , avec toute sorte de
marques d'amitié. Gobrias se prosterna , pour embrasser les genoux du Roi ,
& la joïe qu'il eût de revoir enfin son
Prince en santé , & vainqueur des Sardes , fut à un tel excès , que l'âge , le
sexe , ni sa profession ne purent l'empêcher de verser des larmes. Il congratula ensuite ses amis particuliers ,
qui avoient eu part à la victoire ; il
leur disoit ce que l'amitié la plus tendre peut suggerer ; quand Poliarque
l'interrompit , pour lui demander ce
qu'il avoit fait en Sicile , s'il y étoit
entré avec le consentement du Roi ;
s'il n'y avoit point vû Argénis : En
quoi consistoient le conseil & les forces des Siciliens : Gobrias répondit fidélement à tous ces articles. Il entra
dans un plus grand détail sur ce qu'il
sçavoit devoir être plus sensible au
Prince , sur ce qui regardoit Argénis ,
sur l'effet qu'avoit produit parmi les
Siciliens sa derniere victoire. Il ajoûta
que quoique Meleandre eût pour lui
beaucoup d'égards en aparence , il avoit
crû devoir s'en défier : que c'étoit même par le conseil d'Argénis qu'il étoit
remonté sur ses vaisseaux , & qu'il cô-

toïoit le rivage. Poliarque fuffifamment
inftruit, & content de fçavoir la Princeffe dans fes interêts, fit jeter l'ancre
dans cet endroit. C'étoit le port, où,
par le traité, il devoit atendre Arcombrote, dont la flotte qui s'étoit avancée en pleine mer, avoit perdu de vûë
celle de Poliarque.

Sur les premieres nouvelles que reçut Meleandre de l'arrivée de Poliarque il ne pouvoit croire qu'il eût tant
de vaiffeaux, ni un armement fi confiderable ; & dans l'incertitude fi ces
armes ne devoient pas tourner contre
lui, il n'ofoit prefque ajoûter foi aux lettres d'Hianifbé qui lui marquoient que
cette flotte ne devoit pas l'alarmer. Il
étoit animé de colere qu'elle l'eût ainfi furpris, & detourné de la Mauritanie une guerre dont la Sicile alloit
peut-être devenir le théatre. Il envoïa
querir Argénis, & lui demanda d'un
ton, qui marquoit plûtôt fon trouble,
que fon reffentiment, fi cette armée ne
venoit point pour lui déclarer la guerre ; qu'il fçavoit que Poliarque n'entreprendroit rien qu'elle n'y eût donné
fon confentement. Argénis répondit
qu'elle n'avoit aucune connoiffance des
deffeins de Poliarque, qu'elle pouvoit
feu-

seulement répondre qu'il n'étoit pas ennemi de la Sicile. Quoique la Princesse fût fort refervée, & qu'elle fçût dans les occafions cacher fes fentimens, elle ne put cependant dans celle-ci diffimuler fa joïe. Elle n'avoit d'inquiétude que fur une chofe, pourquoi Poliarque étoit fi long-tems fans paroître à la Cour ; fon impatience lui faifoit compter tous les momens depuis l'arrivée de ce Prince.

Arcombrote qui avoit cru trouver le Roi à Siracufe, s'étoit avancé jufqu'à Pachin, quand s'étant aperçû de fon erreur, il fit voile vers Lilibée. Meleandre informé de l'arrivée de cette feconde flotte, fut faifi d'une nouvelle fraïeur. Il confideroit dans Poliarque un amant offenfé, qui ne fouffriroit jamais qu'Argénis donnât la main à un autre ; & dans Arcombrote un Prince fecondé de toutes les forces de la Mauritanie, pour demander la Princeffe qui lui avoit été promife. Je vois bien, difoit-il, que cette victoire fi vantée de Poliarque fur Radirobane, n'a fait aucune impreffion fur Arcombrote. Si ces deux Princes rivaux fe fuffent reconciliés, auroient-ils pris une route diférente, pour venir de Mauritanie

en Sicile ? Faut-il que j'aïe le dernier chagrin de voir ce païs expofé à leurs fureurs,
& cette mer teinte du fang des deux
partis ? Argénis ne poura donc poffe-
der l'un que par la perte de l'autre ?
Fameux écüeils des mers de Sicile , non
vous n'avez jamais englouti dans vos
goufres affreux tant de morts que cette
fatale querelle va nous en couter ?
Comment la Sicile fera-t elle regardée
deformais parmi les autres nations ?
Jufques à fon nom tout en fera horreur. Pourai-je envifager Poliarque
tout couvert du fang d'Arcombrote ?
Et Argénis poura-t-elle foutenir la vûë
d'Arcombrote , s'il eft vainqueur de
Poliarque ? Il fe plaignoit enfuite de
cette injufte violence , il étoit indigné
qu'on lui ôtât la liberté de difpofer de
fa fille , & que par la force & par les
armes , on recherchât fon aliance &
fon amitié. Ces triftes reflexions ne
lui firent point pour cela abandonner
la conduite du Roïaume ; on vit bien-
tôt fous les armes tous ceux qui étoient
en état de les porter , il fit ranger
quelques vaiffeaux dans le port , afin
de paroître du moins vouloir fe défendre : mais fa reffource étoit plûtôt dans
lui-même & dans Argénis , il efperoit

obtenir d'Arcombrote tout ce qu'il lui demanderoit, & que Poliarque ne pouroit rien refufer à la Princeffe.

Pendant que Meleandre étoit agité de toutes ces penfées, on vint lui raporter que les deux flottes s'étoient jointes; qu'il paroiffoit même y avoir une grande intelligence entre les Princes. Il n'ofoit encore s'en flater, quand on annonça l'arrivée de deux ambaffadeurs qui fe difoient envoïés de la part de Poliarque & d'Arcombrote. C'étoit Gelanore & Micipfa, que les deux Princes avoient deputés; ils avoient cru cette démarche effentielle, avant que d'accorder aux Siciliens la liberté de defcendre fur le rivage. Meleandre fut furpris qu'ils euffent envoïé enfemble, & comme de concert, leurs ambaffadeurs. Argénis de fon côté ne pouvoit comprendre, comment deux rivaux auparavant fi animés, paroiffoient fi bien d'accord, ni le quel des deux, par atention pour elle, avoit refufé de faire la guerre en Sicile. Elle ignoroit quels pouvoient être les articles & les conditions d'un traité auquel elle étoit fi fort intereffée. On n'avoit point encore regardé Arcombrote comme Roi, & Meleandre fur ce titre, crut que la

Reine de Mauritanie étoit morte , &
que cet accident pouroit du moins conduire à une paix solide : mais Argénis
toûjours inquiete , ne sçavoit quelle
alloit être sa destinée ; elle étoit alarmée de cette amitié qui sembloit avoir
pris la place de la haine que se portoient les Princes ; elle craignoit déja
qu'ils n'eussent fait entre eux leurs conventions , & qu'ils ne voulussent s'en
raporter au sort. Elle regardoit par
avance comme le dernier malheur, celui
de tomber en partage à Arcombrote.

Gelanore & Micipsa furent conduits
devant Meleandre qui s'entretenoit pour
lors avec la Princesse. Il n'y eut personne de ceux qui se trouverent dans
l'apartement, qui n'eût les yeux atachés
sur ces députés. Le Roi les aïant em-
brassés, Gelanore (car l'honneur de parler le premier fut deferé à la Gaule)
porta la parole. Sire, dit-il , Poliarque
Roi de Gaule , & Arcombrote Roi de
Sardaigne , qui ont fait jeter l'ancre
proche l'Isle de Pacône nous ont envoïés,
pour vous prier de leur permetre comme à des amis , d'entrer dans le port,
& de venir ensuite vous rendre leurs
devoirs : à quoi Micipsa ajoûta qu'Arcombrote n'eût jamais songé à deman-

der aucune affûrance, ni à députer une
perfonne fans l'engagement indifpenfable où il étoit de ne faire aucune démarche à la Cour de Sicile , qu'il ne
fût accompagné de Poliarque. Meleandre répondit que la Sicile étoit ouverte
à fes amis , qu'ils étoient maîtres de
defcendre dans le port qu'ils jugeroient
le plus commode, que même il iroit
volontiers au-devant d'eux. Les ambaffadeurs dirent que leurs maîtres prioient
fa majefté de vouloir bien les atendre
dans fon palais ; j'y confens, dit Meleandre , puifque c'eft leur intèntion :
faites leur entendre, je vous prie, que
j'ai mieux aimé manquer à un devoir ,
que de ne pas fuivre en tout leurs volontés. J'aurois dû me rendre à Pacôné
pour les recevoir, mais puifqu'ils l'exigent , je les atendrai ici. J'aurois encore une grace à demander à votre
majefté de la part de mon maître ,
ajoûta Gelanore ; vous fçavez qu'il a
des ennemis dans la Sicile ; pour y
être en fûreté , il vous fuplie de lui
permetre de faire débarquer une partie de fon armée ; il vous donne fa parole de Roi que fes foldats n'y caufe-
ront aucun défordre. Meleandre qui
dans ce moment fe rapela l'infulte qui

avoit été faite à Poliarque, fut d'abord
effraïé de la proposition, il craignoit
de donner entrée à des forces qu'on
alloit peut-être emploïer contre lui.
Ce qui le touchoit davantage, c'est qu'il
sentoit que Poliarque pouvoit l'y forcer, & la Sicile étoit trop épuisée pour
resister à un Roi si puissant, avec qui
même Argénis étoit peut-être d'intelligence. Il crut devoir accorder une
grace dont le refus seroit un pretexte
pour la guerre. Dissimulant donc une
partie de ses sentimens, & comme s'il
eût voulu se faire honneur d'une amitié qui n'étoit que forcée ; j'accorde
volontiers, dit-il à Gelanore, tout ce
que votre Roi demande, j'aurai même
soin de faire donner les rafraîchissemens
necessaires pour son armée, & je ne
me croirai point denué de secours tant
que j'aurai dans la Sicile les soldats d'un
Prince qui m'est si cher. Il s'informa
ensuite pourquoi on apelloit Arcombrote Roi de Sardaigne, & demanda
des nouvelles de la santé d'Hianisbé.
Il voulut aussi sçavoir toutes les particularités de la victoire de Poliarque.
Gelanore n'avoit point ordre de rien
dire à la Princesse, qui inquiete, jetoit souvent les yeux sur lui. Il remon,

ta avec Micipſa dans la chaloupe qui
les avoit amenés ; ils rendirent compte
aux Princes du tems où les atendoit
Meleandre , qui étoit pour le quatriéme jour , ſi le vent continuoit à leur
être favorable.

Meleandre fut inquiet durant tout ce
tems , mais Argénis qui avoit fait atention à la demande de Poliarque d'entrer dans la Sicile avec ſon armée ,
atendoit avec impatience le moment où
il devoit paroître. Meleandre ne voulut
rien négliger pour bien recevoir ce Prince , afin que s'il venoit comme ami , il
fût traité avec toute la magnificence dûë
à ſon rang ; que ſi au contraire on venoit pour le ſurprendre , trop foible
pour réſiſter , il pérît au moins dans
toute la pompe qui convenoit au Roi
de Sicile. Il donna ordre qu'on tînt prêts
les vivres & les munitions néceſſaires.
Le palais fut orné de tout ce qu'il y
avoit de plus précieux en tapiſſeries &
autres meubles ; on y expoſa les figures
d'airain & d'argent les plus recherchées.
L'enceinte de la ville pouvoit à peine
contenir le monde qui y étoit accouru
de toutes parts , pour voir l'entrée des
deux Princes. Comme on eſt porté
à croire plus volontiers ce, qui fait

plaifir, les préparatifs qu'on fit au palais porterent le peuple à un excès de
rejoüiſſance, dont le motif lui étoit encore inconnu. Les uns alloient offrir des
victimes dans le temple, d'autres, en
mangeant les viandes ſacrifiées, dan-
ſoient, chantoient, & croïoient par ces
excés témoigner aux Dieux leur reconnoiſſance. Meleandre ne s'opoſa point
à ces fêtes publiques, il en étudioit
ſeulement les préſages heureux ou malheureux, & ſe laiſſoit aller, au milieu
de ce trouble, tantôt à la joïe, & tantôt à la triſteſſe, au gré de ſa ſuperſtition.

Vers le quatriéme jour, on aperçut
les vaiſſeaux des deux Princes qui aprochoient du port. Eurimede & Arſidas,
par ordre du Roi, allerent au devant.
Le rivage étoit bordé des principaux
Seigneurs de la Cour, & d'une afluence
de monde ſi conſiderable, qu'il ſembloit que ce fût plûtôt des Dieux que
des hommes, que l'on eût à recevoir.
Les deux vaiſſeaux que montoient les
Princes, n'aborderent pas les premiers.
Le port étoit éloigné d'environ vingt
ſtades de la Ville ; Gobrias en moins de
trois heures y difpoſa une partie de l'armée de Poliarque, au nombre de ſix
mille

mille hommes : Micipfa avoit auffi amené deux mille Maures. Tous ces foldats furent rangés fous leurs enfeignes,
& en ordre de bataille; ils étoient armés, mais la plus part n'avoient point
le cafque fur la tête. Poliarque fortit
de fon vaiffeau, & mit enfin le pied
dans la Sicile. Alors, comme fi le génie du païs eût ranimé fes paffions diférentes d'efpérance & de crainte, il fentit un tremblement par tout fon corps,
fon vifage même changea. Il atendit fur
le bord du rivage Arcombrote, qui s'y
rendit une heure après lui. Parés l'un
& l'autre des ornemens qui leur étoient
particuliers, ils monterent les chevaux
que Meleandre leur avoit envoïés. Poliarque, à la maniere des Gaulois, avoit
par deffus des habits magnifiques une
cafaque de guerre de diférentes couleurs; fa chauffure étoit brodée de per-
les; il avoit au col une chaîne d'or qui
venoit fe terminer au côté gauche; le
foureau de fon épée étoit d'ivoire, &
taché à fa ceinture avec des boucles
de pierreries; de riches braffelets d'or
émaillé paroient fes bras à demi-nus,
& fa tête qu'une longue & belle che-
velure ornoit naturellement, étoit ceinte
d'un diadême d'or & de pourpre : mais

ces ornemens faifoient bien moins d'impreffion, que la grace & la beauté de fon vifage, qui atiroient fur lui tous les regards. On lui donnoit déja mille aplaudiffemens, & ceux qui fe fouvenoient de l'avoir vû en Sicile fous les dehors d'un homme privé, fe fçavoient mauvais gré de leur erreur, & ne pouvoient fe pardonner, d'avoir ainfi confondu avec des hommes ordinaires, celui qui avoit cet air noble & plein de majefté, que les Dieux ne donnent qu'à ceux qui font nés pour commander. Arcombrote ne cédoit point à Poliarque en beauté; il avoit une noble fierté accompagnée de cette douceur qui fied fi bien à un Prince. Il étoit habillé à la maniere des Rois Maures. Les fentimens du peuple quelque tems fufpendus fe trouverent enfuite partagés; mais enfin, par un heureux préfage, tous les vœux fe réünirent, chacun aplaudit également à Poliarque & à Arcombrote.

Ces deux Princes marchoient enfemble comme deux perfonnes unies, il fembloit même qu'il n'y eût jamais eu entre eux de diférend. Ils étoient environnés des Seigneurs de leur Cour, & de plufieurs foldats. Le peuple qui

étoit accouru en foule, bordoit le chemin des deux côtés ; les fenêtres étoient
remplies de personnes de tout âge &
de tout sexe, qui charmées d'un spectacle si brillant, témoignoient leur joïe
par des acclamations continuelles. Poliarque & Arcombrote sensibles à des
honneurs déferés par d'autres que par
leurs sujets, y répondoient en saluant
tout le monde des yeux & de la main.
Meleandre qui les atendoit à l'entrée
du palais, s'avança pour les recevoir.
Si - tôt qu'ils l'aperçûrent, ils mirent
pied à terre. Meleandre, en les abor-
dant, leur fit ses excuses de ne s'être
pas rendu jusques au port ; leur dit que
c'étoit son dessein, mais qu'il en avoit
été detourné par leurs ambassadeurs.
Les Princes le remercierent de cette
atention, & lui représenterent qu'elle
ne devoit point avoir lieu avec des
personnes qu'il avoit honorées de sa
familiarité. Meleandre congratula ensuite les deux Princes ; Poliarque, sur
la victoire qu'il avoit remportée en Mauritanie ; & Arcombrote, sur la conquête
de la Sardaigne. Il fit des reproches
à Poliarque, de lui avoir toûjours caché sa naissance, & de n'avoir voulu
paroître en Sicile que comme simple
particulier.   K k ij

Ils étoient déja dans la premiere sale, & Meleandre les invitoit à s'asseoir, pour s'entretenir plus commodement ; quand les Princes, qui vouloient terminer la grande afaire qui les amenoit en Sicile, refuserent de le faire, jusqu'à ce que sa majesté fût informée de tout ce que lui mandoit la Reine de Mauritanie. Arcombrote présenta aussi-tôt à Meleandre les lettres d'Hianisbé, le pria de les lire dans l'instant, disant que de cette lecture dépendoient son repos & sa tranquillité. Poliarque fit les mêmes instances. Meleandre surpris de leur impatience, rompit le cachet, & commença la lecture de cette lettre qui étoit fort longue. Poliarque & Arcombrote parurent dans ce moment fort agités, leur trouble étoit marqué sur leurs visages, ils ne sçavoient quelle alloit être destinée. Ils craignoient que les effets leur ne répondissent point aux promesses que leur avoit faites Hianisbé. Si dans ces lettres il n'étoit parlé d'aucun accord, ou si les conditions qu'on vouloit leur imposer ne leur convenoient pas, ils se proposoient de s'en demander raison ; déja la fureur les animoit, déja ils regardoient leurs armes. Arcombrote avoit aussi présenté à Meleandre,

felon l'ordre qu'il en avoit reçû de fa
mere, le petit coffre qu'elle lui avoit
confié. A peine Meleandre eut-il lû
les premieres lignes de la lettre d'Hianifbé, que comme une perfonne interdite, il fembloit fe parler à lui-même,
il jetoit les yeux fur Arcombrote ; il
reprenoit la lecture de cette lettre , &
s'arrêtoit à chaque mot. La clef du
petit coffre étoit dans l'envelope ; le
Roi parut s'en faifir avec empreffement,
& lut encore quelques lignes. Les Princes ne douterent plus dans ce moment
que ces lettres ne renfermaffent quelque chofe de décifif. Meleandre s'a-
procha d'une table , & vifita feul ce
qu'il y avoit dans le coffre. Il y trouva
des lettres qu'il lut avec beaucoup d'a-
tention , il les baifa même avec une action mêlée de foupirs & de larmes ; il
y trouva auffi un anneau , & d'autres
marques fecretes qu'il reconnut fans
peine , & qui acheverent de le convaincre de la verité de ce que lui mandoit
Hianifbé.

Vaincu en ce moment par l'excès
imprévû des plus tendres fentimens,
il pria Poliarque de l'excufer , & de
trouver bon qu'il terminât une afaire
importante. Il fit figne à Arcombrote

de s'aprocher , & lui donna à lire la
lettre d'Hianifbé. Pendant qu'il en faifoit la lecture , Meleandre l'embraffa ,
le Prince confus fe profterna aux pieds
du Roi. Son trouble fubit, cette nouvelle marque de refpect , fi diférente
des fentimens qu'il avoit témoignés en
entrant dans le palais, furprirent tous
ceux qui étoient préfens. Poliarque fut
frapé de ce coup ; il fe trouvoit réduit
à l'entretien d'Eurimede, qui l'aïant vû
feul , s'étoit empreffé de l'aborder ;
on donnoit la préference à fon rival ,
quelle infulte plus fenfible ! quand une
autre plus vive acheva de ralumer toute fa colere. Argénis que le Roi avoit
envoïé querir, arrive ; le Roi lui parle
à l'oreille , elle s'aproche d'Arcombrote , & l'embraffe. Ils mêlent enfemble
leurs larmes, dont la joïe feule, à ce
qu'il paroît , eft la caufe. Arcombrote
lui préfente la main comme un gage
affûré d'une veritable tendreffe , elle
ne lui refufe pas la fienne.

Poliarque alors n'eft plus maître de
lui , & livré à tout fon defefpoir , il
eft fur le point d'aller troubler une entrevûë qui lui coûte fi cher. Sa colere
tombe également fur Hianifbé, Meleandre , & Arcombrote. Il fe fent plus

animé contre Argénis ; & la moindre
vengeance qu'il compte en tirer , c'eſt
de ſe donner la mort. Comme la penſée dans les fortes paſſions eſt plus
prompte que tous les diſcours , il lui
vient dans l'inſtant mille idées plus funeſtes les unes que les autres , il fait
mille imprécations contre Hianiſbé
qu'il venoit de délivrer de ſes ennemis
aux depends de ſon ſang ; ſa colere
s'exhale en réproches , il ſe propoſe
déja de ſe venger de cette Reine par-
jure : mais un mal auſſi preſſant per-
met-il ce remede éloigné ? Ah ! Poliarque , ſe dit-il , tu as devant tes yeux
ceux ſur qui doivent tomber tes premiers coups. Fais d'abord périr ce rival
odieux , qui non content de joüir du
Roïaume de Sardaigne , le fruit de ta
victoire , oſe encore , en ta préſence ,
t'enlever ton épouſe. Ranimé de nouveau , il veut poignarder Meleandre ;
ſa fureur éclate juſques contre la Princeſſe , mais il s'arrête ſur cette derniere
penſée. Qu'allois-je faire , dit-il , pourquoi verſer ſon ſang ? Je lui porte un
coup plus ſenſible , en l'abandonnant
aux remords de ſon crime , & en expi-
rant moi - même à ſes yeux. Oüi je
m'ouvrirai le ſein ; mon épée encore

fumante doit l'épouvanter par les préfages les plus finiftres, & lui faire fentir par avance les furies qui doivent
la tourmenter fans relâche. Je pourois
fatisfaire ma vengeance , fans mêler
mon fang avec celui de mes ennemis,
un mot fuffiroit , & ce palais feroit
bien-tôt renverfé fur leurs têtes, mais
je ne veux plus vivre , pour n'avoir
plus occafion de me reconcilier avec la
perfide.

Meleandre , Argénis, & Arcombrote
occupés des premiers plaifirs d'une vive tendreffe , fembloient avoir oublié
tout autre foin, & avoient laiffé à Poliarque le tems de s'abandonner aux
tranfports les plus violens. Ce Prince
dans fa fureur fongeoit déja à executer
fon deffein, il avoit la main fur la garde de fon épée , quand les Dieux ne
purent fouffrir , qu'un Prince fi vertueux devînt en un inftant coupable du
plus grand crime. Meleandre , fans rien
foupçonner d'un pareil defefpoir, s'a-
procha de lui. Vous me pardonnerez,
dit-il , fi un fujet de joïe, dont je n'euffe jamais ofé me flater , nous a empêché pour quelques momens de vous
rendre ce qui vous eft dû. Vous par-
ticiperez bien-tôt à cette même joïe ;

& je ne doute point que vous n'y ſoïez
auſſi ſenſible que nous-mêmes. Aprochez & ſoïez témoin de la faveur que
les Dieux daignent nous accorder aujourd'hui. Poliarque apaiſé par ces paroles , mais ignorant encore en quoi
conſiſtoit ce bonheur, ſuivit ſans reſiſ-
tance Meleandre. Quand ils eurent
joint Arcombrote & Argénis qui étoient
demeurés enſemble , Meleandre dit
aſſés haut pour être entendu de ceux
qui étoient proche, ô jour fortuné ! ô.
moment favorable à ma vieilleſſe ! je
n'avois qu'une fille qui devoit en être
tout l'apui , je retrouve un fils ; quel
bonheur pareil au mien ! Dieux , ne me
portés point envie ! que ces derniers
inſtans qu'il me reſte à vivre me deviennent précieux ! les deſtins ne m'ont
donc juſqu'à préſent traverſé que pour
me faire trouver dans mes malheurs
mêmes la ſource de mon repos & de
ma conſolation ! Ceſſez, ô le plus grand
de tous les Rois, ou, pous vous apeller d'un nom plus glorieux encore, ô.
Poliarque , ceſſez de regarder Arcombrote comme ennemi. Il y a long-tems
que j'ai crû entrevoir le ſujet de votre
rupture ; vous aimiez Argénis , vous
en ſerez aimés l'un & l'autre. Arcom-

brote qui eſt mon fils , aura toûjours
pour Argénis ſa ſœur une veritable
tendreſſe ; & vous Poliarque vous allez
devenir ſon époux , car je me flate
que quoiqu'elle ne puiſſe heriter de la
couronne de Sicile , genereux comme
vous étes , vous ne l'en aimerez pas
moins , & qu'elle n'en ſera pas moins
Reine , puiſque la Sardaigne & tout
ce que poſſedoit Radirobane, dont vous
avez depuis laiſſé joüir Arcombrote, lui
eſt deſtiné pour dot ; nous en ſommes
convenus mon fils & moi. Arcombrote , renoncez le premier à tout reſſenti-
ment , & préſentez vous même votre
ſœur au Roi Poliarque.

L'eût-on jamais crû ! Arcombrote
ce rival déclaré, préſente lui-même la
main d'Argénis à Poliarque , qui troublé par l'excès d'un bonheur ſi peu atendu , ſemble douter encore de ce qu'il
voit. Argénis rougit ; cette Princeſſe
qui, dans le tems que tout s'opoſoit à
ſes deſirs , avoit parûë ſi ferme , qui
étoit même preſque rebelle aux ordres
d'un pere , reſoluë de ſuivre par tout
Poliarque, reprend , lorſque tout répond à ſes vœux , cette timidité qui
convient ſi bien à une perſonne de ſon
ſexe. Poliarque lui préſenta la main , &

fit fes remercimens à Meleandre. Il ne
put cacher fa furprife de la maniere
fubite, dont Arcombrote venoit d'être
declaré frere d'Argénis. Alors la converfation fut generale, mais fans ordre,
comme il arrive après un évenement
extraordinaire. Les Princes fe rapelle-
rent avec plaifir cette premiere entrevûë qu'ils eurent chez Timoclée, & où
commença leur amitié. Meleandre &
la Princeffe étoient entierement remis,
& la joïe que les Princes firent éclater,
paffa bien-tôt à tous ceux qui en furent
les témoins. Plufieurs Seigneurs, qui
dans leur furprife avoient gardé le filence, firent retentir la fale de leurs
aplaudiffemens ; à ce bruit on entra
en foule, ce qui fit plaifir à Meleandre,
d'autant plus qu'une afaire de cette confequence touchoit d'affez près le public,
pour lui en faire part dans l'inftant. Il
prit un ton plus élevé, & que la joïe
fembloit encore affermir. Fidéles fujets,
dit-il, & vous, mes amis ici raffemblés
pour celebrer de nouvelles aliances,
prenez part à la joïe de vos Princes,
& emploïez en facrifices le refte de la
journée. Vous vous trouverez demain
devant les portes du palais, que le peuple & les foldats s'y affemblent ; je

veux que tout le monde foit témoin
de la faveur particuliere que les Dieux
m'accordent aujourd'hui. Pour vous,
mes amis, il eft jufte que vous en foïez
inftruits dès à préfent. J'aprends qu'Arcombrote eft mon fils ; que la Princeffe
que j'avois époufée en Mauritanie en
étoit accouchée à mon infçû : & Argénis époufe aujourd'hui Poliarque. Partagez avec moi mon bonheur, & cele-
brez la veille du plus beau jour qui fut
jamais, j'irai pendant ce tems avec Poliarque & mon fils, donner tous les ordres neceffaires.

Les Seigneurs qui fe trouverent avec
les Princes aïant été congediés, Meleandre conduifit Poliarque dans fon
apartement pour y être plus en liberté
avec ceux de fa Cour. Qui pouroit exprimer la joïe de Poliarque & de la
Princeffe, qui fe voïent unis dans le
tems que tout femble leur être contraire. La fidéle Argénis joüit enfin du fruit
de fa conftance. Après avoir combatu
avec courage fa malheureufe deftinée,
elle s'en voit récompenfée par le plaifir le plus parfait. Meleandre fe crut
autorifé dans ces heureufes circonftances à plaifanter un peu Poliarque fur
la jaloufie qu'il avoit dû reffentir, quand

Argénis rendit à Arcombrote les innocens baisers qu'elle en avoit reçûs comme sa sœur. Arcombrote pria Argénis de
dire ce qui avoit fait sur elle plus d'impression, quand il fut reconnu pour fils
de Meleandre, ou le plaisir de l'avoir
pour frere, ou l'impossibilité de l'avoir
pour époux. On ne s'occupoit plus d'affaires serieuses. Aneroëste même à qui
Meleandre & Argénis rendoient tous
les honneurs dûs à son rang, ne fut point
insensible à cette joïe publique , & se
relâcha de sa severité. Peu de courtisans furent témoins de cette fête subite. Aneroëste , Iburrane & Dunalbe
souperent avec les Princes ; Gelanore,
Arsidas, Micipsa, Eurimede eurent la
liberté de demeurer dans la sale. Le Roi
demanda plusieurs fois Nicopompe qui
ne vint que fort tard , s'étant retiré pour
composer un Epithalame en l'honneur
d'Argénis & de Poliarque. Timoclée
une des Dames de la Princesse eut ordre aussi de s'y trouver. Ce furent les
seules personnes qui eurent l'honneur
de servir les Princes. La conversation
roula principalement sur Poliarque ;
jusqu'à quel point il avoit aimé Argénis ; à quels périls son amour l'avoit exposé ; combien de fois il avoit prodigué

la vie ; d'où provenoient les commencemens d'un amour si constant. Poliarque qui vit qu'on se disposoit à lui prêter atention, raconta comme étant dans
la Gaule, il avoit beaucoup entendu
parler de la beauté & du merite d'Argénis : que son cœur avoit dès ce moment conçû un amour qui n'avoit fait
qu'augmenter dans la suite : que sçachant que les loix de Sicile qui défen-
doient toute alliance avec les Gaulois,
étoient pour lui un obstacle presque in-
surmontable, son amour n'en prît que
de plus profondes racines : que sous
un prétexte de pieté envers les Dieux
étrangers, il avoit feint d'en aller vi-
siter les temples, & qu'accompagné
du seul Gelanore, qui, quoiqu'affran-
chi, n'avoit voulu paroître que sous la
condition d'un esclave, il passa dans la
Sicile, pour y admirer une Princesse
dont la renommée publioit tant de merveilles : qu'il voulut voir par lui même,
si elle méritoit qu'on entreprît une
guerre pour abolir cette loi injuste des
Siciliens ; quand après s'être rendu digne
de l'honneur de la posseder, comme il
l'esperoit par son atachement & ses services, il n'auroit que ce dernier obstacle à vaincre : qu'en arrivant, il dé-

ſeſpera de voir Argénis pour lors renfermée dans un château, dont l'entrée
étoit interdite aux hommes ; ce qui lui
fit prendre un deſſein, qui, quoique té-
méraire, lui reüſſit: que pour tromper
Seleniſſe, il prit le nom & l'habit d'une
fille, & qu'il ſe fit nommer Theocrine.
Meleandre dans cet endroit lui aida à
raconter le reſte de cette avanture ; le
parfait raport qu'il avoit pour la beauté,
avec un ſexe dont il avoit emprunté
l'habit ; l'adreſſe dont il ſe ſervit, pour
ſe ménager l'entrée du château ; le courage qu'il fit paroître contre les aſſaſſins,
qui y étoient entrés par ſurpriſe, & qui
y furent preſque tous tués de ſa main ;
& comme de Theocrine, il étoit devenu cette Pallas, à qui il avoit lui même préſenté ſes vœux.

La converſation tomba enſuite ſur
Arcombrote, on trouvoit quelque choſe de ſingulier dans le cours de ſes avantures. Quel reſpect n'avoit-il pas toûjours eu pour Meleandre, comme par
une eſpece de préſſentiment ! quelle
diſcretion d'Hianiſbé dans une affaire
auſſi importante, & découverte ſi a propos ! par quelle voïes ſecretes les Dieux
avoient menagé cet heureux dénoüe-
ment ! Meleandre raconta à cette occa-

fion, comme il fut autrefois marié en Afrique, il laiffa même echaper, autant que les circonftances préfentes pouvoient le permetre, quelques foupirs fur la mort d'une perfonne qui lui avoit été fi chere. Il fembloit, par tout ce détail, fe préparer à ce qu'il devoit dire le lendemain au peuple affemblé.

La nuit étoit déja fort avancée, quand on fortit de table. Dès le point du jour tous ceux qui fe trouverent à Panorme, fe rendirent aux portes du palais avec des couronnes fur leurs têtes. l'endroit étoit trop referré pour une fi grande multitude, plufieurs monterent fur les murs, d'autres fur des échafauts dreffés à la hâte, d'autres fur des échelles, qui trop foibles, rompirent fous leur poids. A l'entrée du palais il y avoit une eftrade élevée de cinq à fix pieds, fur laquelle étoient quatre fieges, deux plus avancés pour Poliarque & Meleandre, & deux un peu au deffous pour Arcombrote & Argénis. Les Rois aïant pris leurs places, & le heraut aïant impofé filence, Meleandre prit ainfi la parole. Si j'avois, chers citoïens, une nouvelle fâcheufe à vous annoncer, je chercherois à vous y préparer par quelques détours ; cette précau-

caution eſt ici inutile ; j'ai à vous rendre compte d'une faveur que les Dieux
ont bien voulu nous accorder. Ce que
vous allez aprendre doit vous être auſſi
ſenſible qu'à moi-même. Je vous annonce une paix ſolide & une alliance
qui doit être l'effroi & la ruïne de nos
ennemis. Je ne doute pas que pluſieurs
de vous ne ſoient déja informés de ce
qu'il eſt neceſſaire que vous ſçachiez par
moi même. C'eſt aujourd'hui qu'on doit
célebrer le mariage d'Argénis avec le
Roi Poliarque, & en même tems reconnoître dans Arcombrote l'héritier
préſomptif de ma Couronne. qu'on regarde ce jour comme celui de ma naiſſance. J'ai crû, ajoûta-t-il, ſe tournant
vers Arcombrote, quiſſe leva, devoir
vous aprendre de quelle maniere j'ai
recouvré ce fils, après m'avoir été ſi
long-tems inconnu. Adreſſant enſuite
la parole au heraut, voici, dit-il, la lettre d'Hianiſbé, liſez-la le plus haut que
vous pourez. Le heraut prit la lettre
& en fit lecture.

LA REINE HIANISBE'
au Roi Meleandre : Salut.

» Je ne ſçaurois dire ſi c'èſt votre
» vertu, plûtôt que l'injure que j'ai crû

» avoir reçûë, qui a été le motif du
» silence que j'ai gardé jusqu'à présent.
» Je le romps enfin pour vous faire
» part d'une nouvelle. Elle vous cau-
» sera une extrême surprise, mais fera
» votre bonheur. C'a été pour moi, je
» l'avoüe, une offense sensible, qu'a-
» près m'avoir fait un mistere de votre
» mariage avec ma sœur, vous n'ayez
» pas même daigné, après sa mort,
» vous informer si elle n'avoit pas laissé
» de posterité : mais aussi votre merite
» avoit fait sur moi trop d'impression,
» pour oser vous envoïer un fils qui
» vous apartenoit, sans avoir aupara-
» vant éprouvé si, ses vertus croissant
» avec son âge, il seroit digne d'être
» avoüé de vous. J'ai reconnu que rien
» ne démentoit dans lui le sang dont
» il est sorti, & son merite m'engage
» à vous réveler un secret tenu caché
» depuis si long-tems. Qu'il vous res-
» souvienne que retournant dans la Si-
» cile, vous laissâtes en Mauritanie ma
» sœur, que vous aviez épousée secre-
» tement. De quels artifices ne se ser-
» vit-elle point, pour nous cacher sa
» grossesse ! quelques mois après votre
» départ, elle tomba dangereusement
» malade ; j'ignorois la cause de son

» mal, & les remedes que j'emploïaï
» furent inutiles. Elle n'avoit plus que
» quelques momens à vivre, elle vou-
» lut que je demeurasse seule avec elle,
» & me dit. Je vous demande pardon,
» ma sœur, d'une faute qui ne consiste
» que dans mon silence à votre égard.
» Je suis mariée au Roi de Sicile, je
» suis sur le point d'accoucher; l'état où
» je me trouve me fait tout craindre,
» je prévois ne devoir point relever de
» cette couche. Si après ma mort je
» laisse un enfant, je me remets de tout
» à votre discrétion. Plusieurs motifs
» m'ont determinée à tenir ce mariage
» secret. Une des premieres raisons
» étoit les recherches importunes de
» Scirthe de Numidie, qui peut-être
» m'auroit enlevée de force; d'ailleurs
» Meleandre vouloit célébrer ses nôces
» avec toute la pompe digne d'un Roi,
» il étoit pour cela retourné en Sicile;
» mais, infortunée que je suis! j'ai été
» bien plûtôt retenuë par une honte
» secrete, qui se fait encore sentir dans
» ces derniers momens que j'ai à vous
» parler. Voici sous mon chevet notre
» engagement, & qui est écrit de la
» main de Meleandre. Vous trouverez
» dans ce petit coffre des preuves d'un

» amour réciproque , des lettres , quel-
» ques bagues , & des braſſelets tra-
» vaillés de nos cheveux. A ces indices
» ſûrs que je remets entre vos mains ,
» il connoîtra que je me ſuis confiée à
» vous. Elle voulut continuer , mais
» elle perdit à l'inſtant la parole. Quand
» elle fut un peu revenuë, je cherchai
» à la conſoler , & je fis promtement
» venir quelques unes des Dames dont
» la fidélité m'étoit connuë. Nous lui
» rendîmes tous les ſervices convena-
» bles , mais ſon mal l'emporta ſur les
» remedes. Elle accoucha cependant
» d'un fils que nous lui remîmes devant
» les yeux. Je lui demandai ſi elle
» croïoit avoir aſſés de forces , pour
» écrire quelques lignes ; je ne ſçai
» par quelle ſecrete inſpiration je ſon-
» geai à lui propoſer une choſe qui de-
» vient aujourd'hui ſi eſſentielle : elle
» fit ce que je ſouhaitois, & écrivit qu'-
» elle mouroit , & qu'elle me laiſſoit
» en dépôt un fils qu'elle avoit eû de
» vous. Vous reconnoîtrez ſon carac-
» tere , quoique les lettres ſoient mal
» formées , à cauſe de la foibleſſe où
» elle tomba dans ce moment. Elle
» mourut l'inſtant d'après entre mes
» bras. Il n'y avoit que quatre femmes

» avec moi dans l'apartement , je remis
» l'enfant entre les mains de Sopho-
» neme , celle en qui j'avois le plus
» de confiance , lui recommandant
» d'en avoir tout le foin poffible , &
» de chercher promtement une nou-
» rice , fans déclarer qui il étoit. Pour
» ôter même occafion aux autres fem-
» mes de réveler ce fecret, Sophoneme
» les prévînt que l'enfant étoit mort.
» Juba mon frere mourut dans ces cir-
» conftances, & me laiffa le Roïaume
» que je poffede aujourd'hui. Siphax
» mon mari mourut fort peu de tems
» après ; je reffentois toûjours de nou-
» veaux coups du deftin : mais au mi-
» lieu de toutes ces afflictions , j'étois in-
» ceffamment occupée de vous & de ma
» fœur. Je feignis que mon mari m'a-
» voit laiffée groffe de quelques mois ,
» & fis croire depuis, apuïée en cela de
» Sophoneme, que j'étois accouchée
» d'un fils pofthume. Ma couche fupo-
» fée étoit trop récente pour pouvoir
» m'atribuer l'enfant de ma fœur , qui
» avoit déja quelques mois. Sophone-
» me en mit un autre dans le berceau,
» que je lui commandai enfuite d'em-
» porter pour le faire nourir , & de
» crainte qu'on ne lui jetât quelque

» charme (prétexte qui me vînt dans
» l'idée) je défendis expreffément que
» perfonne ne le vît, excepté fes nou-
» rices, Sophoneme, & moi. Deux ans
» après il me fut aifé de faire paffer
» pour mon fils le jeune Hiempfal, nom
» de fon aïeul que fa mere lui avoit
» donné. Depuis j'ai voulu lui confer-
» ver mon Roïaume, ce qui m'a fait
» negliger les aliances de plufieurs
» Princes mes voifins. Il avoit ateint
» l'âge de vingt trois ans, je lui parlai
» de vous & de la Cour de Sicile,
» comme de la meilleur école, où il
» pût fe former l'efprit & le cœur, &
» aprendre l'art de regner. Je lui re-
» préfentai que, pour le faire avec plus
» de fuccés, il étoit effentiel qu'on
» ignorât que je fuffe fa mere : qu'il
» cachât avec foin fa naiffance, de
» crainte que vos bontés, & la flaterie
» des courtifans, ne l'empêchaffent de
» parvenir à cette folide vertu plus
» recherchée des particuliers que des
» grands. Il m'obéit, & partit pour la
» Sicile, fe foumetant à tout ce que
» je lui avois prefcrit. Il a fi bien pro-
» fité dans votre Cour, que fes vertus
» vous ont porté à l'aimer au point
» même de lui deftiner la fille unique

» que vous aviez de votre fecond ma-
» riage, & qui vous étoit fi chere. Je
» ne fus pas plûtôt informée des def-
» feins que vous aviez fur lui, que le
» plaifir que je reffentis de voir qu'il
» fe diftinguoit par fes vertus, & que
» vous aviez pour votre fils, fans le
» connoître, les fentimens les plus
» avantageux, fut troublé par l'apre-
» henfion que j'eus de ces nôces incef-
» tueufes. Je me vis dans le même tems
» expofée à de nouvelles alarmes. Ra-
» dirobane venoit en Afrique avec une
» armée confiderable, pour me faire
» la guerre, j'écrivis fur le champ à
» Hiempfal, qu'on nommoit dans vo-
» tre Cour Arcombrote, qu'il eût à
» diférer fon mariage, & qu'il vînt
» promtement en Afrique défendre une
» mere dénuée de tout fecours ; mais
» il arriva trop tard, & fans les armes
» de Poliarque, que la tempête avoit
» jeté fur nos bords avec une partie
» de fa flotte, j'aurois certainement
» fuccombé. Je dois tout à fa valeur,
» & c'eft par fon moïen que nos tem-
» ples fe trouvent aujourd'hui enrichis
» des dépoüilles de nos ennemis ; mais
» je vis le moment où la paix alloit
» nous être plus funefte que la guerre,

« dont nous avions été ménacés. Po

» liarque & Hiempſal, dans leur pre-

» miere entrevûë eurent de la peine à

» retenir leur colere , Argénis étoit le

» ſujet de cette animoſité ; ces deux

» rivaux ſouhaitoient avec la même

» ardeur l'aliance de la Princeſſe. Je re-

» connus enfin l'erreur de votre fils ,

» je gagnai ſur Poliarque & ſur lui de

» ne point terminer leur diférend ,

» qu'ils ne vous euſſent auparavant

» préſenté cette lettre , les aſſûrant

» qu'ils ſeroient contens l'un & l'autre.

» Mes promeſſes auront lieu , ſi vous

» voulez reconnoître Hiempſal pour

» votre fils , & accorder Argénis à Po-

» liarque, qui s'en eſt rendu digne par

» ſa valeur , & par tant d'autres vertus ,

» qu'aucun mortel ne pourra jamais

» égaler. Diſpoſez comme vous le ju-

» gerez à propos de tout ce que je poſ-

» ſede. La Sicile, la Mauritanie & la

» Sardaigne doivent ſuffire , pour faire

» regner votre fils , & donner à la Prin-

» ceſſe une dot qui lui convienne. Vous

» trouverez dans le petit coffre dont

» j'ai chargé Arcombrote , tout ce que

» ma ſœur , en mourant , m'a laiſſé de

» plus ſecret. Vous y verrez cette let-

» tre où elle vous mande qu'elle ſe

» meur

» meurt, & qu'elle laisse après elle un
» fils vivant. Ce coffre m'avoit été vo-
» lé par des corsaires , & ne m'a été
» rendu que depuis peu de tems. J'ai
» cette obligation à Poliarque , vous
» voïez que vous lui êtes vous-même
» redevable en partie du bonheur de
» retrouver un fils ; je lui suis outre
» cela obligée de la conservation de
» mon Roïaume , que je destinois à
» Hiempsal. Qu'Argénis au moins soit
» la récompense de tant de services
» rendus à l'un & à l'autre. Je souhaite
» que vous jouïssiez long-tems des fa-
» veurs dont les Dieux vous comblent
» aujourd'hui. "

A peine le heraut eut-il fini la lecture
de cette lettre, qu'on entendit parmi le
peuple un bruit confus. Plusieurs en disoient déja leur sentiment ; ceux qui s'é-
toient trouvés hors de portée, impor-
tunoient les autres par leurs demandes ;
d'autres n'avoient pas compris le sens
de cette lettre. Meleandre crut devoir
prendre la parole , & entrer dans un
plus grand détail. Il reprit l'histoire de
sa jeunesse, & raporta comment dans
ses premieres années, il avoit épousé
par l'ordre de son pere la fille du Roi
des Brutiens, qui , six ans, après son ma-

riage, mourut fans pofterité d'une bleffure qu'elle fe fit à la chaffe, en tom-
bant de cheval : que depuis aïant ateint
l'âge de trente.cinq ans, & fon pere
étant encore vivant, pour diffiper le
chagrin que lui avoit caufé la mort de
cette Princeffe, il entreprit le voïage de
Mauritanie, où regnoit pour lors Juba
allié des Siciliens : que Juba avoit deux
fœurs, dont l'aînée qui s'apelloit Hianifbé fut mariée à Siphax un des premiers Seigneurs d'Afrique ; la feconde
apellée Anne fut recherchée en mariage
par un Numide nommé Scirthe, homme fi puiffant, que, quoique Juba n'a-
prouvât pas cette aliance, il n'ofoit
cependant faire paroître l'éloignement
qu'il en avoit : que pour lui étant devenu amoureux de la Princeffe, qui fembloit lui donner la préference fur le
Numide, ils fe donnerent mutuellement la foi : que la Princeffe lui fit
entendre qu'avant que de rejeter ouvertement les pourfuites de Scirthe,
il falloit fe mettre en état de le faire
avec fuccès, & qu'il étoit à propos
qu'il fe rendît promtement en Sicile,
pour y ménager le fecours dont il avoit
befoin : qu'il y alla en effet, mais que
la mort de fon pere, qui arriva dans

ce tems, l'avoit empêché de retourner
en Mauritanie , comme il s'y étoit engagé : que peu de tems après aïant apris
la mort de la Princeſſe Anne , il avoit
recherché en mariage une jeune Princeſſe de Sicile , fille d'un de ſes oncles :
que de ce mariage il avoit eû Argénis.
Vous ſçavez tout le reſte , dit-il , fidéles ſujets , par le contenu de la lettre
d'Hianiſbé , de quelle maniere elle a
ſuccedé à la couronne de Mauritanie ;
comme Anne ſa ſœur m'a laiſſé ce fils
en mourant. Les preuves de cette verité m'ont été envoïées dans un petit
coffre ſcellé , je les ai reconnuës avec
tous les ſentimens que peut exciter un
bonheur ſi peu atendu.

Mais, vous, dit-il, en ſe tournant vers
Poliarque , vous, à qui je dois la vie,
& la conſervation de mon Roïaume ,
de quel nom dois-je vous apeller ?
C'eſt vous qui rompîtes mes liens ; c'eſt
vous qui ſauvâtes Argénis , ſur le point
d'être livrée à Licogene par de lâches
aſſaſſins. Vous aviez ouvert à mes ſoldats le chemin de la victoire ; vous
aviez mis ſeul en déroute nos ennemis
les plus à craindre , quand , pour mon
malheur , j'ajoûte encore , & à ma honte , vous fûtes proſcrit de cette Iſle ,

qui vous avoit les dernieres obligations ;
cependant votre generofité l'emporta
fur notre ingratitude. Quoiqu'offenfé,
vous confervâtes toûjours pour Argénis
les mêmes fentimens. Puis-je taire ici
l'obligation particuliere que les Dieux
ont voulu que je vous euffe , je veux
parler de ce petit coffre que vous avez
repris fur des corfaires , & qui fait
aujourd'hui ma confolation , puifqu'il
renfermoit des preuves abfolument effentielles pour reconnoître mon fils ? A
l'égard de la victoire que vous avez
remportée fur Radirobane ; ce fang que
vous avez prodigué ; ces bleffures dont
vous n'êtes pas encore tout à fait remis ,
me font connoître de quelle confequence étoit pour moi la mort d'un ennemi
fi redoutable. Je voudrois trouver un
nom pour moi , qui, en vous marquant
ma reconnoiffance , pût en même tems
exprimer mon refpect ; mais vous pré-
ferez, je crois , celui de beau-pere à
tout autre. Qu'Argénis eft heureufe d'ê-
tre deftinée pour un fi grand Prince !
je ne crains pas de dire que vos vertus
femblent condamner cette précaution
trop timide des Rois mes Prédeceffeurs,
qui prenant ombrage de la grandeur
des Gaulois , défendirent par une loi

expresse aux heritiers de Sicile , de con-
tracter aucune aliance avec eux , se fi-
gurant qu'elle devoit dégenerer en servitude. Vous meritiez que par un consentement public cette loi fût abrogée :
mais les Dieux permetent , qu'en vous
rendant content , cette même loi sub-
siste. J'ai retrouvé un fils qui doit me
succeder , & ma fille aura pour sa dot
la Sardaigne & la Ligurie ; nos loix
laissent à ces païs une liberté qu'elles
ont ôtée à la Sicile. Arcombrote prit
aussi-tôt la parole , comme il en étoit
convenu avec Meleandre ; le Roïaume
de Sardaigne , dit-il à Poliarque , sur
lequel j'aurois de justes prétentions ,
n'est-il pas le fruit de la victoire que
vous avez remportée ? Vous en avez fait
la conquête, je ne me suis trouvé qu'au
triomphe. Se tournant ensuite vers Argénis , pour vous , dit-il , ma sœur ,
que Poliarque me pardonne à présent
d'avoir aimée , recevez le Roïaume de
Sardaigne , puisque les droits du sang
m'apellent à la couronne de Sicile. Disposez aujourd'hui de tout ce que posse-
doit Radirobane , vous porterez à votre
époux ce que ses armes sembloient déja
lui avoir assûré. Il mit en même tems
le diadême sur la tête d'Argénis. Me-

leandre dans cette occafion ne put retenir fes larmes, & le peuple témoigna
fa joïe par tant d'acclamations, qu'on
n'avoit plus la liberté de s'entendre. Poliarque qui avoit une éloquence naturelle, fit fes remercimens à Meleandre,
à Arcombrote, & à Argénis, d'une
maniere fi peu commune, que tout le
monde charmé de fes réponfes, avoüa
que fon efprit égaloit fon courage &
fes vertus.

Comme on prenoit le chemin du
temple, le fils de Nicopompe âgé d'environ dix ans, conduit par fon pere,
s'aprocha d'Argénis, & lui préfenta un
Epitalame que fon pere venoit de compofer, difant d'un air affûré, que cette
Piece étoit de lui. Meleandre lui en
demanda quelques exemplaires, & s'informant de nouveau qui en étoit l'auteur, il jeta plufieurs fois cet enfant
dans l'ambaras de foutenir fon menfonge. La Piece n'étoit pas longue, &
n'en convenoit que mieux aux circonftances préfentes, les Princes aïant peu
de tems à donner à cette lecture.

*Quel fpectacle charmant à mes yeux fe pré-
fente!*

*Les Dieux quitant du Ciel la demeure écla-
tante,*

S'empreſſent de venir en ces climats heureux

Partager avec nous nos plaiſirs & nos jeux.

    Tandis qu'Himen charmé de ſa conquête

    Ranime ſon flambeau ſacré ;

Que Junon relevant la pompe de la fête,

Vient fixer un bonheur trop long-tems differé ;

Une foule d'Amours, précedés de leur mere,

    Forment l'aprêt de ce chaſte miſtere....

Mais qu'entends-je ! quels ſons ! quels accords
    raviſſans !

C'eſt Apollon, lui ſeul peut former ces accens.

    Sur cette nouvelle aliance,

    Princes, fondez la plus douce eſpérance,

Que de ſi tendres nœuds, du ſort même vain-
    queurs,

Enchaînent pour toûjours ſes cruelles rigueurs.

Jamais dans les inſtans que le jour doit éclore

Vit-on de plus beaux feux environner l'Aurore.

    Sous les auſpices de l'amour

    Elle annonce le plus beau jour.

    L'Himen paroît, quels concerts d'allegreſſe!

Je vois se rassembler la riante jeunesse,
Et disposer par tout le mirthe & le laurier,
Qui doivent couronner l'époux & le guerrier.

    De toutes parts déja le feu s'allume,
      Sur l'autel, l'encens fume.

De l'empire Gaulois, & du Sicilien
Les Dieux se vont unir du plus ferme lien....

    Sur cet auguste Himenée
    Le destin s'ouvre à mes yeux !
    Je vois d'illustres neveux
    Une suite fortunée !

Mais, Dieux, de quel apas, mon œil est en-
chanté !

O trop heureux époux, regarde ta Princesse ;
De la Reine des Dieux elle a la majesté ;
Sur son front, de Minerve éclate la sagesse,
Et Venus elle-même offre moins de beauté.

    Oüi, cette épouse aussi tendre qu'aimable,
     Grand Prince, est un présent des cieux,
Et les justes transports d'un sort si favorable

Doivent te rendre égal aux Dieux.

Pour toi, belle Argénis, quels charmes

De voir l'objet de ton amour,

A la beauté du Dieu du jour,

Joindre encor la fierté du puissant Dieu des
armes?

Quels ravissans plaisirs n'éprouveras-tu pas!

Quand avec ce Heros, au sein de ses Etats,

Un peuple te verra compagne de la gloire,

Que traînent après eux l'amour & la victoire?

Mais lorsque tout répond, Princesse, à tes desirs,

Quelle crainte à ton cœur arrache des soupirs?

Non, ton bonheur n'est point le vain retour
d'un songe,

Il ne doit rien aux charmes du mensonge;

C'est une verité, qu'interprête des Dieux,

Je te viens, de leur part, annoncer en ces lieux·

Vivez, jeunes époux, l'amour toûjours fidelle

Embrasera vos cœurs d'une flamme éternelle.

Venez, venez, charmant repos,

Une auguste Princesse, un illustre Heros

Ont ſçû braver le ſort par leur conſtance,

Et meriter votre aimable préſence.

C'eſt par ſes travaux ſeuls, qu'avec les immor-
tels ,

Alcide partagea l'encens & les autels.

Vivez , jeunes époux , l'amour toûjours fidelle

Embraſera vos cœurs d'une flamme éternelle.

Du deſtin envieux le dernier coup frapé

Fixe votre bonheur , l'orage eſt diſſipé.

Rien ne poura troubler cette faveur nouvelle

Qu'ici vous recevez de la troupe immortelle.

» *Aux revers expoſé , ſans en être abatu ,*

» *Le Heros voit toûjours triompher ſa vertu.*

Les victimes étoient déja prêtes dans
le temple de Junon , les Prêtres & les
Augures avoient tout preparé pour la
ceremonie. Le peuple faiſoit retentir
l'air de mille chants d'allegreſſe , & parce que , la mere d'Argénis étant morte ,
il ne ſe trouvoit perſonne qui pût porter
le flambeau nuptial , Timoclée eut cet
honneur , à la recommandation de Poliarque & d'Arcombrote. Toutes les

Divinités qui préfident à ces facrés mif-
teres , & les Dieux tutelaires du feu
qu'on portoit devant Argénis voilée ,
avoient été invoqués; les Prêtres avoient
déja la main levée pour fraper les victimes , quand Poliarque les pria de fuf-
pendre le facrifice ; & adreffant la parole à Arcombrote avec toutes les marques d'une joïe que l'occafion préfente
fembloit encore animer ; croïez, dit-il,
cher Arcombrote, un frere qui ne doit
plus vous être fufpect. Je vous avoüe
que ma joïe eft imparfaite , fi dans le
moment que je poffede ce que je fouhaitois avec le plus d'ardeur , je ne vous
vois pas comme moi engagé dans ces
liens fi doux , qui uniffent deux cœurs
faits l'un pour l'autre. J'ai une fœur
âgée d'environ vingt ans, qui , de l'a-
veu du public , du mérite & de la beauté ; pour rendre notre aliance encore
plus étroite , permetez que je vous l'offre en mariage. Comme par la coutume du païs , elle ne peut avoir part au
Roïaume fur lequel j'ai feul des droits,
je lui donne fix cens talens. Quoiqu'Argénis, par bienféance pour la ceremonie,
dût garder le filence , Poliarque la prévint d'engager fon frere à ce mariage.
Meleandre fut l'arbitre de la propofition,

& demanda en même tems à Arcombrote, qui, par refpect pour le Roi,
n'ofoit encore répondre, quelque porté
qu'il fût à cette aliance, s'il vouloit
accepter ce parti, aux conditions que
Poliarque propofoit. Arcombrote qui
connut l'intention de Meleandre, répondit qu'il y donnoit volontiers fon
confentement, & embraffant Poliarque,
cher Prince, lui dit-il, vous avez prévenu mes fouhaits : quelle Divinité
vous a fait pénetrer les fentimens les
plus fecrets de mon cœur ? Ce même
facrifice deftiné d'abord pour vous &
pour Argénis, aura lieu auffi pour la
Princeffe abfente & pour moi, vous
donnerez la foi & pour elle, & pour
vous. Les Prêtres avertis de doubler les
aufpices, cauferent quelque embaras
dans le temple par leur précipitation.
Le peuple en fçut bien-tôt le motif, &
fit de nouvelles acclamations ; l'air ne
retentiffoit que des aplaudiffemens qu'on
donnoit de toutes parts. Le trouble excité par une joïe qui alloit à l'excès,
caufa même une fi grande confufion, que
le rang des perfonnes, & l'ordre du
facrifice en furent interrompus.

Après avoir examiné les victimes qui
ne préfagerent rien que d'heureux, on

aluma l'encens. Les Princes & la Princesse s'aprocherent de l'autel, pour s'y
jurer la foi. Toutes les ceremonies achevées, on se disposoit à retourner au
palais, quand Aneroëste, avec un visage pâle, & comme un homme saisi
d'un entousiasme divin (les Dieux
l'inspiroient souvent de la sorte) vint
au devant des Princes qui alloient sortir du temple : que vous étes heureux,
leur dit-il, agité d'une nouvelle émotion, joüissez, Princes, sans inquiétude, d'une faveur que les Dieux qui
vous ont toûjours protegés, semblent
ne vous avoir ménagée que par les
peines & les traverses. Vous allez enfin éprouver que le solide plaisir n'est
fondé que sur la vertu. Et vous, Meleandre, Prince si fortuné, ne reprochez plus
aux Dieux ces funestes années, marquées par le crime de vos sujets. Quoique dans un âge avancé, vous joüirez
encore long-tems d'une douce tranquillité ; vous aurez la consolation de voir
Hianisbé en Afrique, & de la recevoir
en Sicile. Ne craignez maintenant ni
pieges, ni factions ; votre vieillesse,
la jeunesse d'Arcombrote sçauront les
détruire, en imprimant le respect ou la
crainte. Vous verrez, pere heureux,

votre fils vainqueur des Brutiens ſes voiſins, de la Lucanie, & des rivages d'E-
pire. Vous verrez croître entre vos bras
ſes enfans, qui laiſſeront à la Sicile une
longue ſuite de Princes, & Argénis
elle-même que vous envoïez dans la
Gaule, ne vous ſera pas plus chere que
celle qui en viendra. Pour vous, Poliarque & Argénis, qui faites l'ornement
de ce ſiecle, n'atendez pas que je vous
rende compte de toutes les récompenſes
préparées à votre fidélité & à vos vertus; j'en ignore beaucoup, & ne ſuis
pas en droit de dire tout ce que j'en
ſçai. Les deſtins ont même voulu cacher aux Dieux une partie de votre bonheur, ils vous euſſent porté envie. Ce
qu'il m'eſt permis de vous dire, c'eſt
que l'amour qui vous unit aujourd'hui,
toûjours fidéle & inviolable, ne vous
fera éprouver que ſes douceurs, il ne
ſera traverſé ni par les inquiétudes ni
par les ſoupçons. Il vous conduira à
une extrême vieilleſſe. Vous étendrez
les bornes d'un empire trop limité pour
vous; d'un côté le Rhin vous verra
victorieux, de l'autre l'Ocean. La poſterité voïant les ſtatuës de Timandre
repréſentée au milieu de ſes petits-fils,
la prendra pour la mere des Dieux. Les

peuples voisins viendront rendre hommage à votre gloire & à vos vertus. Ils
auront toûjours les yeux sur vous. Ils
regarderont comme un bonheur d'être
vaincus par un si grand Roi, & se ran-
geront volontiers sous votre empire.
Par tout où vous irez, tout répondra à
vos vœux, les Dieux même les préviendront. Enfin la mort terminera ces
jours fortunés, & agira en même tems
sur vous deux. Las de vivre, vous irez
dans les Cieux augmenter le nombre
des astres. La Renommée fera passer
votre nom jusqu'aux extrêmités de la
terre, rien ne sera capable d'en faire
perdre la memoire, le genie de l'histoire en devient le garand.

Fin du sixiéme & dernier Livre.

E R R A T A.
Pour le premier Volume.

Page 10. lig. 25. connoître lisez reconnoître. p. 15. l. 25. pouvoit lis, pouvoient. p. 25. l. 20. ses lif. ces. p. 27. l. 29. dite moi lif. dites-moi. p. 38. l. 5. conjectures lif. conjonctures. p. 91. l. 20. entrenu lif. entrevu. p. 106. l. 26. ce soins lif. ces soins. p. 119. l. 5. ne leur laissoit. lif. ne leur en laissoit. 130. l. 13. ses lif. ces. 169. l. 3. ne rejetent. Toutes ses idées lif. ne rejetent toutes ses idées. p. 183. l. 19. filles lif. fille. p. 184. l. 18. doit lif. dois. p. 185. l. 7. ton seul lif. ta seule. p. 207. l. 19. suis agitée lif. suis sentie agitée. p. 234. l. 3. que tardes-tu lif. que tarde-tu. Ibid. l. 21. non lif. nom. p. 324. l. 5. quelles. lif. quels. p. 334. l. 2. un point transposé.

Errata pour le second Volume.

Page 1. l. 11. touché lif. touchés. p. 16. l. 12. que l'amour pour prévoir tout orage funeste soit à tes côtés sans bandeau lif. qu'à tes côtés l'amour soit sans bandeau. p. 17. l. 18. demeuré lif demeurés. p. 33. l. 8. ce qu'il venoient lif. ce qu'ils venoient. p. 55. l. 4. je courerai lif. je courrai. p. 181. l. 26. maîtet lif. maître. p. 215. l. 8. pourra lif poura. p. 286. l. 5. que vous lif. que vous vous.

Errata pour le troisieme Volume.

P. 39. l. 14. de lui présenter. l. de le lui présenter. p. 71. l. 17. de la noblesse l de celle de la noblesse. p. 110. l. derniere. les l. ses. p. 190. l. 11. diferer lif. différer. p. 191. l. 12. mutilés. l. immolés. p. 194. l. 1. le monarque encor fier lif. le Prince vain encor. p. 203. l. 4. voit déja lif. sent déja. ibid. l. 14. je doive l. Il doive. p. 240. l. 11. croiriez l. croiez. p. 246. l. 19. proche de terre, en parenthese.

www.ingramcontent.com/pod-product-compliance
Lightning Source LLC
Chambersburg PA
CBHW050737030726
47505CB00002B/292